엄마에겐 남자가 필요해

엄마에겐 남자가 필요해

1판 1쇄 발행 2007년 10월 29일
1판 2쇄 발행 2014년 1월 15일

지은이 한경혜

발행인 양원석
총편집인 이헌상
편집장 김옥현

디자인 비닐하우스
교정교열 최향금
해외저작권 황지현, 지소연
제작 문태일, 김수진
영업마케팅 김경만, 정재만, 곽희은, 임충진, 김민수, 장현기, 송기현
　　　　　　우지연, 임우열, 정미진, 윤선미, 이선미, 최경민

펴낸 곳 ㈜알에이치코리아
주소 서울시 금천구 가산동 345-90 한라시그마밸리 20층
편집문의 02-6443-8860　**구입문의** 02-6443-8838
홈페이지 http://rhk.co.kr
등록 2004년 1월 15일 제2-3726호

한경혜 ⓒ 2007년

ISBN 978-89-255-1414-7 (03810)

RHK 는 랜덤하우스코리아의 새 이름입니다.

엄마에겐
남자가 필요해

한경혜 지음

알에이치코리아

CONTENTS

엄마에게 남자가 생겼다_

그런데_

　　　이상하게 가슴 아래가 아려왔다_

엄마에겐 사내가 필요하다. 이 말은 오해의 소지를 담고 있는 말이다. 분명하게 짚어서 다시 말하겠다. 엄마에겐 남편이 아닌 남자가 필요하다. 남편은 한 번 있었다. 나의 아빠가 엄마의 남편이었다. 엄마의 남편이 되는 것은 곧 내게 아빠가 되는 것이다. 그런데 나의 아빠는 엄마의 남편이 아니다. 아빠는 엄마가 아닌 다른 여자와 결혼을 했다. 엄마와 아빠가 이혼을 했으므로 아빠가 다른 여자와 사는 게 이상할 건 없다. 아빠가 재혼을 했다고 해서 엄마까지 재혼을 하라는 얘기가 아니다. 그저 연애를 했으면 하는 것이다. 그게 내 생각의 전부다.

　사람들은 책을 살 때 물건을 살 때나 별책부록이나 특별부록, 혹은 덤을 얹어주면 그것부터 집는다. 그게 없으면 사려던 마음을 반쯤 접는다. 덤을 얹어주고 별책부록을 얹어주면 좋아라, 그 물건을 어떻게든 사려고 덤빈다. 엄마에겐 별책부록이자 특별부록이자 덤인 내가 있다. 일반적인 상식으로 보자면 엄마는 꽤 괜찮은 조건의 여자다. 그런데도 엄마는 팔리지 않는 책이기도 하고 물건이기도 한 무엇이 되어버렸다.

결혼정보회사가 있듯이 재혼정보회사도 있다. 엄마는 입회에 필요한 서류를 들고 그 회사에 갔다. 하지만 엄마는 회원이 되지 못했다. 엄마가 재혼정보회사의 회원이 되려면 내가 딸이 되어야 한다. 딸은 둘도 되지만 아들은 하나도 안 된단다. 이유? 모른다. 회사의 규약이 그렇단다. 거지 같은 규약이다. 아무튼 엄마가 재혼정보회사에 입회할 수 있는 또 한 가지 방법이 있다. 엄마의 연봉이 1억원이 넘는 것이다. 엄마는 깨끗하게 포기하고 돌아왔다.

그 후, 엄마는 일과 연애했다. 일과 결혼했고 외로움과 연애했다. 엄마의 하루들과 나의 하루들은 잘도 쌓여갔다. 그러던 어느 날 드디어 바라던 일이 생겼다.

엄마에게 남자가 생겼다.
축하해야 마땅하고 옳은 일이다. 그런데 이상하게 가슴 아래가 아려왔다.

20대의 사랑은 환상이다.

30대의 사랑은 외도다.

사람은 40세에 와서야 처음으로 참된 사랑을 알게 된다.

- 괴테

엄마,
연애해!

1월 1일 일요일

새해 첫날이다. 어제와 다를 바 없는 오늘이건만 오늘은 특별하다. 특별한 것 없이 특별하다. 처음은 언제나 특별한 법이니까.

1월 3일 화요일

어젯밤에 내리던 눈은 대체 어디로 사라진 걸까? 아침에 일어나자마자 나는 창밖부터 내다보았다. 눈이 얼마나 쌓였나 궁금해서다. 그런데 거리는커녕 지붕이나 나무들을 봐도 눈 온 흔적이 없다. 눈 좀 쌓아두면 어디가 어때서? 하고 따지고 싶은 기분이 들었다. 하지만 어디에? 거리에? 날씨에? 따지고 싶어도 따질 곳이 없다는 것을 알게 되자 맥이 빠져버렸다.

맥 빠진 나와는 달리 엄마는 교통방송을 틀어놓고 흘러간 노래를 흥얼거리면서 아침을 준비하고 있다. 도마 소리가 약 올리듯 경쾌하게 달렸다.

어젯밤에 내리는 눈을 보고 엄마는 잔뜩 심란해했다.

"아니 이 밤에 웬 눈이라니…? 내일 운전해서 나가려면 골치 아프게 생겼네."

엄마는 어렸을 때 눈 온 아침이 제일 행복했단다. 겨울은 추워서 싫은데 눈이 있어서 아주 조금 겨울을 좋아했다고 한다. 그런 엄마가 이제는 눈이 오면 운전할 걱정부터 하면서 짜증을 낸다. 엄마가 마음에 안 드는 때다. 나도 어른이 되면 엄마처럼 변할까?

엄마가 눈 내리는 것을 보면서 걱정하던 것과 상관없이 나는 온 세상이 하얗게 변해 있길 바랐다. 눈사람을 만드는 일은 서툴지만 눈사람을 만드는 건 정말 신나는 일이기 때문이다. 오늘 하루 놀 거리가 사라진 나는 금세 우울해졌다. 아침부터 기분이 영 꽝이다. 그렇지만 나의 기대가 저버려졌다고 해서 엄마의 기분 좋은 아침을 망칠 생각은 없다.

"태그윽…!"

"네. 들어갑니다."

나는 힘차게 대답하고 곧바로 욕실에 들어갔다.

엄마가 내 이름을 길게 부를 때는 무언가를 하라는 뜻이다. 지금은 이를 닦고 세수를 하라는 뜻이다. 컴퓨터 게임을 그만하라고 할 때도, 일기를 쓰라고 할 때도, 방을 어질러놓았을 때도 엄마는 내 이름을 길게 부른다.

전화가 걸려왔다. 엄마는 전화를 받으려다 말고 돌아섰다. 아빠의 전화라는 뜻이다. 나는 밥을 한 숟갈 먹다 말고 전화를 받았다. 아빠가 재혼한다. 그 말을 듣자마자 나는 아빠의 목소리가 전화선을 타고 엄마의 귀에까지 흘러들어가지 않게 수화기를 손으로 가렸다. 엄마는 보통 때처럼 전화의 내용에 관심을 보이지 않는다. 다행이다. 적어도 지금 엄마에겐 아무 일도 일어

엄마, 연애하세!

나지 않은 것이다.

정우 녀석이 유진이와 사귄다고 했을 때 나는 진심으로 축하해주었다. 왜냐하면 나한테는 예원이가 있기 때문이다. 만약에 나한테 예원이가 없다면 나는 정우 녀석의 연애에 딴죽을 걸었을 게 분명하다. 나도 못하는 연애를 감히 네가? 하는 식의 잔뜩 뒤틀린 심사로 고약을 떨었을 거라는 얘기다. 그런데 엄마는 지금 아무도 없다. 혼자인 엄마가 아빠의 재혼 소식을 들어야 하는 건 너무한 일이다.

새해 벽두에 날아온 소식치고는 정말 개떡 같다. 전화를 끊자마자 나도 모르게 소리를 질렀다. 버릇없는 꼬마 녀석이라고 야단을 친다고 해도 할 수 없다. 똑같은 상황이 또 온다 해도 나는 똑같이 소리를 지를 거니까.

"엄마, 연애해! 제발 집에 있지 말고 어디 좀 나가!"

아빠는 재혼하고, 나는 연애하고….

엄마가 웃으면서 아빠의 재혼을 축하해주려면 엄마에겐 남자가 필요하다.

🥿 1월 4일 수요일

올 추석은 시댁에서! 스물에 세웠던 신년계획이다. 그 계획은 8년간 지속되었다. 마흔에 이르러 신년계획이 다시 '올 추석은 시댁에서!'가 될 판이다. 아들에게, 그것도 열 살 난 아들에게 연애하라는 말을 듣게 될 줄 그 누가 알았겠는가 말이다.

어이없어 하다가 얼핏 스친 깨달음에 실소가 따라 나왔다. 아들은 연애하라고 했지 결혼하라고 한 적이 없다. 그런데 '연애=결혼'의 등가관계를 성립시켜놓은 나의 가치관은 마흔에 이르러서도 변하지 않았다. 연애를 하면 결혼을 해야 한다는 나의 가치관은 대체 어디에서 비롯된 것일까?

대한민국의 작가 군단은 이십 대와 삼십 대 연령층만 책을 사서 읽는다고 믿는 모양이다. 이삼십 대를 겨냥한 숫자 마케팅에 사십 대는 열외인 게 분명했다. 이제 겨우 마흔이 된 나는 어떻게 살아야 하는지, 먼저 살아낸 사람의 조언을 읽고 싶었다. 내 바람과 달리 서점엔 사십 대 여성을 위한 책이 눈에 띄지 않았다. 혹시 내가 찾지 못하는 걸까 싶어서 나는 무려 네 시간이 넘게 서고를 뒤졌다. 그 와중에 사십 대 남자를 위한 재테크와 사회생활 성공 전략에 대한 몇 권의 책을 보았다. 사십 대는 남자만 사는 나이인가 보다. 그것도 특권 계층의 남자만이.

엄마와 딸의 이야기, 여자로 살아남기, 내 아이 남보다 2배로 똑똑하게 키우기, 결혼생활 백서… 등등의 책이 그다음으로 눈에 띄었다. 소설을 읽어볼까 해서 소설 코너에 갔지만 소설 속의 주인공들 역시 거의 대부분이 이삼십 대였다. 게다가 그들은 모두 연애 중이었다. 남자와 혹은 남편과.

남자가 없으면 남편이 있어야 하는 것, 그것이 그들의 생각인가 보다. 엄마에겐 딸이 있어야 하고 아빠에겐 아들이 있어야 한다. 그 말이 전적으로 옳기는 하지만 옳다고 해서 그대로 이루어지는 것은 아니다. 나처럼 남편도, 남자도 없이 게다가 딸도 없이 달랑 아들 하나와 살아가는 마흔 살의 여자는 대체 어떤 책을 읽으란 말인가?

마흔 살. 만으로 치면 서른여덟 살. 삼십 대라고 우기기엔 40이란 숫자가 걸리고 사십 대라고 하기엔 어쩐지 억울한 나이. 나는 속으로 마흔 살의 세 글자를 분절로 소리 내어 본다. 마 · 흔 · 살. 마 · 흔 · 살….

엊그제 스무 살 꽃띠의 청춘이었던 것 같은데 벌써 마흔 살이다. 교복을 입은 아이들이 예뻐 보이면서 내가 나이를 먹어가고 있다는 것을 알았다. 그들 나름대로 한껏 멋을 낸 모습보다 단정하게 교복을 차려입은 모습이 훨씬 더 눈부시다는 것을 그 나이 때는 모른다. 화장을 하지 않아도 그 자체로 해사한 봄꽃 같은 나이가 스무 살이라는 것을 나 역시 스무 살 때는 알지 못했다.

지금, 마흔 살의 나는 무엇을 알지 못한 채 지나치고 있는 걸까?

내 나이 열 살. 그때 나의 장래희망은 엄마가 되는 거였다. 내 과제물을 챙겨준 뒤 아버지 옆에서 고요한 찻잔처럼 향기를 피워 올리던 엄마는 정숙했다. 그때 엄마는 엄마라는 이름만으로 눈부셨다. 남편 곁에서 교교히 숨을 쉬는 음전한 엄마, 우리 형제들을 돌볼 때는 현숙해지는 엄마, 평온함으로 단단히 무장한 채 어떤 풍랑에도 흔들리지 않는 삶을 꾸려가는 단단한 엄마, 그런 엄마가 되고 싶었다.

아이들을 학교에 보내놓고 거실에서 햇살과 함께 뒹굴면서 책을 읽거나 글을 쓰는 내 모습을 상상하는 일은 즐거웠다. 아이들이 돌아올 시간, 뉘엿뉘엿 넘어가는 해를 보면서 장을 보러 가고 찌개를 끓이면서 남편의 퇴근을 기다리는 모습을 머릿속 스크린에 옮길 때면 스크린 속의 나는 무척이나 행복했다. 안온한 느낌, 그 시간은 여태 잘 살아냈다고, 삶이 주는 선물에 다름 아닐 거라고 믿었다.

마흔 살의 엄마이자 아내인 나. 나는 그 말이 무척이나 마음에 들었다. 그러나 마흔 살은 좀처럼 되지 않았다. 자고 일어나고 또 자고 일어나도 나는 여전히 이십 대에 머물러 있었다. 영원히 오지 않을 것 같은 숫자가 마흔이었다. 오래도록 청춘일 것 같았던 스무 살의 나는 조급했다. 더디 가는 시간에게 빨리 가라고 등을 떠밀고 싶었던 것도 같다. 그 시절의 나는 마흔 살이 된 내가 스무 살에 꿈꾸었던 모습대로 살고 있을지 사실 여부를 확인하고 싶었다. 그것도 하루빨리. 하루빨리 마흔 살이 되고 싶긴 했지만 이렇게 순식

엄마에겐 남자가 필요해

간에 마흔 살이 되고 싶지는 않았던 것 같다.

오직 희망이었던 사십 대가 열렸다. 불행하진 않지만 행복하지 않은 사십 대가 열렸다. 이제 겨우 열 살 된 아들을 아직도 더 열심히 키워야 하는 사십 대가 열렸다. 희망을 담보로 하고 있던 미래에 드디어 도착했다. 그 희망의 미래마저 도착하면 현실이 된다는 걸 그때 미리 알았더라면 좋았을 것을.

결국 한 권의 책도 사지 못하고 서점을 나섰다. 불현듯 사십 대는 연애도, 육아도 모두 끝내놓아야 하는 의무가 있는 나이인가 하는 의문이 들었다.

⚽ 1월 6일 금요일

예원이는 정말 예쁘다. 예원이는 나와 같은 반이고 내 짝이고 내가 좋아하는 여자 친구고 나의 첫사랑이다. 그리고 나와 결혼할 확률이 90퍼센트 이상이다.

예원이와 나는 아침에 만나서 학교에 같이 간다. 화장실 앞에서 헤어지는 거 말고는 학교에 있는 동안 예원이와 나는 한 뼘의 거리 밖으로 떨어지지 않는다. 문제는 학교에서 말고는 예원이를 볼 수 없다는 점이다. 왜냐하면 예원이는 학교에서 공부하는 거 외에, 피아노와 검도를 배우고 논술 학원에 다녀온 뒤 학습지 두 과목과 영어 개인과외를 받으러 다닌다. 그 모든 과정이 끝나면 10시란다. 좋은 대학에 가려면 지금부터 시작해도 늦는다고, 예원이 엄마는 예원이를 로봇처럼 굴린다.

단지 내에 있는 상가 문방구는 우리들의 놀이터다. 문방구 앞에서 놀고 있으면 아이들이 알아서 모인다. 그런데 그 아이들 중에 예원이는 한 번도 낀 적이 없다. 예원이라고 우리들이 노는 무리에 왜 안 끼고 싶겠는가.

"예원아, 방학하면 우리 좀 놀 수 있는 거지? 학원 끝나고 문방구 앞에 나올 수 있는 게 몇 시 정도야?"

"야, 한태극! 너 자꾸 물어보면 막 화낼 거야. 그딴 거 묻지 말란 말이야!"

나는 대답 대신 화를 내는 예원이를 이해할 만큼 컸다. 나는 정말 예원이가 불쌍하다. 왜 예원이는 벌써부터 대학에 가는 게 목표가 되어 자라야 하는 걸까?

그런 면에서 나는 내 엄마가 참 좋다. 엄마는 내가 밖에서 뛰어노는 게 제일 좋은 거라며, 숙제를 마친 뒤엔 밖에 나가서 놀라고 한다. 그렇다고 해서 내가 학교 수업에 뒤지고 있다면 문제겠지만 나는 꽤 공부를 잘하는 편이다.

엄마가 내게 원하는 건 일기와 독서일기를 거르지 않고 쓰는 것이다. 그건 저녁 먹고 자기 전에 한 시간이면 할 수 있는 일이다. 일기와 독서일기만 열심히 쓰면 엄마는 나에게 착한 아들이라고 한다. 예원이 엄마가 내 엄마한테 배웠으면 하는 점이다.

방학이 되어 예원이를 볼 수 없게 되자 매일 매일이 심심하기만 했다. 친구들과 문방구 앞에서 놀면서도 심심했다. 일기를 쓰는 지금도 나는 심심하다. 만화영화도 재미없다.

곰곰이 생각해보니 예원이를 볼 수 있는 방법이 너무 가까운 곳에 있었다. 예원이가 피아노 치러 갈 시간에 나도 피아노를 치러 가면 되는 아주 간단한 해결책을 왜 처음부터 생각해내지 못했는지 나 자신이 한심해 죽을 지경이다. 그리고 또 하나, 태권도 대신 검도를 배우면 검도장에서도 예원이를 볼 수 있다. 나는 태권도장에서 다치지도 않았는데 다쳤다고, 태권도가 무섭다고 엄살을 피우면서 검도를 배우게 해달라고 할 것이다.

방학 동안에 예원이를 볼 수 있을 거라고 생각하니 갑자기 힘이 솟는다.내 나이 열 살. 나에게 사랑이 찾아왔다.

엄마에겐 남자가 필요해

대청소는 머릿속을 해야 했다. 거미줄보다 더 복잡하게 얽힌 머릿속에서 한 줄의 글도 뽑아내지 못하고 결국 집 안을 온통 뒤집어놓았다. 그 와중에 앨범을 들추게 되었다. 스무 살의 내가 해사하게 웃고 있는 사진을 보다가 그만 얼굴을 찌푸리고 말았다.

왜 하필이면 스무 살인가. 적어도 내가 기억하는 스무 살은 행복하지 않았다. 막 첫사랑이 끝났고 그 사랑을 잊기 위해 독주를 퍼붓던 나는 근근이 살아남았다. 아침이면 깨질 것 같이 아픈 머리 때문에 잠시 가슴의 통증을 잊을 수 있었던 스무 살은 유약했다.

학점은 바닥을 쳤고 아르바이트는 하는 일마다 고약한 업주를 만나는 바람에 뒤로 넘어져도 코가 깨진다는 말을 실감하던 시기였다. 그런데 사진 속의 나는 웃고 있다. 기억을 배반하는 웃음이 어쩐지 거짓말 같다.

스물의 몸은 누구라도 사랑할 수 있을 만큼 환하게 열려 있었다. 나도 모르게 열리는 것, 무모하리만치 모두 열리는 것, 그게 스물의 나였다. 누군가에게 끊임없이 마음을 옮겨놓아도 마음속에 그득한 사랑은 줄어들기는커녕 늘 차고 넘쳤다. 마치 화수분처럼. 두서없이 시작한 만남에도 용암처럼 끓어넘친 사랑이고 보면 그때의 사랑은 무식할 만큼 용감했다고밖에 달리 할 말이 없다.

사랑은 뜨거웠으나 오래가지 않았다. 제법 오래간 사랑도 결국은 헤어짐 앞에 도착했다. 마치 사랑의 종착역이 이별이기라도 한 듯 사랑은 이별을 생산해 내는 데에만 집중했다.

온몸이 불에 덴 것 같은 날들이 몇 날이고 이어졌다. 지나칠 만큼 성실했던 상처들이 내 안에 속속들이 자리 잡았다. 그때 세상은 헛헛했다. 하늘은 지독히 푸르렀고 나무들은 견고하게 뿌리를 내려갔다. 흔들리는 것은 나 하나였다. 흔들리는 나를 증명하기 위해 세상을 떠돌 필요는 없었다. 그저 한 곳에 뿌리를 내리기 위해 무슨 짓이든 해야 했다. 무슨 짓은 번번이 다시 사랑에 빠지는 일이 되고 말았다. 사람에게 받은 상처는 사람에게 위로받아야 한다는 말을 앞세웠지만 언제나 상처를 주는 것은 사람이었다.

그럼에도 새로운 사람을 보면 상처가 될 것을 알면서도 어느새 마음과 몸을 열어버렸다. 스물의 몸은 좀처럼 식지 않았다. 사랑이 흔들릴 때마다 삶이 덩달아 흔들렸다. 삶이란 것에 허우적거리면서 나는 바랐다. 하루빨리 스물의 청춘을 탕진해버리고 서른 살 없이 훌쩍 마흔 살이 되기를.

그때 나는 어떤 작은 풍랑도 만나지 않는 삶이 마흔이라고 믿었다. 마흔쯤 되면 열정으로 소집된 삶을 해제하고 슬픔의 씨앗들이 자라 추억의 나무로 자라는 것을 오직 담담함으로 바라볼 수 있을 거라고 믿었다. 스물에 바라본 마흔은 그럴 수 있을 거라고 믿었다.

다시는 연애를 하지 않겠노라고, 쓰디쓴 상처를 부여잡고 읊조릴 때 현주가 말했었다. 다시 사랑하지 않는 길은 결혼하는 길이라고. 결혼이란 지점에 골인할 때까지는 결혼할 누군가를 찾기 위해 계속 연애를 해야만 한다고. 결혼에 이르면 그땐 남편과 연애하면서 살면 된다고. 그러니 다시는 연애하지 않겠다는 말, 다시는 하지 말라고.

그 말이 끝나기 무섭게 지현은 반박했다.

"누가 그래? 결혼이 연애의 끝이라고? 다시 연애하지 않는 길은 죽는 길밖에 없어. 결혼한 여자의 연애가 얼마나 편한데? 끝날 걸 알기 때문에 구속하려 들지 않거든. 차라리 상처 없이 사랑하는 법을 배워. 서로 구속하지 않으면서 자유롭게 관계를 만들어봐. 구속하려 드는 순간 상처가 되는 거거든."

나의 이별을 놓고 친구들이 갑론을박, 연애와 결혼에 대해 열띤 토론을 벌이는 동안에도 나는 아팠다. 어떤 위로도 마음에 와 닿지 않았다. 지리멸렬한 일상이 이어졌다. 눈뜨면 아침이었고 배가 고프면 밥을 먹었고 어두워지면 잠자리에 들었다. 아무 생각도 하지 않았고, 삶에 대해 어떤 꿈도 꾸지 않았고, 소리 내어 웃는 일도 하지 않았다.

그 와중에 남편을 만났다. 사랑은 다시 비등점 없이 끓어올랐다. 나보다 더 뜨겁게 달아오른 남편은 내게 처음으로 프러포즈라는 것을 했다. 세 번의 연애 뒤에 받은 최초의 프러포즈였다. 나는 감격했고 그 자리에서 결혼에 동의했다. 집이라는, 가정이라는 곳에 내 몸을 풀어놓고 보니 비로소 몸에 맞는 옷을 입은 기분이 들었다.

이렇게 살다 보면 마흔이 되겠구나, 갓 낳은 태극을 안고 나는 잠시 생에 대한 기대로 부풀어 올랐다. 아무 일도 일어나지 않는 마흔 살.

마흔 살이 된 지 일주일. 아직까진 아무 일도 일어나지 않고 있다. 그런데 왜 이렇게 가슴이 헛헛한가. 지긋지긋하리만치 진흙탕에서 뒹굴었던 스물의 사랑이 왜 나는 그리운가. 그리움을 품고 끝낸 대청소에 마음만 더 휑해진 느낌이다.

⚽ 1월 9일 월요일

예원이의 손을 잡으면 손을 잡기까지는 가슴이 설레지만 막상 잡고 보면 숨이 막히고 답답해진다. 그런데도 그 손을 놓을 수가 없다. 지구 밖으로 버려지는 기분이 들 것 같아서다.

엄마에게 나의 작전이 먹히고 나는 오늘부터 태권도장 대신 검도장에 다닌다. 검도장에서 보내는 한 시간이 십 분처럼 느껴졌다. 예원이와 결투 대결을 한 나는 당연히 졌다. 남자니까 져줬다는 사실은 나만 알고 있으면 된다. 내게 이긴 뒤 예원이의 얼굴은 형광등 불빛 같이 환해졌다. 신나서 어쩔 줄 몰라 하는 예원이를 보면서 내가 더 행복하고 뿌듯했다. 여자를 행복하게 해줘야 한다는 엄마의 말이 무슨 뜻인지 알게 됐다.

"예원아."

"응?"

"너, 참 예뻐."

나는 재빠르게 예원이의 볼에 뽀뽀를 한 뒤 쏜살같이 달아났다. 예원이의 심장이 내 심장처럼 뜨겁게 뛰었으면 좋겠다고, 나는 간절히 바랐다.

내일이 올 때까지 기다리면 나는 다시 예원이를 볼 수 있다. 기다리는 게 고통스러운 즐거움이라는 것을 아는 꼬마 녀석들은 나 말고 없을 것이다. 나는 내 또래 녀석들보다 빨리 어른이 되어가고 있다.

집에 들어서자마자 잔뜩 가라앉은 엄마의 얼굴이 나를 맞았다. 나는 내 방을 정리하지 않았나 싶어 꾸중 들을 걱정에 방부터 살폈다. 침대도, 책상도 정리가 되어 있고, 컴퓨터도 꺼져 있다. 텔레비전도 분명히 껐고, 물을 마신 컵은 개수대 안에 넣었다. 도대체 엄마가 왜 화난 얼굴인지 나는 알 수가 없다. 오늘은 아무리 생각해도 엄마가 화날 일을 한 게 없다. 그런데도 엄마는 내게 화난 얼굴을 보였다. 나는 과연 오늘의 문제가 무얼까 생각해보았다. 생각하다가 이번엔 내가 화가 났다.

나는 엄마의 심리상태에 쉽게 전염이 된다. 기쁨이나 행복, 힘든 일이나 불평에도 나는 상습범처럼 기꺼이 전염되어준다. 그런데 엄마는 정말 너무하다. 화를 낼 준비를 마쳤다 하더라도 내가 행복해보이면 나를 위해 화를 내는 걸 잠깐 미룰 수도 있는데 엄마는 그런 적이 없다. 이런 불공평한 관계가 어디 있단 말인가.

"엄마, 난 엄마 때문에 기분이 엉망이 됐어. 엄만 나한테 미안해해야 돼."

"때구, 엄만 지금 머리가 터질 거 같아. 아침부터 기침도 시작했다고. 어떻게 해야 되는지 때구가 알려줘."

엄마는 기침 때문에 말을 제대로 하지 못했다. 그 순간 화를 냈던 내가 미안해졌다. 아픈 엄마의 얼굴을 화난 얼굴로 봤다는 건 정말 큰 실수다. 병원에 다녀온 줄만 알았지 누가 아직까지 아프고 있을 줄 알았나 뭐.

"엄만 내가 아플 때 어떻게 했지?"

"병원에 갔지."

"봐, 정답을 말했잖아. 병원에 가면 돼."

"하지만 엄만 병원에 갈 시간이 없어."

"내가 아프면 엄만 어떻게 할 건데?"

"당장 병원에 가야지."

"그럼 내가 아픈 거라고 치고 당장 병원에 가. 내가 같이 가줄게. 엄만 지금 내가 아파서 병원에 데리고 가는 거야. 그럼 시간이 생기는 거지?"

엄마는 정말 문제가 많다. 엄마는 어제부터 머리가 아프다고 했다. 얼굴까지 화끈거릴 정도로 온몸에 열이 난다고 했다. 나는 피아노 학원에 가기 전에 분명히 엄마에게 말했다. 병원에 다녀오라고. 병원에 다녀와서 쉬라고. 엄마는 두 번이나 나와 손가락을 걸면서 병원에 다녀와서 쉬겠다고 약속을 했다.

엄마의 약속은 종종 지켜지지 않는다. 내가 지키지 않은 약속과 엄마가 지키지 않은 약속을 다루는 태도는 너무나 다르다. 엄마가 약속을 지키지 않았을 때엔 언제나 그럴 만한 이유가 있고 내가 지키지 않은 약속에 대해선 이유여하를 따지기 전에 야단부터 친다. 어른에겐 약속을 지키지 못할 마땅하고 옳은 이유가 늘 존재하고 아이들에겐 약속을 지킬 마땅하고 옳은 이유란 존재하지 않는다고 믿는 것, 그건 어른들이 버려야 할 나쁜 습관 중의 하나다. 정말 엉덩이에 뿔이 나고도 남을 습관이다.

"근데 아들, 뭐가 그렇게 좋아서 실실거리면서 들어오셨을까?"

짜증을 낸 게 미안했는지 엄마는 괜히 억지로 웃으면서 내 품에 파고들었다. 이럴 때 나는 감기 옮으면 어쩌나 하는 걱정보다 바라는 게 생긴다. 내 가슴이 조금만 더 컸으면 하는 것이다. 빨리 어른이 되고 싶다.

아빠의 재혼 소식을 전했다.

"엄마, 아빠 재혼한대. 아빠 재혼하면 엄마가 한밤중에 아플 때 아빠가 못 온대. 그러니까 엄마, 아프지 마."

엄마는 충격을 받은 얼굴이 되더니 갑자기 기침을 더 심하게 했다. 기침이 멎자 엄마는 내 머리를 쓰다듬으며 안았다. 엄마에게 안겨 있는 동안에 나는 엄마의 얼굴을 보지 못해서 엄마의 표정이 어땠는지 모른다.

"엄마 안 아파. 엄마가 얼마나 씩씩한데…!"

엄마는 아프지 말라는 말만 들은 사람처럼 대답했다. 그리고는 벌떡 일어나 알약 한 알을 삼키고 침대에 누웠다. 다행이라는 생각이 들면서도 엄마가 걱정이 된다. 웃을 일이 아닐 때 웃어 보이는 건 괜찮다고 말하는 뜻이다. 하지만 괜찮다고 말해야 될 정도로 괜찮지 않은 일이 생겼다는 뜻이라는 걸 나는 겪어봐서 안다. 넘어졌을 때, 시험에 망쳤을 때, 열이 높을 때… 나는 괜찮다고 한다. 정말 아무 일이 일어나지 않은 날에는 괜찮다고 말하는 일조차 하지 않는다.

엄마는 지금 너무 긴 낮잠을 자고 있다.

👠 1월 10일 화요일

"윤정완 씨 부탁드립니다."

"윤정완? 우리 집에 그런 사람 없는… 아, 엄마요?"

태극이에게 나는 윤정완이라는 이름 대신 한태극의 엄마로서만 존재하는 모양이다. 주변의 모든 사람들이 전화를 걸어왔을 때 "엄마 바꿔줄래?" 하다 보니 태극이에게 내 이름은 윤정완이 아니라 그저 엄마인 모양이다.

하긴, 태극이가 내 이름을 잠깐 잊은 건 내 탓이 크기도 하다. 태극이가 유치원에 입학하고부터 나는 "태극이 엄마예요."라고 나를 소개하고 다녔다. 내가 스스로 내 이름을 바꾼 것이다.

영화는 시종일관 찧고 까부는 액션 코미디물이었다. 슬랩스틱 코미디의 모든 경우들이 영화 속에 들어가 있었다. 게다가 말꼬리 잡기 놀이라도 하는 듯 유희로 끝나고 만 대사들도 눈살을 찌푸리게 했다. 도대체 이런 영화에 돈을 들이는 이유를 모르겠다. 그렇지만 그건 순전한 나의 취향이지 관객의 취향이 아니다. 철저하게 상업적으로 만들어낸 영화는 자의식을 버리고 보면 그런대로 두 시간을 즐길 법도 했다. 보는 동안 몇 번쯤은 웃기도 했으므로. 그 웃음이 작위적인 게 아니었으므로.

그러므로 나는 내 취향을 버리고 내용에 충실해서 글을 쓰면 된다. 글 쓰는 기계가 되어버린 요즘 나는 옳고 그른 것에 대한 판단을 하지 않는다. 판단은 책임을 져야 하는 일을 수반한다. 나를 먹여 살려야 하고 아이를 먹여 살려야 하는 것이 닥친 문제가 되다 보니 나의 모든 기준은 먹고사는 것이 되어버렸다. 먹고사는 일에 옳고 그른 것을 대위시키는 일은 별로 바람직하지 않다.

판단을 하지 않은 이후로 나의 마음은 가벼워졌다. 가벼워진 마음만큼이나 글이 가벼워졌다. 덕택에 영화 잡지에 가볍게 읽어 넘길 수 있는 한 장짜리 지면을 할애받았다. 영화에 대한 간략한 정보와 별표를 매기면 끝이다. 공짜로 영화를 보고 글 몇 줄 써서 돈까지 벌 수 있는 건 행운이다. 올 한 해는 태극의 학원비 걱정을 하지 않아도 된다. 나는 우선 그 사실이 기쁘다.

영화가 끝나기 바쁘게 엔딩 크레디트가 올라가는 것도 보지 않고 극장 문을 나섰다. 등 뒤로 영화 음악을 흘려들으면서 나는 잠깐 생각했다. 호텔 뷔페 식당에서 양질의 음식들을 골라 먹듯 다양하게 영화를 골라 볼 수 있다면 얼마나 좋을까 하고. 하지만 그것도 잠시, 극장 문을 나설 때 이미 영화는 내 머릿속에서 지워졌다.

문득 내 글을 쓰고 싶다는 생각이 머릿속에 들어앉았다. 남편이 있을 때는 엄두도 내지 못했던 일이었다. 돈 안 되는 시나리오, 돈 안 되는 소설. 남편은 돈 안 되는 일에 아내를 뺏길 생각이 조금도 없는 사람이다. 내 발목을 잡아채는 사람이 없으니, 게다가 아이도 이젠 좀 컸으니 글을 써도 되지 않겠냐고… 마음이 아주 작게 일렁였다.

신열에 앓는 밤이면 남편의 손길이 그립다. 이제 남의 사람이 된다고 하니 어쩐지 놓쳐버린 것 같아서 아쉽다. 미처 깨닫지 못했던 사랑이 남아 있는 것도 같다. 남편은 내내 그리운 사람이었던 것도 같다. 이런 마음이 드는 내가 참 고약하다.

⚽ **1월 12일 목요일**

피아노를 치는 예원이의 모습을 보는 건 또 다른 즐거움이다. 고개를 까딱까

딱하면서 발장난을 까불면서 피아노를 치는 예원이는 동네에서 흔히 볼 수 있는 여자 아이가 아니다. 친구들은 나보고 예원이의 어디가 그렇게 예쁘냐고 묻는다. 한마디로 머리부터 발끝까지 다 사랑스러워~ 이다. 김종국 아저씨만이 내 마음을 알아주는 거 같다.

"안 무거워?"

"네가 무거운 거보다 내가 무거운 게 좋아. 그러니까 이까짓 것쯤, 괜찮아."

예원이의 피아노 가방을 들어주고 죽도를 들어주고 하는 것 역시 나를 기쁘게 한다. 예원이를 위해 내가 무언가를 해주고 있다는 사실이 나는 너무 좋다. 이렇게 예쁘고 사랑스러운 예원이를 위해서 나는 무엇이든지 더 해줄 자신이 있다.

아빠는 왜 그랬을까? 엄마를 사랑한다면서, 너무 사랑해서 결혼했다면서 왜 엄마의 부탁을 들어주지 않았을까? 아니다. 부탁이 아니라 엄마의 소원이었다. 아빠는 정말 들어줄 수 없는 소원을 엄마가 품은 거라고 믿었던 걸까? 예원이가 기뻐하는 모습을 보는 것이 나를 얼마나 행복하게 하는지, 다시 말해서 엄마가 기뻐하는 모습을 보는 것이 아빠를 얼마나 행복하게 할지 아빠는 몰랐을까?

어른들에겐 공통점이 있다. 아빠도, 엄마도, 할머니도, 고모도, 삼촌도, 외숙모도… 하나도 빼놓지 않고 어른들은 모두 다 어렸을 때 공부를 잘했다는 것이다. 어렸을 때 심부름 대장이었고, 착한 아이였고, 부모 말씀을 잘 듣는 모범생 아이들이었다는 것이다. 그렇게 공부를 잘했고 착했던 사람들이 왜 어른이 되어 멍청해진 걸까? 행복해지는 방법은 정말로 간단한데 왜 그 쉬운 것도 알아내지 못한 채 매일 다투고 얼굴을 붉혀야 했는지 내 머리로는 이해 불가다. 적어도 나보다 공부를 잘했던 어른들이면서.

아빠가 엄마한테 사랑한다고 말하던 소리를 기억한다. 어른들의 사랑은 어떤 걸까?

👠 1월 13일 금요일

13일의 금요일이다. 재앙의 날이다. 물론 영화 속 이야기다. 하지만 13일의 금요일이 되면 괜히 마음이 비장해진다. 어느 날보다 잘 살아내야겠다고 다짐을 하게 된다. 삶에 대한 미련이나 집착 같은 것이 강하게 일어나는 날이 기도 하다.

　요즘의 감기는 대체 어떻게 된 바이러스들인지 민간요법이나 상비약으로 는 끄떡도 하지 않는다. 지독한 놈들.

　끼고 살 게 없어서 감기를 끼고 사느냐고, 지현의 말이 이상하게 아프다.

⚽ 1월 14일 토요일

며칠째 끙끙 앓고 있는 엄마의 손을 잡아끌다시피 해서 병원에 다녀왔다. 엄마의 기침은 멈추지 않고 두통도 가라앉지 않았다. 그런데도 엄마는 컴퓨터 앞에만 앉아 있었다. 며칠째 샤워를 거른 엄마의 몸엔 땀 냄새가 났고 머리는 시들어서 엉망인 꽃다발처럼 파헤쳐져 있었다. 그런 엄마는 정말 보기 싫었다.

　"엄마, 그러니까 연애해!"

　"아, 시끄러워. 할머니네 내려가 놀든지 내가 놀든지 컴퓨터 게임을 하든 지 너 하고 싶은 거 해. 대신…, 엄마 그냥 둬. 병원 갈 기운 없어."

　"그러면 일을 하지 말든가!"

"엄마 빨리 끝내고 눕게 건드리지 말아줄래?"

엄마의 목소리는 사람의 소리라고 느껴지지 않을 만큼 거칠고 개미 기어가는 소리만큼이나 작았다. 나는 엄마 때문에 걱정이 산더미만큼 커졌다.

엄마 앞에서 귤을 까먹다가 배가 아프다고 떼굴떼굴 굴렀다. 그랬더니 엄마는 아픈 사람이 맞나 싶게 힘을 내더니 나를 들쳐 업었다. 나는 걸을 수 있다고, 배를 움켜잡고 허리를 꾸부정하게 숙인 채 엄마의 손을 잡고 걸었다. 병원에 도착하자마자 나는 허리를 꼿꼿하게 펴고 서서 접수대에 엄마 이름을 댔다. 엄마는 어이없어 하다가 내 마음을 알아채고는 꼭 끌어안아 주었다. 끌어안으면서 머리통을 쥐어박는 것을 잊지 않았다.

"태극이가 엄마 보호자다."

주사를 맞고 나오면서 던진 엄마의 그 말이 이상하게 가슴을 아프게 했다.

엄마는 내게 핸드폰을 맡기고 낮잠을 잤다. 내가 엄마의 이름을 잠깐 잊었던 날부터 엄마는 내게 핸드폰을 맡긴다. 나는 핸드폰이 울리면 "네, 윤정완씨 핸드폰입니다. 저는 아들이구요."를 제일 먼저 읊는다. 이렇게 하다보면 단 한순간도 엄마 이름을 헷갈리거나 까먹지 않을 것이다.

할머니는 오늘도 남자 친구를 만나기 위해 은빛 대학에 가셨다. 삼촌은 회사에서 오려면 아직 멀었고 윤성구, 윤성아 두 형과 누나는 외숙모를 따라 외숙모 아버지의 생일잔치에 갔다. 오늘은 갈 데도 없다. 데리고 간다고 했을 때 갈 걸 하는 후회는 이미 늦어버렸을 때 하는 짓이다.

아, 참고로 나는 외할머니, 외삼촌을 그냥 할머니, 삼촌이라고 부른다. 친할머니는 개포동 할머니라고 부르고 친삼촌은 작은아버지라고 부른다. 물론 개포동 할머니 앞에 가면 그냥 할머니라고 부른다.

태어나면서부터 개포동 할머니 집에서 우리는 다 같이 살았었다. 여기서 말하는 '우리'는 개포동 할머니와 고모, 고모부, 작은아버지, 작은엄마, 아버지, 엄마, 그리고 나를 가리키는 말이다. 엄마는 자주 우리끼리 살아보자고, 우리끼리 살고 싶다고 아버지에게 부탁을 했다. 그때 엄마가 말하는 '우리'는 아버지와 엄마, 나를 가리키는 말이다. 지금 엄마가 말하는 '우리'는 나와 엄마, 이렇게 둘을 가리킬 때도 있고 할머니와 삼촌, 외숙모와 사촌 형과 누나를 가리킬 때도 있다. 나는 엄마가 말하는 '우리'라는 말을 따로 설명해주지 않아도 한 번도 틀리지 않고 다 알아차린다.

나는 방학 숙제를 핑계로 하여 예원이에게 전화를 걸었다. 나도 다 아는 숙젠데 방학 동안 읽을 필독서 제목을 물어보았다. 착한 예원이는 책 제목들을 하나도 빠짐없이 다 알려준 뒤에도 한참을 더 나와 떠들었다. 무슨 이야기를 나누었는지 생각해보면 별로 중요한 이야기는 하나도 없다. 그런데도 십 분을 넘게 떠들었다. 우린 둘 다 전화를 끊기 싫었을 뿐이다. 전화를 끊었을 때 나는 조금도 우울하지 않았다.

날이 갈수록 짙어지는 사랑이 나는 마음에 든다.

👠 1월 16일 월요일

오랜만에 대중교통을 이용했다. 운전을 시작한 이후 아주 가까운 길도 자동차를 이용하는 습관이 생겼다. 나쁜 습관은 몸에 빨리 익고 좋은 습관은 몸에 익지 않는다. 걷는 것 이상 좋은 운동이 없다는 걸 알면서도 어느새 보면 자동차로 이동하고 있는 나를 보게 된다. 그래서 오늘은 작심하고 대중교통을 이용했다.

엄마에겐 남자가 필요해

압구정역에서 내려 지상으로 올라오자 출구를 잘못 찾아 나온 것을 알았다. 그 순간 나는 자동차를 두고 나온 것을 후회했다. 별수 없이 동호대교 고가 밑에서 신호등을 건넜다. 불과 500여 미터의 거리를 걷는 동안 제법 매서운 바람이 옷 속으로 파고들었다. 자꾸 온기를 찾아드는 것을 보면 바람도 추운 것이다.

"이혼한 사람들의 대답은 왜 이렇게 천편일률적인지 모르겠어. '결혼은요?' 하고 물으면 '실패했어요.' 그러는 거야. 도저히 같이 살 수 없어서 헤어진 것을 왜 실패했다고 말하는지 난 이해하기 싫어. 이혼하지 않고 사는 게 오히려 실패작이라는 걸 이혼한 사람들은 알 거야. 그런데도 실패했다고 대답하는 거, 그건 세상이 만들어놓은 편견 때문 아니겠어? 불공평한 거지. 잘못된 결혼을 하는 사람에게 결혼이라는 단어에 매혹되어 '축하해!' 라고 말하는 건 당연한 거고, 잘못된 결혼 생활을 접고 제대로 살았던 싱글로 복귀하는 사람에게 이혼이라는 단어에 위축되지 않고 '축하해!' 라고 말하는 건 왜 당연하지 않은 거지? 난 축하받고 싶어. 내 이혼에 대해."

지현을 만나러 갈 때면 나는 지현이 십여 년 전에 했던 얘기를 떠올린다.

지현이 이혼했다고 발표했을 때 지현의 결혼 생활이 불행하다거나 힘들다거나 하는 소리를 한 번도 듣지 못한 우리로서는 자다가 봉창도 유분수지 싶었다. 그것도 이혼하겠다는 게 아니라 벌써 했다고 하니 우리는 모두 무언가에 한 대 맞은 기분이었다. 우리들 누구도 아직 결혼하지 않았을 때 지현은 결혼과 이혼을 모두 겪어낸 것이다. 그런 지현이 어린 우리들에게는 거침없는 삶의 전형처럼 보였다.

내가 이혼하겠다고 했을 때 지현은 쌍수를 들어 환영하면서 말했다. "축하해!"라고. 겪어보니 축하받아 마땅한 일이 몇 개 있긴 하다.

이혼은 책임감에 못지않은 홀가분함을 주었다. 한 사람을 사랑하여 결혼에 이르자 익명에 불과했던 타인들이 졸지에 나의 가족이 되어버렸다. 가족이라는 이름으로 그들은 내게 수많은 일들을 의무사항으로 이행할 것을 요구해왔다. 자신들로부터 아들을, 오빠를, 동생을 빼앗아간 만큼 그것에 합당하는 요건들을 충족해내라는 식이었다. 그 요구들은 때론 무자비했고 때론 폭력적이었다. 그런 그들과 더는 가족이란 이름으로 엮이지 않는 게 좋다. 끔찍하리만치 얼굴을 붉히고 언성을 높여가면서 싸울 사람이 나의 삶밖으로 나갔다는 사실도 좋다. 사랑했던 사람에게 가장 많은 상처를 받는 날들이 끝났다는 사실도 좋다. 축하받아 마땅한 일들은 그 외에도 여러 가지가 있다.

내가 결혼한 다음 달에 지현은 재혼했다. 그 재혼 또한 느닷없기는 마찬가지였다.

"나, 내일 재혼해. 성당에 가서 혼배 미사로 간단하게."

지현은 재혼 6년 뒤에 인공수정을 해서 세라를 낳았다. 머리는 갈색이요 눈은 파란색인 혼혈의 세라는 지현에게 보석과 같은 존재다. 지현은 세라로 인해 세상에서 가장 행복한 엄마의 얼굴을 갖게 되었지만 그것도 잠시, 이내 자신이 엄마이기 전에 여자라는 것을 상기해냈다. 그래서 지현은 언제나 새로운 남자를 갈구한다. 여자에겐 남편이 아닌 남자가 있어야 하는 것, 그것이 지현의 주장이다.

미용실 바로 앞에 공사가 한창이었다. 공사로 인해 골목은 시끄러웠고 복잡했다. 뒤엉켜 있는 차들로 인해 사람이 걷는 것도 불편할 지경이었다. 공사의 여파 때문인지 미용실엔 손님 하나 없었다. 미용실 문을 열고 들어서자마자 지현은 내 뒤를 살폈다.

"태극이는?"

"세라도 일곱 살만 돼봐라. 어디 엄마 따라다니려고 하는지. 하물며 열 살이, 엄마 따라다니려고 하겠니?"

"보고 싶은 건 태극인데…. 태극이 아무한테도 주지 마. 내 사위야. 너…, 세라가 혼혈이라고 싫다고 할 건 아니지?"

"촌스럽다. 무슨…!"

"다음 주 노는 날엔 태극이 보러 가야겠네. 아쉬운 사람이 우물 파야지."

지현은 쉬는 날에 별 다른 약속이 없으면 세라를 데리고 일찌감치 집에 와서 하루 종일 놀다가곤 했다. 어떤 날은 세라를 풀어놓고 데이트를 하러 나갔다가 밤늦게 돌아와 태극이와 세라 사이에 끼어들어 자고 가기도 했다. 태극이도 세라를 좋아했고, 누구보다 지현이를 반겼다.

"왜 이렇게 손님이 없어?"

"먼지 봐라. 들어오고 싶겠나. 오늘도 공쳤다. 남편 월급 축내게 생겼어."

"공사는 언제나 끝난다니?"

"내일 끝날 거 같지는 않다. 기다려."

지현이 미용실 건물이 들어서 있는 맨 꼭대기 층의 살림집으로 올라가자 스태프들도 하나둘 퇴근 준비를 했다. 손님도 들어서지 않고 만의 하나 손님이 들어선다 해도 내가 해결해주겠지 하는 그들의 믿음은 나와 지현이 미용학원 동기라는 데서 기인한 것이다. 지현이 이혼 후에 미용실을 차리겠노라고, 학원에 등록한다고 했을 때 나는 적극적으로 지현의 학원 동기생이 되었다.

스물 몇 살의 나는 결혼보다 좋은 게 없다고 믿었다. 마당 한 곳에 의자를 내놓고 남편과 아이의 머리를 잘라주는 내 모습을 그릴 때마다 나는 결혼이 하고 싶어 몸살을 앓았다. 사랑보다 결혼이 먼저 하고 싶었다. 남편의 머리를 잘라주는 내 머리 위로 수백 개의 햇살이 내려앉는 꿈을 꿀 때마다 누구에게나 결혼은 달콤하고 부드러운 초콜릿이라고 믿었다.

　스태프들이 미용실을 모두 빠져나간 뒤 나는 무연하게 서서 가게 밖을 바라보았다. 공사 소리가 잦아드는 것 같더니 이내 안전선에 불이 들어오면서 여기저기서 소등의 축제가 벌어졌다. 삽시간에 조용해진 골목길은 빠른 속도로 평화를 되찾았다.

　아이를 재우고 내려올 셈인지 지현이 좀처럼 내려올 기색을 보이지 않았다. 손님도 더는 들어오지 않았다. 나는 읽던 잡지를 내려놓고 가게의 간판 불을 껐다. 실내등도 일부는 소등하고 자리를 잡고 앉으려는데 건설 현장에서 일하는 작업복 차림의 웬 사내가 뛰어 들어왔다.

　사내는 가게 영업이 다 끝났다고 하는데도 꼭 머리를 잘라야 한다고 통사정을 했다. 보다시피 미용실은 문을 닫았고 미용사들은 모두 퇴근했다고 하는데도 사내는 미용실 문을 나서지 못했다. 문의 손잡이를 잡고 서서 차마 돌아서지 못한 채 오늘 머리를 자르지 않으면 안 된다고 울상을 짓기까지 했다.

　"맞선을 보기로 되어 있는데 이 머리로 나갈 수는 없지 않겠어요?"

　사내가 안전모를 벗는 순간 나는 잘라주겠노라고 대답해버렸다. 사내는 회벽 가루를 뒤집어 쓴 채 모자를 눌러썼는지 머리가 허옇게 떠 있었다. 게다가 머리를 자를 시기가 한참 지난 건지 원래 장발을 고수하는 스타일인지는 알 수 없었으나 단발에 가까운 머리는 정말 볼품사나웠다.

　남편과 아이의 머리를 잘라주던 대로 나는 사내의 머리를 잘라주었다. "난 짧게 바리캉으로 미는 거밖에 못해요." 하는 조건을 내걸고였다. 내 스타일대로 짧게 머리를 자르고 샴푸를 한 뒤에 드라이까지 해주자 사내는 다시 울상을 지어 보였다. 나는 머리가 마음에 안 드는 게 아닌가 하는 생각에 가슴이 철렁 내려앉았다. 단발에 가깝던 머리가 졸지에 껑충하니 위로 올라갔으니 이상할 법도 했다.

"저기… 지갑을 놓고 왔나 봐요. 양복에서 지갑을 안 뺀 모양이에요."

순간 긴장으로 옭아맸던 걱정이 김빠지듯 푹 꺼졌다.

어쩔 줄 몰라 하면서 주머니를 더듬던 사내는 어느 결에 잡지 옆에 내려놓았던 내 핸드폰을 집어 들었다. 사내가 내 핸드폰으로 자신의 핸드폰에 전화를 걸었던지 사내가 쥐고 있던 핸드폰의 벨이 울어 댔다.

"번호 찍힌 거 보이죠? 내일 아침에 머리 자른 값 안 가져오면 이 번호로 전화하세요. 어쩌면 그쪽 전화 받으려고 일부러 돈 안 갖고 올 수도 있겠네요."

"네?"

"오늘 맞선은 형식적인 거거든요. 의무출석 같은 거요."

사내는 씽긋 웃어 보이더니 서두르는 기색이 완연한 품새로 뛰어나갔다. 사내를 따라 나갔지만 그는 어느새 계단을 한 층이나 다 내려간 상태였다. 따라가려다가 돌아서는데 지현이 계단 위쪽에서 모습을 보였다.

"어떤 남자가 머리 잘라 달라 해서 실력 발휘해줬더니 돈 없다고 그냥 갔다. 내일 아침에 가져온단다. 여기…, 그 남자 전화번호. 오면 머리 다시 다듬어줘. 내가 자른 게 미덥지 않을 거야."

나는 핸드폰에 뜬 번호를 적어 지현에게 건넸다. 지현은 별 관심 없다는 듯 메모지를 카운터 위에 아무렇게나 올려놓았다. 가져오기나 하겠냐는 투였다.

타인과의 약속이란 지켜지지 않을 때가 더 많기는 하다. 약속이란 상관있는 사람들 사이에서 벌어지는 행위다. 상관없는 타인들 사이에선 약속 자체가 성립되지 않는다. 타인이란 다시는 만날 일이 없는 사람들이고 그 사람들 사이에서 우연하게 빚어진 약속이란 지키지 않아도 무방한 게 저간의 태도

이긴 했다.

　지현과 수다를 떠는 사이에 나는 사내의 얼굴조차 잊어버렸다. 그러니 약속이란 애초에 있지도 않은 것처럼 다뤄지는 게 무리가 아니다.

⚽ **1월 17일 화요일**

엄마와 극장에 다녀왔다. 엄마와 함께 본 〈나니아연대기〉는 끝내주게 재미있었다. 나는 엄마를 닮아서 영화 보는 걸 좋아한다. 엄마와 둘이 살면서 제일 좋은 점은 엄마와 영화를 보러 다니는 일이 생겼다는 거다. 아빠와 살 때는 난 엄마와 한 번도 영화관에 가지 못했다. 개포동 할머니가 비디오로 보면 되지 돈 들여 영화관까지 갈 필요가 뭐가 있느냐고 못 가게 했기 때문이다. 개포동 할머니는 영화는 영화관에서 봐야 제 맛이라는 것을 절대로 알지 못한다.

　영화를 보고 영화관 앞에 있는 지현이 아줌마네 들러 세라와 지현이 아줌마와 저녁을 먹었다. 지현이 아줌마는 겨울인데도 가슴이 깊게 파인 옷을 입고 다닌다. 뽀골뽀골 파마를 하고 빨간 립스틱을 바르고 커다란 귀걸이를 하고 있는 아줌마는 오늘도 나의 시선을 사로잡았다. 몸에 딱 붙는 치마와 롱부츠를 신은 아줌마를 보면서 나는 자꾸 엄마와 지현이 아줌마를 비교했다. 평범한 청바지에 운동화를 신은 엄마는 대학교 다닐 때 찍은 사진 속의 모습과 달라진 게 하나도 없다. 맨 얼굴에 운동화. 그게 엄마의 매력이라고 지현이 아줌마는 얘기하지만 나는 엄마가 지현이 아줌마한테 화장하는 법을 배웠으면 좋겠다.

　"어이, 사위. 많이 먹어. 많이 먹고 빨리 빨리 커서 장모님 업고 다녀! 알았지? 세라야, '여보, 많이 드세요.' 해 봐!"

지현이 아줌마는 진짜로 장난을 좋아한다. 내가 사위, 여보라는 말을 얼마나 싫어하는지 알면서 내가 싫어할수록 자꾸 더 한다. 게다가 내가 결혼할 사람은 예원이인데 아줌마는 사랑은 변하게 되어 있다고 내 사랑을 믿어주지 않는다. 그래도 나는 아줌마가 좋다. 아줌마가 하는 말은 이상하게 웃긴다. 그래서 나는 아줌마만 보면 내가 먼저 좋아서 웃는다. 게다가 세라의 엄마이지 않은가.

세라는 내가 아는 여자 애들 중에서 제일 예쁘다.

나는 예쁜 여자 아이를 보고 있으면 기분이 좋아진다. 자꾸 보고 싶어서 나도 모르게 눈이 돌아간다. 세라는 특히 더 그렇다. 세라의 파란 눈은 사람이 아니라 인형이다. 그래서 세라와 놀다 보면 눈을 뗄 수가 없다. 하지만 인형은 갖고 노는 거지 결혼할 사람으로는 적당하지 않다는 것을 나는 알고 있다. 그래서 나는 세라를 예뻐하기만 할 뿐, 결혼할 생각까지는 절대 없다.

스파게티는 세상에서 제일 맛있는 음식이다. 누가 만들었는지 스파게티를 만들어낸 사람이 최고다. 부른 배를 두드리면서 집에 돌아오는 길, 나는 오늘처럼 매일 행복했으면 좋겠다고 생각했다. 엄마와 단둘이서 사는 미니 가족이 나는 마음에 든다. 행복하다.

나처럼 세상을 일찍 깨친 아이들은 어른들이 바라는 어린이 행세를

진짜 어린이 수준밖에 못 되는 아이들보다 훨씬 더 그럴듯하게 해낸다.

그래서 어른들 비밀의 겉모습은 조금 엿봤을망정

그 비밀의 본질에 대해서는 아무것도 모르는 것처럼 행동한다.

- 은희경 『새의 선물』 중에서

열 살,
애어른

1월 18일 수요일

잘게 부서진 겨울 햇살이 거실에 부옇게 앉은 먼지에 몸을 붙여 뒹구는 아침, 며칠 째 청소를 하지 못한 것을 알았다. 아이의 잠 위에 이불을 덮어주고 나와서 발바닥을 들어보았다. 그새 묻어난 먼지. 청소보다 급한 게 모닝커피였으므로 나는 먼지와 한 몸으로 뒹구는 햇살을 바라보면서 커피를 마셨다.

커피를 마시는 중에 전화가 걸려왔다. 아침 10시였다. 나를 아는 사람들은 오후 2시 전에는 전화를 걸어오지 않는다. 오후 2시 전에 걸려오는 전화는 대개 텔레마케터들의 랜덤에 낚인 전화들이 대부분이다. 나는 마치 잠을 방해받기라도 한 것처럼 잔뜩 볼멘소리로 전화를 받았다. 전날의 사내였다.

사내는 대뜸 "안도영입니다."라고 말하면서 다짜고짜 만날 것을 청했다. 아침 10시. 미용실이 문을 연 시각에 사내는 정확하게 돈을 가져다주러 갔다고 한다. 사내가 돈을 내밀었을 때 지현이 커트 비용은 커트를 친 사람에

엄마에겐 남자가 필요해

게 내라고 했다면서 사내는 미용실, 그 자리에 서서 내게 전화를 걸었다고 한다. 어제 전화가 되지 않자 오늘, 같은 시간에 다시 전화를 했다는 것이다. 커트 비용을 안 받겠다고 해도, 계좌 이체를 시키라고 해도 사내는 기어이 만나서 주겠다고 하면서 만날 것을 고집했다.

"안강최, 황소 고집 아시죠? 안씨 강씨 최씨 다음에 황씨 소씨 고집이라고… 난 안씨 성에 엄마가 황씨에요. 할머니는 강씨죠. 이래도 나한테 이길 수 있어요?"

성씨나 혈액형은 통계학이 아니다. 그 사람 개개인의 성향에 따른 문제인 것이다. 지금까지 내게 성씨와 혈액형을 들먹인 사람들의 성씨는 다 달랐다. 물론 혈액형도 제각각이었다. 그럼에도 성씨나 혈액형을 들먹이면서 자신의 성향을 지레짐작하게 하는 사람들을 마주치게 될 때마다 나는 그 사람들의 성향을 짐작했다. 고집이 세겠구나, 소심하겠네, 성격 파탄자일 가능성이 높군 하는 식으로 마음의 자를 들이댔다. 하지만 얼마 지나지 않아 사람들의 첫인상은 대개 수정되었다.

보편적으로 자신을 개괄적인 통계에 묶으려 드는 사람들은 단시간에 자신을 드러내고 싶어 하는 사람들이다. 그리고 그들은 모두 외로운 사람들이다. 외로운 사람들은 쉽게 마음을 열고 다가온다. 알아달라고 혹은 알고 싶다고. 하여 외로움을 덜어내고 싶다고.

나는 그때마다 재빨리 마음의 빗장을 걸어 잠그면서 뒷걸음질 친다. 나도 외로워 죽겠는데, 내 외로움도 들고 있기 무거워 죽겠는데 누군가의 외로움까지 더하여 받아들기 싫은 까닭이다.

기쁨은 나누면 두 배가 되고 슬픔은 나누면 반으로 줄어든다는 말은 거짓말이다. 기쁨은 나누면 질투가 될 때가 있고 슬픔은 나누는 순간 모두의 것이 되기도 했다. 외로움도 마찬가지다. 외로움은 나누는 순간 비참해졌다.

외로움에 더해 비참함까지 어슬렁대는 하루를 또 겪고 싶지 않았다.

게다가 나는 비교적 현실적인 사람이다.

건설 현장에서 일하는 신성한 노동을 존중하지만 그건 나와 상관없는 삶일 때의 생각이다. 나와 상관있는 사람이, 그것도 제법 가까운 사람이 건설 현장에서 일하는 노동자라면 나는 그 사람의 됨됨이와 상관없이 호감을 가질 생각이 없다. 그저 그런 인상을 풍기던 사람이 좋은 직업을 갖고 있다면 나는 대번에 그 사람의 인상을 괜찮은 수준으로 올려놓는다. 하지만 이런 나를 굳이 밝혀 말하고 싶지는 않다. 나름대로 고상하게 보이는 것이 내겐 유리하기 때문이다.

직업에 귀천이 없다는 말을 나는 믿지 않는다. 직업엔 귀천이 있다. 분명히 있다. 사람들과 처음 만나 인사를 나눌 때, 출판사의 편집부 직원이었을 때의 나와 작가가 되고 난 후의 나를 대하는 태도가 달랐다. 출판사에 출근할 때 나는 그저 직장여성이었다. 캐리어우먼이었던 내가 작가로 등단하자 사람들은 일제히 나를 작가 선생님으로 대해주었다. 그럴 줄 알았다고, 글을 보는 눈이 틀렸다고 했다. 나에게 보다 더 호의를 갖고 다가선 사람도 있었다. 이건 분명한 사실이다. 내가 글도 제대로 쓰지 못하면서 작가이길 고집하는 이유가 여기에 있다. 그래서 더 그의 전화에 짜증을 부렸을 것이다. 더군다나 나보다 더 속물인 지현이가 사내와 나를 엮어보려고 전화를 하도록 시켰다는 것도 마음을 불편하게 했다. 일종의 배신감 같은.

⚽ 1월 19일 목요일

"엄마가 뭘 안다고 그래?"

속으로 아차 했지만 취소할 수 없다는 걸 알았다. 엄마의 얼굴이 단풍잎보다 더 붉게 변했다. 맞아 죽었구나 하는 생각보다 붉게 변한 엄마의 얼굴이 곱다는 생각이 먼저 들었다.

"엄마는 열 살이 어떤 생각을 하는지 살아봐서 알아. 그러니까 그런 식으로 말하지 마."

엄마는 엄마의 열 살과 나의 열 살이 같다고 생각한다. 정말 막무가내다. 나는 남자고 엄마는 여자다. 엄마의 열 살은 고무줄 놀이였지만 나의 열 살은 컴퓨터 게임이다. 엄마가 소꿉놀이를 할 때 나는 검도장에서 고된 연습을 했고 엄마가 할머니의 치맛자락을 붙잡고 시장에 따라다닐 때 나는 혼자 남아서 집을 지켰다. 열 살짜리 소년이 혼자 집을 지키는 마음을 엄마는 죽었다 깨어나도 모른다.

사건의 발단은 이렇다. 예원이가 생일이라고 파티에 초대를 했다. 나는 당연히 초대받은 사람이 들고 가야 되는 선물을 사야 했다. 나는 며칠 전부터 고민에 고민을 거듭해서 겨우 예원이에게 어울릴 선물을 골랐다. 미니마우스 그림이 조각된 머리핀을 꽂은 예원이는 누구보다 사랑스러웠다. 그래서 나는 미니마우스와 테디 베어 인형을 사주고 싶었다. 그런데 엄마는 대뜸 선물로 책을 사주라고 했다. 나는 싫다고 했다.

내 의견도 묻지 않고 일방적으로 결정한 엄마의 태도는 잘못된 것이다. 게다가 엄마는 예원이가 어떤 여자 아이인지 나보다 모른다. 예원이를 잘 아는 건 나다. 예원이를 잘 아는 내가 예원이에게 어울리는 선물을 더 잘 고를 것은 분명한 사실이다. 그런데도 엄마는 나의 말을 들으려고도 하지 않았다.

이제 사실대로 말해야겠다. 고백하건대 나는 엄마보다 여자에 대해서 더 많이 안다. 엄마를 비롯해서 할머니, 외숙모, 성아 누나까지 나는 항상 여자들 사이에서 살고 있다. 여자들 등쌀에 제법 잘 견디는 건 여자를 알기 때문이다.

열 살, 애어른

여자는 예쁘다고 하면 좋아하고 사랑한다고 하면 좋아한다. 변화를 알아채고 옷차림이나 머리 스타일에 대해서 한마디만 해도 관심받고 있다는 것에 대해 뿌듯해한다. 할머니가 입은 홈드레스와 양말 색깔이 맞지 않아서 한마디를 하면 할머니는 당장 양말을 갈아 신고 와서 이제 됐냐고 물으신다. 엄지손가락을 세우면 할머니는 나를 끌어안고 내가 최고라고 한다. 여자의 마음은 정말 단순하고 쉽다.

예원이와 사귀기 시작했을 때 나는 내가 전화를 한 번 하면 예원이도 한 번 하게 만들었다. 예원이가 없으면 심심해서 못 살 것처럼 하루 종일 관심을 보여놓고 전화를 하지 않았더니 새치름하던 예원이가 괜히 "내일 준비물이 뭐야?" 하고 전화를 걸어온 것이다. 내가 전화를 거는 것도 설레는 일이지만 예원이가 전화를 걸어오면 그건 두 배로 설레는 일이다. 나는 설레는 일을 놓치지 않는다. 예원이가 진구한테 안 갈 거라는 확신은 그때 생긴 것이다.

"엄마는 엄마 식대로 아는 거야. 난 남자야. 남자의 열 살을 엄마가 살아봤어? 엄마가 아는 열 살은 옛날 여자의 열 살이지 요즘 남자의 열 살은 절대 아니야."

"이 녀석 보게…! 네가 무슨 남자야, 남자가? 넌 아직 꼬마야."

"언제는 애어른이라면서?"

"어른이 아니라 애어른. 그건 아직 꼬마라는 뜻이야."

"남자 꼬마."

"그냥 꼬마."

"그렇지만 난 끝까지 남자."

"요 쪼그만 게 벌써부터… 너 자꾸 남자 여자 편 갈라서 말하면 혼나! 꼬마는 다 같은 꼬마고, 다 같은 열 살이야. 성 차별은 누가 해도 보기 싫어. 너

보기 싫으려고 그래."

"성 차별을 하는 게 아니야. 남자 녀석들은 축구하는 거 좋아하고 여자 아이들은 공기놀이하는 거 좋아해. 남자 녀석들은 총 싸움하는 거 좋아하고 여자 아이들은 소꿉놀이하는 거 좋아해. 엄마는 나 어렸을 때 나한테 축구하라고 말했어? 검도하라고 말했어? 엄마가 소꿉놀이는 정말 재미있는 놀이라고 말해도 나는 소꿉놀이 같은 건 할 생각이 없어. 난 본능적으로 남자 녀석들의 놀이를 하는 게 좋은 거야. 엄마도 인정할 건 인정해야 돼. 아빠 말마따나 엄만 남자에 대해서 너무 몰라."

'아빠'라는 말이 나오자 엄마는 대화를 중단하고 돌아섰다. 아빠를 끌어들여서라도 나는 엄마에게 이기고 싶었던 걸까?

1월 20일 금요일

도영은 예의 작업복 차림으로 안전모까지 눌러 쓴 채 앉아 있었다. 머리를 자를 때는 뒤통수만 보았는지 눈에 익은 작업복이 아니었으면 도영은 처음 보는 얼굴이 될 뻔했다. 굳이 차 한잔은 마시고 일어서야 한다면서 도영은 봉투를 내밀었다.

"결벽증 있어요?"

내미는 봉투를 별수 없이 받아들면서 나는 좀 짜증스럽게 물었다. 만 원 때문에 이런 난리법석을 피워야 하나 하는 생각이 들어서였다. 만 원 받자고 만 원의 기름 값을 쓴 것도 유쾌하지 않았다.

"그쪽에 관심 있어요. 한 번은 더 보고 싶다고 마음이 요동을 치더군요."

나는 그제야 찬찬히 도영을 살폈다. 쌍꺼풀 없이 큰 눈은 선해 보였지만 고집을 담고 있었다. 제법 반듯하게 생긴 생김새가 어쩐지 작업복에 어울리기보다는 증권회사나 대기업 사무실에서 화이트칼라를 입고 있을 때 더 어울릴 듯했다.

사실 이런 편견은 나 자신에게 실례를 하는 일이다. 나 자신을 경박하게 만드는 일이기 때문이다. 하지만 나는 누군가가 내 삶 속으로 돌진해 들어오려고 할 때는 편견이 아니라 그 어떤 것도 할 용의가 있다.

"남의 머리를 깎는 자신의 모습을 본 적 있어요?"

"나를 보다 보면 남의 머리를 망쳐요. 머리를 망치는 건 그 사람의 생활을 망치는 게 되는 거거든요."

"역시 글 쓰는 사람이라 말하는 게 틀리구나."

결코 가볍지 않은 지현의 입이지만 남녀상열지사가 걸린 문제에 있어서라면 적극적이다 못해 도전적이 되는 지현이다. 그런 지현이라면 도영과 나를 엮기 위해 무슨 짓이라도 했을 것이다. 나에 대한 모든 정보를 들려줬을 것은 물론, 내가 갖고 있지 않은 매력까지 나인 것처럼 살을 붙여서 떠벌렸을 것이다. 도영이 유부남이든 연하남이든 지현에겐 문제될 게 없다. 연애를 한다는 것, 그것이 중요할 뿐이므로.

"정완 씨가 내 머리를 자를 때 마치 남편의 머리라도 잘라주는 듯 행복해 보였어요. 내 머리통에 꿀이라도 발라놓은 것처럼 말이에요."

"남편과 아이의 머리 말고는 잘라본 적이 없어요. 그게 들켰나보죠."

도영은 지현에게서 들었을 나의 이혼에 대해 한 마디도 꺼내지 않았다. 차 한 잔을 비우자 도영은 미련 없이 일어섰다. 근무 시간을 너무 오래 비웠다고, 현장으로 돌아가봐야 한다는 의례적인 코멘트도 하지 않은 채 떠났다.

도영이 가고 난 뒤 나는 어쩐지 배신당한 것 같은 기분이 들었다. 무언가 인연의 끈을 이어보자는 심사가 있어서 보자고 한 게 아니라 그저 단순히 머리를 자른 값을 건네줄 겸 차 한잔 마시는 것에 만남의 목적이 있었다고 생각하니 헛헛한 웃음이 새어나오기도 했다. 한 번 더 보고 싶다고 마음이 요동을 쳤다는 말은 또 어쩌고? 하는 순간 나는 노여워하고 있는 나를 보았다.

노여움은 도영이 내게 어떤 약속도 남겨놓지 않았음에 있다. 어떤 약속을 제안했건 간에 거절할 거면서 거절할 기회를 상실한 것에 대해 노여움을 탄 것이다.

한 모금의 식은 커피를 마저 마시고 일어나서 차에 타자마자 봉투를 열었다. 뜻밖에도 봉투엔 돈이 아닌 음악회 티켓이 한 장 들어 있었다. 어떤 음악회인지 보다가 티켓에 찍힌 날짜에 먼저 눈이 갔다.

⚽ 1월 21일 토요일

아빠와 결혼할 여자를 만나기로 한 날이다. 아빠의 재혼은 할머니와 삼촌과 외숙모에게 연예인들이 결혼하는 것처럼 호기심을 끄는 모양이었다. 밥을 먹으면서, 텔레비전을 보면서, 화투를 치면서도 아빠의 재혼을 얘깃거리로 삼았다. 아빠가 재혼을 하지 않았다면 할머니와 삼촌과 외숙모는 대체 무슨 이야기를 했을까 싶을 정도였다. 외숙모는 디지털 카메라를 건네주면서 아빠와 결혼할 여자의 사진을 찍어 오라고 했다. 얼굴을 봐야겠다는 호기심은 어떤 드라마를 보는 것보다 흥미로운 것처럼 보였다.

엄마는 나를 아빠에게 데려다주러 갈 때면 거의 대부분의 경우 화장을 하지 않은 맨 얼굴이었다. 집에서 입던 트레이닝복 차림에 볼펜으로 머리를 틀어 올린 엄마는 별로 예뻐 보이지 않는다. 그 차림으로 갈 거냐고 물으면 운전해서 갔다가 운전해서 올 건데 마주칠 사람도 없이 무슨 화장이냐고 했다. 아빠는 엄마가 마주칠 사람의 범주에 들어가지 않았다.

엄마가 웬일로 아침부터 거울 앞에 매달려 있다. 오래도록 샤워를 한 엄마

는 매직 드라이기로 머리를 펴고, 있는 머리핀들을 모두 꺼내 한 번씩 꽂아
보고, 그러고는 치마와 바지를 번갈아 입어보더니 결국 찢어진 청바지로 결
정을 했다. 어려 보인다는 나의 말이 엄마의 결정을 도왔다. 나는 엄마가 왜
그렇게 외모에 공을 들이는지 이해할 수 있다.

"엄마, 화장이 너무 진해. 귀신같아."

"엄마, 입술은 반짝이게만 해. 빨간색은 싫어."

"목도리는 분홍색하고 하늘색하고 겹쳐서 하는 게 나는 제일 예쁘더라."

"어려 보이기는 하는데…, 찢어진 청바지는 춥지 않을까?"

아빠에게 나를 데려다줄 때 혹시라도 아빠의 여자와 마주칠 것에 대비해
엄마는 서른세 살의 여자보다 어려 보이고 예뻐 보이고 싶은 것이다. 나는
엄마의 그 마음이 무모해 보였다. 7년의 나이 차이는 결코 넘을 수 없는 벽
같은 것이다. 내가 7년의 나이 차를 극복하려고 무진 애를 써도 열일곱 살
고등학생 누나보다 나이가 들어 보이지 않을 것이고 세 살짜리 어린애보다
나이가 어려 보일 수는 없는 것이다. 그건 절대 일어나지 않는 기적 같은 것
이다.

엄마의 노력도 모르고 아빠는 엄마를 본체도 하지 않고 나를 바로 차에 태
웠다. 엄마의 외모에 대해 뭐라고 한마디라도 해주지… 하는 것은 내 마음이
지 아빠의 마음이 아니다. 아빠와 나의 마음은 언제나 거리가 멀었다. 게다
가 운전석 옆에 앉은 아빠의 여자는 엄마를 보지 않는 건 물론 뒤에 탄 나도
돌아보지 않았다. 사람이 타면 뒤돌아보는 맛이 있어야지…. 나는 첫 만남부
터 불만 덩어리를 가슴에 품었다.

"서른세 살 맞아요?"

"왜? 아닌 거 같아?"

"네. 아닌 거 같아요."

엄마에겐 남자가 필요해

나는 다음 말을 하지 않았다. "마흔 살처럼 보여요." 하고 싶었지만 그건 상대방, 특히 여자에 대해서는 예의가 아니기 때문이다.

아빠는 십 년이나 어린 여자 친구를 둔 것에 대해 자부심과 긍지를 가지고 있었다. 하지만 내가 보기에 엄마가 서른세 살이고 아빠의 여자 친구가 마흔 살을 해야 될 거 같다. 엄마가 훨씬 더 어려 보이고 예쁘고 날씬하다. 나는 새삼 옆에 있지도 않은 엄마가 자랑스러웠다. 엄마가 아침부터 노력한 것은 너무 잘한 일이다.

아줌마는 눈이 째졌다. 보고 있을 때 나도 모르게 욕심 사나운 늑대가 떠올랐다. 도대체 뭐 하면서 어떻게 살았기에 이 아줌마는 7년이나 나이 많은 엄마보다 늙어 보이는 건지 나는 궁금해서 미칠 지경이었다. 게다가 예쁘고 날씬하고 똑똑하고 착하기까지 한 엄마를 두고 아빠는 왜 나이 들어 보이는 데다 통통하게 살집까지 붙은 여자를 좋다고 하는지, 여자 보는 눈이 그렇게 없나… 하면서 나는 속으로 혀를 끌끌 찼다.

아빠는 그런 내 속도 모르고 어려 보인다는 소리를 들으려고 몇 번이나 질문을 더 했다. 질문을 피하는 가장 좋은 방법은 침묵이 아니라 또 다른 질문이다. 엄마가 쓰는 방법을 내가 쓰게 되다니, 역시 나는 엄마의 아들이다.

"아줌마, 우리 아빠 어디가 좋아요?"

"아줌마라니? 새엄마라고 불러야지."

"같이 살지 않는데도?"

"아빠하고 같이 살 거니까 새엄마라고 부르는 게 옳아."

아빠는 숟가락에 대고 감은 스파게티를 내 입에 넣어주면서 눈짓을 해보였다. 나는 빠르게 스파게티를 넘기고 다시 물었다. 새엄마. 그 세 글자를 말할 때는 좀 거북했다.

"아줌, 아니… 새엄마는 아빠랑 어떻게 만났어요? 새엄마는 무슨 일 해요?"

"자동차 딜러야. 아빠가 차 바꿀 때 새엄마가 많이 도와줬어."

"새엄마…는 아빠 어디가 좋아요?"

"아빠가 따뜻하고 친절해서 좋대."

이번에도 아빠가 끼어들었다. 그래서 나는 신경질적이 되었다.

"새엄마는 벙어리세요? 왜 내가 물을 때마다 아빠가 대답하게 해요?"

"난 여기 이 자리에 나오고 싶지 않았어. 너를 만나야 된다기에 만났을 뿐이야. 앞으로 한 달에 한 번 아빠를 만나게 된다 해도 나와 같이 만나는 일은 없을 거야. 너랑 친해지고 싶은 마음이 없거든. 새엄마 소리도 하기 싫으면 하지 마. 나도 새엄마 소리 듣는 거 별로야."

졸지에 냉랭한 분위기가 되고 말았다. 몸집은 투실투실하게 살집이 붙은 여자의 목소리는 왜 그렇게도 카랑카랑한 건지 나는 쨍쨍거리는 목소리가 듣기 싫어서 먹던 스파게티를 놓고 일어섰다.

스파게티. 내가 제일 좋아하는 스파게티. 내 것을 다 먹고도 더 먹고 싶어서 엄마의 접시를 탐내던 스파게티를 놓고 일어설 정도로 내가 화가 났다는 것을 알자 아빠는 두말없이 나를 태워 집 앞에 내려주고 떠났다.

내릴 때 잠깐, 남기고 온 스파게티가 아까워서 울음이 터져 나왔다. 그러자 아빠는 당황했고 새엄마는 당황한 아빠에게 출발을 재촉했다. 그 바람에 울음소리가 더 커져버렸다. 아빠가 자동차에서 내리려고 하는 순간 나는 등을 보이고 뛰었다. 그러나 아빠는 뒤따라오지 않았다. 떠나는 자동차 소리가 등 뒤에서 들렸을 뿐이다. 아빠와 나 사이에 아주 먼 거리가 생긴 기분이 들었다.

엄마와 새엄마 사이에는 얼마나 먼 거리가 있을까? 아빠와 새아빠 사이에는 또 얼마나 먼 거리가 있을까? 결혼과 동시에 열 살짜리 다 큰 사내 녀석의 엄마가 되어야 하는 서른세 살의 여자는 나를 보면서 어떤 마음이 들었기에 그런 무시무시한 얘기를 뱉어야 했을까? 엄마가 연애를 한다면 나는 그 아저씨를 새아빠라고 부를 일이 생기게 될까? 그 아저씨도 내가 새아빠라고 부르는 걸 끔찍할 정도로 싫어할까?

수많은 질문들이 나방처럼 머릿속을 날아다니고 있다.

👠 1월 22일 일요일

밤 12시를 넘었으니 22일이 된 건 분명한 사실이지만 피부로 느끼는 날짜는 21일이다. 일기를 쓰는 시간은 새벽 1시. 분명 날짜는 바뀌었다. 하지만 그건 물리적인 날짜일 뿐이다. 그렇지만 나는 날짜를 바꾸지 않고 오늘, 어제의 일기를 쓴다.

음악회가 시작되도록 옆자리는 채워지지 않았다. 기다리느라 음악에 몰입하지 못하는 내가 우스웠다. 오랜만의 데이트랍시고 아침부터 거울 앞에서 부산을 떨었던 것도 우스웠다. 뭐 그렇게 어려 보이겠다고 옷까지 몇 번씩 바꿔 입었는지… 생각에 이르자 헛웃음이 나오기도 했다.

군데군데 빈자리가 제법 눈에 띄었다. 딱히 도영의 자리만 빈 게 아니었으므로 어쩌면 처음부터 티켓 한 장을 산 걸지도 모른다고 생각해버렸다. 참 무례한 선물도 다 있군! 하면서 일어설까 하다가 안 오면 그뿐, 혼자라도 음악회를 즐겨볼 심산으로 기다림을 내려놓았다. 챔버 오케스트라의 연주가 다 끝났을 때도 도영은 오지 않았다.

음악회 내내 연주하는 사람들의 표정과 손놀림과 앉은 자세를 열심히 관찰했다. 딴에는 꽤나 음악 감상에 빠진 것처럼 보였을지 모른다. 그러나 나는 음악을 모른다. 대중가요가 아닌 그 어떤 음악도 내 귀를, 내 가슴을, 내 생각을 움직이지 못했다. 그나마 요즘의 대중가요는 퍼포먼스 수준에 가까운 안무를 선보이는 댄스가수들 아니면 소를 모는 식의 워워… 를 창법으로 내세우는 잘 훈련된 가수들만 있을 뿐 노래가 귀에 들어오는 게 없다. 노래는 사라지고 가수만 있는 텔레비전 프로그램 덕택인지 모른다. 그래서 근래에는 대중가요도 듣지 않는다.

음악 감상은 애초에 포기했다. 아무리 열심히 객석에 앉아 듣는다 해도 그게 좋은지 싫은지 분간해내지 못하니 듣고 싶어도 못 듣는 셈이다. 내게 있어 음악은 사실 배부른 사람들을 위한 영혼의 양식 같은 거다. 청소하면서 틀어놓는 라디오도 교통방송일 정도로 나와 음악은 한 번도 친해본 적이 없다. 노래방에 가서 노래를 불러도 음악과 나의 길은 늘 어긋났다. 그러다 보니 나 같은 사람에게 음악은 고급 사치품이나 다름없다. 별로 갖고 싶지 않은….

무대 앞에 앉아서 직접 들어도 그 생각은 변하지 않았다. 오히려 이런 따분하고 지루하기 그지없는 음악회 티켓을 산 도영의 취향이 궁금했다. 소위 연애를 시작할 때 남자가 겉멋을 부리는 치기쯤이 아닐까, 그럴 것이 틀림없다고 생각해버렸다. 물론 이것도 편견이지만 도영이 입고 있던 작업복은 나보다 더 음악과 거리가 멀게 느껴졌기 때문이다.

관객이 모두 빠져나간 뒤에 천천히 빠져나갈 셈이었다. 객석에서 일어나 팸플릿을 들고 나가는 사람들의 차림새를 보면서 나는 다시금 어울리지 않는 곳에 와 있다는 것을 알았다. 그 장소와 나와의 간극을 좁혀준 건 무리를 구경하는 재미였다. 과장된 몸짓으로 작위적인 교양을 풀풀 날리면서 공연장을 빠져나가는 사람들의 표정과 걸음걸이가 희화적이었다. 나는 그들을 보면서 짐짓 웃음을 짓고 말았다.

"안 나갈 거예요?"

소리에 놀라 뒤를 돌아보니 바로 뒷자리에 도영이 앉아 있었다. 세련된 감색 싱글 정장이 한눈에 들어왔다. 손에 들고 있는 코트 역시. 그 모습에 나도 모르게 빙그레 웃어버렸다.

도영은 음악회 내내 뒷자리에 앉아 내 뒤통수만 보았다고 했다. 나보다 일찍 와서 내가 자리를 잡고 앉는 것을 보고는 흐뭇하게 나의 뒷자리에 앉았다는 것이다. 자신의 뒤통수를 보여준 만큼 내 뒤통수를 보고 싶었다고. 음악회 내내 나의 뒤통수를 보는 재미에 푹 빠졌다고. 나는 내 뒤통수를 감상한 소감이 어떤지 묻지 않았다.

한 번도 뒤통수를 누군가에게 보여준 적이 없다. 사람들을 기억할 때도 얼굴, 이름, 옷차림, 말씨 등등의 것으로 기억했지 뒤통수로 기억한 사람은 없다. 그들의 뒤통수를 본 적이 없으니 당연한 일이다. 다만 태극의 뒤통수는 선명하다. 등을 두들기거나 뒤통수를 쓸어내려주면 태극은 본능적으로 기뻐했다. 엄마와 아이가 소통하는 통로 같은 것…. 태극을 빼고 나면 뒤통수는 내게 완벽한 타인을 의미했다.

내게 있어 뒤통수는 어떤 의미일까? 생각해본 적 없다. 그저 내 얼굴에 분칠하느라 바빴다. 옷매무새를 거울에 비춰볼 때도 청바지를 입은 뒷모습이 날씬해 보이는가에 집중해서 뒤돌아봤을 뿐, 뒤통수의 머리가 가지런한지 어떤지 한 번도 살펴본 적이 없다. 나의 뒤통수로 도영은 나를 규정하려들까?

예술의 전당 콘서트홀의 관객이 된 건 태어나 두 번째다. 공연 문화에 익숙한 사람이라면, '이렇게 가난한 사람이 영화를 썼단 말이야? 문화적으로 그렇게 궁핍하니 소설가로 성공하지 못했지….' 할 것이다. 그것 또한 편견이다. 아는 것만큼 쓰는 게 작가다. 세상의 모든 것을 다 알 수 있는 사람은 작가 아니라 그 누구도 없다.

예술의 전당을 좋아하는 작가가 있는가 하면 재래시장의 물비린내를 좋아하는 작가가 있다. 백화점 지하의 슈퍼마켓에서 장을 보는 고고한 주인공을 쓰는 작가가 있는가 하면 감자탕 주방에서 설거지를 하는 주인공을 쓰는 작가도 있다. 세상을 들여다보는 눈은 제각각이다. 각자의 눈높이도 다르다. 작가마다 세상을 향한 관심의 종류가 다른 것뿐이다.

예술의 전당에 앉아 있다는 것만으로 나는 지레 긴장했다. 남들처럼 당당해 보이려고, 주눅이 든 나를 들키지 않으려고 어지간히 어깨에 힘을 주었던 모양이었다. 주차장으로 가는 길에 어깨가 뻐근해왔다. 어깨 죽지에 닿은 도영의 손 탓인지도 몰랐다.

"내가 안 나왔으면 어떡하려고 했어요?"

"나왔잖아요."

"아니, 안 나왔으면요."

"어쨌든 나왔잖아요."

"말따먹기 시합하는 거도 아니고…"

"안 나오면 티켓 값 물어내라고 할 판이었어요. 그래야 또 보죠. 아무튼 계속 볼 거니까."

나는 걸음을 멈추고 도영을 물끄러미 바라보았다. 도영은 어깨를 으쓱해 보인 뒤에 말을 이었다.

"지현 씨한테 졸랐어요. 정완 씨에 대해 알려달라고. 그랬더니 뭐가 그렇게 까다로운지 주민등록 등본을 떼어오라고 하질 않나, 보증 선 건 없는지 묻질 않나… 이름 좀 알고 전화하려다가 졸지에 청문회를 다 했어요. 그저께 하루 종일 진을 빼놓더니 겨우 '합격!' 이러는 거예요. 그 말 듣는데 대학

합격했을 때보다 좋더라구요."

나는 지현이에게 느꼈던 배신감에 대해 사과를 해야겠다고 생각했다. 나는 아직 지현이를 잘 모르고 있구나, 이런 생각이 들면서 지현이는 나에 대해 얼마나 잘 알고 있을지 궁금해지기도 했다.

"사실은… 창가에 서 있는 걸 봤어요. 나도 몰래 심장이 쿵! 하고 내려앉는데… 무작정 들어가고 봤죠. 아, 맞선이요? 지어낸 얘기죠, 물론."

그냥 웃을 수밖에.

주차장에 들어서자 도영이 운전하겠다고 자동차 열쇠를 받아들었다. 이혼한 후에 새로 장만한 차는 누구에게도 운전대를 넘겨본 적이 없다. 타인의 체취를 묻혀본 적이 없는 나만의 자동차를 누군가가 운전한다는 게 낯설었다. 썩 내키는 일도 아니었다. 그렇다고 해서 시시하게 보일 이유를 들어 내가 운전을 하겠다고 고집을 피우지도 못했다. 남자가 운전하는 내 차라니….

도영은 별 망설임 없이 삼겹살집 앞에 차를 댔다.

"하루 종일 먼지 먹으면서 일하는 사람들은 정기적으로 삼겹살을 먹어줘야 돼요. 사람 목숨 살린다 생각하고 이해해줘요."

"사실은 법으로 정해놓은 코스도 아닌데 양식집이나 서비스 받으면서 먹어야 되는 그런 곳에 갈까봐 내심 불편해 있었어요. 아이 때문에 가끔 외식하러 레스토랑에 가긴 하지만 그건 의무 출석 같은 거거든요."

사람마다 편한 곳이 있다. 나는 포장마차나 곱창구이 집, 순대국밥 집, 감자탕 집이 편하다. 강남의 커피숍이나 호텔, 레스토랑 따위의 장소에 가면 나는 그 장소에 어울리는 나를 만든다. 내가 아닌 내가 되는 것이다. 나는 그런 불편함이 싫다. 왠지 그럴듯한 나는 일할 때의 나일 뿐, 그 외의 곳에서는 편하고 싶다. 장소에 대한 편견이 아니라 나의 성향일 뿐이다.

커피 한잔을 시키려고 해도 메뉴 판을 펼쳐 읽어야 하고 뭐 하나를 더 먹고 싶을 때도 안내 책자를 펼쳐야 하고 물 한잔을 더 마시고 싶어도 벨을 눌러야 하는 건 내 적성에 맞지 않는다. 그런 곳에 가면 내가 앉고 싶은 자리에 앉지도 못한다. 술을 마셔도 마음껏 취하지 못한다. 교양으로 단단히 무장된 사람들이 다니는 곳, 남의 이목을 한껏 의식해야 하는 곳이라고 나는 그곳들을 인식하고 있다. 잘못된 인식일지 몰라도 나는 내 인식을 바꿀 생각이 없다.

문을 열고 들어가 내가 앉고 싶은 자리에 가서 앉으면 물을 내다주는 집들의 특징은 벽에 메뉴판이 붙어 있다는 점이다. 벽을 보면서 먹고 싶은 메뉴를 고르고 뭔가가 더 먹고 싶으면 "이모!" 하고 소리치는 곳, 그러면 내처 달려와 "뭐, 더 줄까요?" 하고 물으면서 눈을 맞추는 곳, 나는 그곳에서 사람 사는 맛을 느낀다. 불콰해진 얼굴로 화장실을 갈 때 바닥이 출렁이면 너나 할 것 없이 손을 뻗어 잡아주는 곳, 그게 사람 사는 동네의 인정이 아닌가 말이다. 나는 그렇게 인정이 돌아다니는 곳이 좋다.

하지만 이 기호는 순전한 나의 기호에 불과하다. 나의 기호를 타인에게 강요할 수는 없다. 나의 기호를 존중받기 위해서라도 타인의 기호를 존중해야 한다. 하지만 나의 기호와 맞는 사람을 발견하게 되면 그 자리가 더 편하고 더 반가운 건 사실이다. 이렇게 해서 나는 순식간에 도영을 마음에 들여놓았다. 물론 들키지 않게.

스무 살의 어린 청춘이라면 모르되 마흔 살의 익숙한 청춘은 숨기는 법, 감추는 법, 미루는 법, 참는 법을 나 몰라라 내팽개친 채 좋아하는 마음을 드러내놓고 들키지 않는다. 이미 바보짓은 너무 많이 했기 때문이다.

"자, 이제 말해봐요. 현장 근로자 말고 다른 일, 뭐 하는 사람이에요?"

"현장 근로자는 얼굴에 뭐라고 쓰여 있나요? 내 얼굴엔 그게 안 쓰여 있어요?"

"손이 우선 다른 직업이라고 말하고 있잖아요. 손목에 찬 시계도 아무나 차는 시계는 아니죠. 게다가 지현이가 '합격!' 이라고 했다면서요?"

현장에서 일하는 근로자답지 않게 도영의 손은 매끄러웠다. 만지고 싶은 충동이 일어날 만큼 그 손은 따뜻해 보였다.

도영은 대답 대신 명함을 꺼냈다. 이도건설 대표이사. 그의 직함이었다.

"작은 회사일수록 직함이 거창한 건 잘 알죠?"

"생각한 대로네요. 양복이 잘 어울려요."

"생각한 대로라… 어쩐지 정완 씨의 머리가 아니라 가슴에 걸터앉은 기분인데요?"

한 번도 인색해본 적 없을 거 같은 도영의 미소를 보면 딱히 우스운 얘기를 한 것도 아닌데 즐거웠다. 아니, 철저히 즐겁기로 했다. 남편보다 행복할 수는 없겠지만 그 행복이 내게 와서 절망이 되지 않을 만큼은 즐거워야 할 것 같았다. 오늘 하루만큼은.

"설마요…. 난 애 엄마에다가 마흔 살이나 먹은 아줌마예요."

"그게 어떻다는 거죠? 대한민국에는 여성, 남성, 아줌마, 이렇게 세 가지 성이 있다더니 혹시 그런 생각하는 거예요? 아줌마는 연애도 섹스도 하지 않고 오로지 자식만 바라보고 자식 교육에만 시간을 투자해야 된다고…, 설마 벌써 그렇게 하고 있는 거예요?"

"난 이 땅에서 살아가는 대한민국의 엄마예요. 아이는 대한민국의 방식으로 키워야 하는 거 아닌가요?"

"연애도 이 땅의 대다수 여자들이 하는 방식으로 할 거예요?"

"이미 이 땅의 대다수 여자들이 결혼해서 사는 방식으로 살지 않네요. 게다가 이 땅의 대다수 독신자들이 사는 방식으로 살지도 않네요. 아이라는 룸메이트가 있는 독신이거든요. 뭐, 들어서 알겠지만."

"나도 앞으로는 정완 씨처럼 말해야겠네요. 아이가 있는 독신이라고."

이혼에 성공한 사람들은 말한다. 싱글 맘이라고. 싱글 대디라고. 싱글이고 맘인 건 분명한 사실이지만 나는 아이와 함께 사는 독신이라고 말했다. 결혼도 해봤고 이혼도 해봤다. 연애도 해봤고 이별도 해봤다.

이별과 이혼에는 한 사람을 만나서 사랑을 했고 헤어졌다는 똑같은 뜻이 담겨 있다. 연애를 하다가 헤어지거나 결혼 생활을 하다가 헤어지게 되는 건 그럼에도 천지 차이가 있다. 제도권에 편입되었던 것과 제도권에 들어가지 않았던 것의 차이점이라고 하기엔 마뜩찮은 무언가가 있다.

연애와 결혼의 공통점은 몸을 섞고 마음을 섞어 사랑했다는 것에 있다. 공표된 연인이나 공표된 부부가 다를 게 뭐가 있겠는가. 가족 친지 모아놓고 영원히 행복하게 잘살 것을 서약한 것이나 친구들을 모아놓고 사랑의 서약을 한 것도 그다지 경중의 차이가 나는 것처럼 보이지 않는다. 그럼에도 이혼과 이별은 엄격히 분리되어 받아들여진다.

이별은 당사자의 아픔으로 끝나는 데 반해 이혼은 파장을 불러일으킨다. 당사자는 물론 주위 사람들도 함께 이별을 겪는다는 사실이다. 가족 모두가 침통해하는 그것이다. 출산의 유무에 따라 고통의 경중이 달라지는 것은 두 말할 필요가 없다. 혼자 남겨지는 것과 아이와 함께 남겨지는 것, 그것을 과연 천지 차이라고 부를 수 있을 것인가. 말하고 보니 부를 수 있을 것 같다.

어쨌든 내겐 아이가 있다. 이별을 했어도 아이와 함께 2대 1로 헤어진 것이다. 숫자에 적이 안도했던 나의 단순함이라니.

모든 독신자들에게 룸메이트가 있는 건 아니지만 내겐 다행스럽게도 룸메이트가 있다고 말하는 것, 그 생각이 새해 벽두에 찾아들었다. "이혼했어요."라는 말 대신 "아이라는 룸메이트가 있는 독신이에요."라고 대답해놓고 보니 생각보다 더 마음에 들었다. 싱글 맘이라는 단어 속에는 연애의 가능성을 닫아버리는 완곡한 무언가가 느껴져서 싫다.

내 느낌이 맞는 거라면 오늘 난 도영과 첫 데이트를 한 것이 분명하다. 도영은 다음번 데이트를 만들어내기 위해 전화를 걸어올 것이다. 새로이 만남을 시작할 때 약속은 끊임없이 재생산되게 마련이다. 지금까지의 경험으로 미루어 짐작하건대.

나는 기꺼이 도영의 전화를 받을 것이고 만남에 응할 것이다. 그래야 하므로. 단, 먼저 전화를 걸지는 않을 것이다. 그것은 자존심의 문제이므로.

⚽ 1월 23일 월요일

아빠가 미안하다고 했다. 미안하다고 말할 거면 그 자리에서 말하든가 그 다음 날에라도 바로 전화를 할 것이지 왜 오늘에야 전화를 하는가 말이다. 아니면 아예 미안하다는 말을 하질 말든가.

나는 아빠와 전화 통화를 하는 게 너무 힘이 들어서 그냥 알았다고 하면서 끊어버렸다. 그랬더니 아빠는 엄마한테 다시 전화를 걸었다. 엄마의 목소리가 커지는 거 같더니 어느 순간인가 잠잠해졌다. 엄마가 나를 보고 있는 게 느껴졌다. 하지만 나는 모른체 하고 읽고 있던 만화책에서 눈을 떼지 않았다. 울지 않으려고 자꾸 눈을 깜빡였더니 나중엔 머리가 아팠다.

아무리 슬프고 힘들어도 피아노 학원과 검도장엔 빠지면 안 된다. 그 사실이 정말 슬펐다. 그리고 슬플수록 배가 더 자주 고프다는 게 슬펐다. 아무것도 안 하고 슬퍼하고만 싶은데 자꾸 배가 고프고 하품이 나왔다. 슬퍼하는 건 굉장히 많은 에너지를 써버리는 일인가 보다.

슬픈 내 모습을 보더니 예원이가 울어버렸다. 누군가를 위해서 우는 예원이가 정말 예뻤지만 나는 예쁘다는 말을 할 수 없을 만큼 슬펐다.

👠 1월 24일 화요일

전화를 거는 것과 문자를 보내는 것에는 큰 차이가 있다. 전화를 걸기엔 어색하고 그렇다고 전화를 걸지 않자니 마음이 편치 않을 때, 그런 때에 문자는 좋은 연락수단이 된다. 도영의 문자가 그 사실을 알려주었다.

도영은 일요일 아침에 문자를 보낸 것으로 할 도리를 다했다고 믿는 걸까? 이틀째 감감 무소식인 도영이 머릿속에서 똬리를 틀고 앉았다. 나도 몰래 뒤통수를 쓸어내리다가 잊고 있던 기다림의 감정이 얼핏 떠올랐다. 잊는 것보다 기다림이 훨씬 더 희망적이라고 믿었던 시절, 그 시절의 나로 돌아갈 채비를 한 것도 같다.

기다림이라니, 새삼스럽게.

⚽ 1월 25일 수요일

엄마는 엄마이기 전에 누군가의 딸이었을 것이다. 누군가의 아내가 되기 전에는 한 송이 꽃 같은 여자였을 것이다. 딸로 살아온 시간과 여자로 살아온 시간을 엄마는 모두 어디에 두고 온 것일까? 나는 엄마가 되기 전의 엄마가 궁금하다.

내가 보는 엄마는 처음부터 엄마였던 거 같다. 엄마는 엄마여야 한다고,

처음부터 엄마였으니 엄마 노릇해달라고, 그렇게 엄마에게 요구하는 건 부당하다. 그런데도 나는 매일, 매 순간마다 엄마가 나의 엄마이길 바란다. 부탁하고, 의지하고, 요구하기 위해서.

엄마가 할머니를 대하는 태도를 보면서 나도 크면 할머니와 엄마처럼 엄마의 좋은 친구가 되고 싶다고 생각한다. 가끔 엄마는 할머니한테 심술궂은 친구이자 바라기만 하는 친구이긴 하지만 전체적으로 봤을 때 엄마와 할머니는 잘 어울리는 한 쌍이다.

엄마의 말에 의하면 자식하고 자동차는 부실자산이다. 나는 엄마에게 있어 부실자산인 셈이다. 네이버에서 찾아보았더니 내용이 없고 실속도 없고 몸이나 행동 따위가 믿음직하지 않은 게 부실이라고 되어 있다. 그러니까 나는 하등 쓸모없는 재산도 아닌 재산인 셈이다. 엄마한텐. 할머니한텐 엄마가 그렇다.

엄마는 할머니한테 뭔가를 부탁할 때마다 낳아놨으니까 책임져야 할 거 아니냐고, 자식한텐 애프터서비스 유효기간이 없는 법이라면서 참 뻔뻔하게 부탁을 한다. 그런데 나는 그런 엄마가 밉거나 창피하지 않다. 오히려 귀엽다. 엄마가 대놓고 부탁을 할 때마다 할머니는 오래 살아야 하는 이유를 찾아내곤 한다. 살아가는 이유가 분명해질 때마다 삶은 신나는 일이 된다는 것을 나는 할머니한테 귀에 못이 박히도록 들어왔다.

엄마에게 살아가는 이유가 나였으면 좋겠다. 다른 누가 아닌.

"연애를 하게 될지도 모르겠어."

"그래? 그럼 해야지."

엄마는 할머니와 커피를 마시면서 툭 하고 말을 뱉었다. 할머니는 단답형으로 긍정할 뿐, 아무것도 묻지 않았다. 궁금한 게 많은데….

사랑은 또 하나의 살아가는 이유가 된다. 엄마가 살아가는 유일한 이유가 내가 될 수는 없겠지만 첫 번째 이유가 되기를 바라면 그것은 미안한 일인 걸까?

엄마의 입을 통해 들은 '연애'라는 두 글자가 이상하게 가슴을 허전하게 한다.

1월 27일 금요일

전화를 기다리는 건 못된 습성이다. 전화를 기다리지 못해 먼저 하는 건 더 못된 습성이다. 그런데도 나는 전화를 하고 싶어서 몇 번이나 핸드폰의 폴더를 열었다 닫았다, 같은 동작을 반복했다. 다행히 전화를 기다리고 싶은 마음이 51퍼센트였다. 내일은 몇 퍼센트가 될지….

기다릴 때 울리지 않는 전화벨은 두 가지를 의심하게 한다. 내가 전화벨 소리를 듣지 못했거나, 전화가 고장이거나이다. 두 가지 모두 아닌데도 전화벨이 울리지 않는다면 그건 끝난 관계다. 그럼에도 기다리는 건 사랑이 시키는 바보짓이다.

사랑이 아닌데도 전화를 기다린다면 그것은 자존심의 문제다. 남편만큼 행복한 척하려면 남자가 필요하다. 도영 정도의 외모에 직업이면 전시용으로 꽤 쓸 만한 남자다 싶었다. '이래 봐도 나 남자 있어. 쿨하게 축하해줄게.' 하면서 턱을 치켜들고 싶었다. 거울 속 나를 향해서라도.

도영의 연락은 전화 통화가 아닌 문자 메시지로 그쳤다. 내가 바라는 함량에 턱없이 미달이다. 그러다 보니 조급함에 쫓겼다. 아르바이트로 연애를 하는 척해줄 남자를 구해볼까 하는 식의 말도 안 되는 경쟁의식이 생길 지경에 이르고 보니 내가 봐도 병적이다. 그만둬야 한다고, 쓸쓸히 마음을 숙였다.

엄마에겐 남자가 필요해

남편은 전적으로 남이건만 왜 나는 경쟁상대로 생각하는가.

잠든 아이의 가슴에 얼굴을 묻었다. 심장소리가 쿵쿵거렸다. 어떤 울림이 이보다 더 크고 뜨거울 수 있으랴. 삽시간에 쓸쓸함이 절반으로 줄어들었다. 남아 있는 절반의 쓸쓸함은 어떻게 버려야 하는지 모른 채 새벽이 지나고 있다.

스무 살.

그 시절의 나는 사랑할 때 경주마였다. 일단 목표물이 정해지면 옆을 볼 새 없이 달렸다. 진흙탕을 향해 달리는 줄 알면서도 나는 끝내 달려들었고 뒹구는 것으로 행복했다.

사랑을 할 때마다 여기저기가 아팠다. 기다림의 시간에 발끝이 아프고, 가슴이 아프고, 인내심은 쉽게 바닥을 드러냈다. 그건 언제나 더 사랑하는 사람의 몫이었다. 나는 종종 더 사랑하는 사람이었다. 더 많이 사랑해서 생기는 아픔이 내 것이 아니게 하려고 마흔 살의 사랑은 자꾸 주춤거리고 있다. 아픔까지 끌어안아서 사랑할 수 있었던 스무 살의 나는 용감했다. 누가 더 사랑하고 누가 덜 사랑하고의 문제는 이미 나와 상관없었다. 내가 사랑하는데 그까짓 것쯤이야 했다.

스물의 나라면 벌써 전화를 했을 것이다. 기다리는 것보다 내가 먼저 다가서는 게 빠르다면 기꺼이 그렇게 했을 것이다. 그러나 나는 이제 더 이상 스무 살이 아니다. 시행착오를 연발하는 싱싱한 청춘이 아니라 익숙하고 오래된 청춘이다. 먼저 다가섰다가 다가선 만큼 멀어지는 사람으로 인해 발을 동동 구르던 스무 살이 아니라 기다릴 줄 아는 마흔 살인 것이다. 기다리다가 어느 결에 슬며시 기다림을 내려놓을 줄도 알게 되길, 절대 먼저 다가서는 우를 범하지 않게 되길 나는 마흔 살의 나에게 바란다.

열 살, 애어른

연애를 하게 될지도 모르겠어라는 말을 엄마한테 할 땐 일종의 기대감을 품고 있었다. 자기암시가 되어 그대로 이루어지길 바라는 마음이 오늘에 와서 비루하게 느껴진다.

⚽ 1월 29일 일요일 (설날)

음력 1월 1일. 설날이다.

하루 종일 할머니네 내려가 있었다. 사실을 말하면 어저께부터 할머니네 내려가서 하루 종일 놀다 올라왔다. 작은삼촌 가족들도 모두 와 있었다. 영우와 인우까지 합세해서 우리는 다섯 명이 하루 종일 놀았다. 하도 소리를 질러 대면서 노니까 나중에는 정신없다고 야단을 맞았다. 그리고도 우리의 목소리가 잦아들지 않자 삼촌이 우리에게 나가서 놀라고 내쫓았다. 그런데도 우리는 나가지 않고 떠들고 놀았다. 그러다가 벌을 섰다.

설날 아침에 벌을 서는 아이는 대한민국에 우리들뿐일 거라고 몇 번이나 용서를 바랐지만 엄마는 기어이 벌을 세웠다. 우리는 별수 없이 벽에 무릎을 대고 꿇어앉아서 손을 들었다. 엄마가 벌을 세우는 방법은 조금 특이하다. 옛날 노스님들이 참선에 들어갈 때 면벽을 하고 수양을 했는데 그 스님들처럼 벽을 보고 자신을 돌아보면서 마음의 대화를 나누라는 것이 엄마의 주문이요 벌을 세우는 방법이다. 처음엔 벽을 보고 앉는 게 창피했는데 벽을 보고 앉아 있으면 나의 행동이 창피해진다.

그런데 성아 누나는 예외다. 성아 누나는 할머니에게 할머니라는 칭호를 붙여준 첫 손녀딸이자 유일한 손녀딸이다. 게다가 중학생이다. 눈치가 빠른 성아 누나는 혼나지 않을 만큼 논다. 혼날 만큼 놀아도 벌을 세울 때쯤 되면 놀이에서 슬그머니 빠진다. 그래서 누나는 우리가 혼날 때쯤 되면 놀이와 상관없는 사람이 되어 있다. 누나는 정말 여우 같다.

나는 엄마에게 딸 같은 아들이다. 아들 같은 딸이었으면 더 좋았을 텐데.

엄마와 같이 살면서 제일 불편한 건 목욕탕에 갈 때다. 엄마와 할머니와 외숙모는 찜질방에 가는 걸 좋아한다. 그래서 온 식구가 2주에 한 번씩 찜질방에 가는데 그때마다 나는 입구에서 엄마와 헤어진다. 성아 누나가 제일 부러운 때이자 내가 딸이면 좋을 텐데 하고 생각하는 유일한 때다.

제사에 참석해야 된다고 새벽같이 아빠가 나를 데리러 왔다. 나는 시무룩한 얼굴로 아빠를 따라나섰다. 개포동 집의 대문이 보이자 나는 한숨을 내쉬었다. 무거운 발걸음으로 집에 들어섰는데 고맙게도 상이 차려져 있었다. 엄마와 둘이 살아가는 생활에 대해, 할머니는 혀를 끌끌 찰 시간이 주어지지 않은 것이 아쉽겠지만 나는 고마웠다. 길쭘한 턱을 치켜들면서 두툼한 팔을 깍지 끼고 나를 노려볼 새엄마의 눈인사를 받지 않아도 된 것 역시 고마웠다. 나는 얼른 아빠를 따라 제사상 앞에 서서 절을 했다. 그게 다였다. 나는 구석에 앉아서 고개를 푹 숙이고 손장난을 했다. 새엄마와 한 집에 있는 건 정말 고문이다. 숨쉬기도 힘들고 말도 하기 힘들다.

아침 먹으라고 부르던 개포동 할머니가 나를 보더니 왜 그러냐고 물으셨다. 나는 대답 대신 바닥만 손톱으로 긁었다. 이번엔 아빠가 왜 그러냐고 물으셨다. 새엄마가 샐쭉한 표정으로 바라보다가 이내 돌아섰다. 새엄마의 눈에서 벗어나자 나는 엄마한테 데려다달라고 하면서 울먹였다. 한태극표 어깃장이다. 아침 먹고 데려다주겠다고 하는 아빠의 말에 나는 아침 먹기 싫다고, 여기 있기 싫다고 고개를 더 깊이 숙였다.

아빠는 뜨던 숟가락을 내려놓고 아무 말 없이 자동차 열쇠를 집어들었다. 나는 냉큼 일어서서 아빠보다 먼저 현관에 내려섰다. 신발을 신는 내게 이 사람, 저 사람이 세뱃돈이라면서 돈을 쥐어줬다. 세배를 하지 않았는데도 말이다. 돈을 손에 쥐자 마음이 조금 풀어졌지만 풀어진 티를 내진 않았다.

집으로 오는 길 내내 차 안에서 아빠는 한 마디도 하지 않았다. 나도 잠든 척 눈을 감고 한 마디도 하지 않았다. 집 앞에 나를 내려주고 돌아서는 아빠의 얼굴이 무거웠다. 아주 잠깐 아빠를 힘들게 했다는 생각에 미안한 마음이 들었지만 아빠는 남자니까 괜찮을 거다.

내가 너무 일찍 문을 열고 들어서자 엄마는 눈이 휘둥그레지면서 내 등 뒤를 먼저 보았다. 아빠가 따라왔는지 여부를 보는 걸 거다. 아빠는 설날인데도 헤어졌다는 이유만으로 할머니도 보지 않고 돌아갔다. 그런 아빠를 미워해야 하는지 어쩐지 잘 모르겠다.

예원이네 세배를 하러 갔다. 어른들은 아이들의 사랑이란 한낮 오후에 벌이는 소꿉놀이 같은 거라고 믿는 거 같다. 어른들의 사랑만이 진정한 사랑이고 오래간다고 믿는 건 어른들의 잘못된 사고방식이다. 하지만 굳이 그걸 고쳐서 말하거나 목소리 크게 높여서 주장하고 싶은 생각은 없다. 예원이와 내가 정말 사랑하면서 예쁘게 커가는 모습을 보여주면 된다고 믿기 때문이다.

예원이 아빠는 우리 사위! 하면서 세뱃돈을 봉투에 넣어주셨다.

"우리 태극이는 이다음에 커서 뭐가 될꼬?"

"예원이 남편이요. 그리고 어른이요."

"이놈! 그건 누구나 다 되는 거고…. 태극이가 약국 해서 예원이 벌어 먹일 건가, 의사 선생님 돼서 벌어 먹일 건가 하는 걸 묻는 거지."

벌어 먹인다는 그 말이 무슨 뜻인지 잘 모르겠다. 그래서 나는 약간 어리둥절했다. 하지만 나는 예원이 아빠의 말을 이내 알아차렸다.

어른이 된다는 건 직업을 갖는 거고, 결혼을 하는 거고, 한 집에 모여 사는 사람들을 책임져야 하는 걸 거다. 그게 이다음에 내가 해야 할 일인 걸 나도 잘 안다. 나는 누구보다 책임감 있는 어른이 될 것이다. 하지만 의사, 검사, 선생님 따위의 무언가가 되어야 한다는 생각은 벌써부터 갖고 싶지 않다. 구체적인 무언가가 되기 위해 자라는 게 아니라 어른이 되기 위해 자라면서 자연스럽게 내가 제일 잘할 수 있는 일을 갖게 되는 게 바람직하기 때문이다.

누가 나를 보는 것 같아서 고개를 들어보면 예원이가 나를 보고 있다가 웃었다. 나도 모르게 밥을 먹다가 예원이를 쳐다보면 또 예원이는 내가 본다는 것을 어떻게 알았는지 고개를 들어 눈을 맞추며 웃어주었다. 서로를 향해 눈과 손과 귀와 마음을 끌어당기는 사랑은 어쩌면…, 심장에 자석을 다는 일일지도 모른다.

아무도 사랑하는 것을 가르쳐주는 사람은 없다.

사랑이란 우리의 생명과 같이

날 때부터 가지고 태어나는 것이다.

- F. M. 밀러

엄마,
연애해?

1월 31일 화요일

연휴가 끝나고 오랜만에 사무실에 나갔다. 개봉하는 영화들이 왜 그리 많은지 거의 한 달 가까이 시사회에 다녀와서 글 쓰는 일에 몰두했다. 사무실엔 일주일에 한 번 이상은 들렀지만 들러도 잠깐 머물렀을 뿐 이내 사무실에서 나왔다.

출근도 퇴근도 없는 직장이 나의 일터다. 감독 몇 명이 시나리오를 들고 들어왔고 프로듀서가 어디선가 시나리오를 구해다 놓았다. 제작이사가 또 어디선가 시나리오를 하나 받아놓았다고 했다. 시나리오를 돌려 읽고 제작 여부를 결정하는 것까지가 나의 일이다. 실제 제작은 제작이사 회의에서 결정한다.

일주일간 읽을 시나리오를 챙겨서 사무실에서 나오는 길에 캐비닛을 열어보았다. 투고된 시나리오가 어느새 캐비닛 하나를 다 차지하고 있었다. 영화사나 감독들과 아무런 인맥 없이 그저 영화에 미쳐서 시나리오를 쓴 작품들을 캐비닛에 모아놓은 것들이다.

시나리오 개발팀에서 읽고 쓸 만한 뭔가가 있는 것들은 옆의 캐비닛으로 옮겨놓는다. 그 가운데서 다시 통과된 작품들을 그 옆의 캐비닛으로 옮겨놓는다. 이렇게 해서 다섯 단계를 거쳐 최종 캐비닛에 안착한 작품들을 읽는 게 나의 몫이다.

작품성과 상업성, 캐릭터, 에피소드, 대사 등등 무엇 하나라도 눈에 띄는 것이 있으면 건져 올려야 하는 게 시나리오 개발팀의 일이다. 마지막 단계까지 올라온 작품들을 개발할 것이냐 버릴 것이냐를 놓고 개발팀은 회의를 한다. 회의에 들어가면 새벽 4시건 5시건 가리지 않고 마라톤 회의를 한다. 시나리오를 개발할 것인지 버릴 것인지 결정이 날 때까지 격렬하게 언쟁을 벌이는 것이다. 덕택에 시나리오 개발팀원의 출퇴근은 자유롭다.

언제부턴가 시나리오는 집에서, 새벽에 읽는 습관이 생겼다. 태극을 재워 놓고 태극이 일어나서 방문을 열고 나올 때까지 거실에서 시나리오를 읽었다. 잠드는 시간은 점점 뒤로 밀려나서 요즘은 거의 태극과 아침을 먹고 태극을 엄마에게 내려 보낸 뒤에 잠자리에 들고 있다. 거꾸로 사는 날이 길어질수록 아이에게 미안해진다. 미안한 마음을 잦은 저녁 외식으로 대신하고 있긴 하지만 아이는 근사한 저녁보다 사랑을 먹고 커야 한다는 사실을 누구보다 잘 알고 있다.

사랑은 사랑하는 만큼 보여주어야 한다.

⚽ **2월 1일 수요일**

세뱃돈을 다 저금했다. 한 푼도 못 쓰고 고스란히 통장에 넣었다. 엄마의 일방적인 결정 때문에 나는 사고 싶은 유희왕 카드도 사지 못했다. 엄마는 독재자다. 하지만 통장에 찍혀 있는 숫자를 보자 뿌듯하긴 했다. 나는 초등학교를 졸업할 때쯤엔 아주 큰 부자가 되어 있을 것이다.

부자가 되면 엄마한텐 다이아몬드 반지를, 할머니한테는 밍크코트를, 삼촌한텐 밸런타인 30년산 위스키를, 외숙모한테는 부츠를 사주겠다고 했다. 그랬더니 엄마는 집도 사주고 차도 사달라고 했다. 그렇게 말하면서 얼굴엔 가득 장난기를 머금고 있었다. 어른들은 왜 아이들을 갖고 노는 걸 재미있어하는지 모르겠다.

가끔 나는 내가 사람이 아니라 장난감이 된 기분이 든다. 그 기분이 나쁜 거 같지는 않지만 그렇다고 유쾌하지도 않다.

🥿 2월 3일 금요일

"마흔 살 된 소감이 어때?"

선미의 질문에 우리는 일제히 한숨을 내쉬었다. 인사동의 찻집 바닥이라도 내려 앉히겠다는 기세의 한숨이었다. 40은 그리 반가운 숫자는 아니지만 그렇다고 해서 한숨을 내쉴 숫자도 아니다. 그런데도 가슴은 머리의 말을 듣지 않고 한숨부터 내밀었다.

나이는 숫자에 불과하다고 하지만 결코 숫자에 불과한 게 아니다. 얼굴을 아무리 화장으로 가려도 나이는 감춰지지 않는다. 생각과 행동도 나이를 먹은 티를 낸다. 나이는 숫자에 불과하다고 말하는 것은 말장난에 지나지 않는다. 나이는 숫자이기 전에 한 사람의 역사를 담고 있다.

다섯 살에는 다섯 가지만 잘해도 착한 아이였다. 열 살에는 열 가지만 잘해도 장한 어린이였다. 마흔 살에는 마흔 가지를 잘해야 겨우 나이 값을 한다는 소리를 듣는다. 나이 값을 하기 위해 얼마나 자주 나를 속여야 하는 일이 생기는지 모른다. 그런데도 나이는 숫자에 불과하다고? 나는 그 말을 만들어낸 사람의 절박함을 이해할 뿐이다.

나이는 그 사람의 위치를 규명해주는 척도가 된다. 직업이 없어도 가능성이 열려 있는 스물 몇 살과 직업 없이 맞이한 마흔 살이 단지 숫자에 불과하다고, 차이점이 없다고 할 수는 없다. 남자에게 있어서 직업이 없으면 인생이 종쳤다고 믿는 나이가 마흔 살이다. 여자에게 있어선 돈 벌어다주는 남편과 아이가 있거나 전문직에 종사해야만 독신을 이해해주는 나이가 마흔 살이다. 직업도, 남편도, 아이도 없는 여자의 마흔 살은 초라하기 그지없는 나이인 것이다. 나이는 결코 숫자에서 끝나지 않는다.

"소감이랄 게 뭐 있어? 마흔 살보다는 서른 살이 훨씬 더 좋다는 것을 알게 된 게 마흔 살에 얻은 소득이지. 서른 살만 됐어도 좋겠다."

넷이서 테이블 하나를 꽉 채워 앉은 우리들은 지현의 서른이라는 소리에 고개를 불쑥 들고 눈을 빛냈다. 그랬다. 우리들은 서른에도 이 자리에서 서른이 된 소감이 어때? 하고 묻고 답했다. 그때 우리들의 시간은 사회의 한 구석이나마 내 자리를 가지게 된 것에 안도하던 시기였다. 또한 갓 시작한 결혼 생활이 지지고 볶는 재미라는 것을 알아가던 때이기도 했다. 이렇게 별 볼일 없어도 모두가 별 볼일 없이 흘러가는 게 인생이라는 것을 받아들이던 시기이기도 했다.

서른.

"난 서른이 되길 원했어. 그건 희망의 나이였지. 모진 슬픔이 다 끝난 편한 삶을 아마 꿈꾼 거야. (…) 희망이라 믿었던 서른 즈음엔 슬픔이 없다고, 나는 스물의 그날 그 시간에서 조금도 못 건넌 걸…" 김완선은 《서른의 노래》를 부르면서 서른에도 편한 삶은 없었다고 노래했다. 살아내고 보니 그건 전적으로 옳았다.

서른은 모든 것이 자리를 잡아가는 시기였다. 사회적 안정과 함께 사회적 불안감이 공존하여 자리를 잡는 시기가 서른이었다. 나름의 빛깔을 가지고 슬픔이나 기쁨, 행복이나 불행이 뿌리를 내리던 그때, 삶은 도처에 깔린 지뢰밭을 건너는 요령을 깨치는 시기일 뿐 극복하거나 벗어나는 시기가 아니었다.

서른이 된 우리는 스물의 우리를 그리워했다. 다시 스물로 돌아간다 해서 크게 달라질 게 없다는 걸 알면서도 다시 스물로 돌아가면 획기적인 전환점을 찾을 수 있을 거라는 미련을 너나없이 품었다. 그리하여 우리는 잔뜩 그리움에 젖어 우리들의 지리멸렬한 서른 살에 건배를 했다. 스무 살이라는 남루한 옷 한 벌을 몸에 걸쳐 입고서.

도영에게서 한 시간 간격으로 문자가 세 통이 왔다. 이벤트를 하는 것도 아니고…. 뜬금없는 문자 공세에 약간 부아가 치밀기도 했다. 세 통의 문자를 모두 확인만 하고 답장을 보내지 않았다. 친구들과 함께 있어서라고 굳이 핑계를 대기로 했다.

핸드폰에 들어오는 문자를 볼 때마다 지현이 의미심장한 표정을 지어 보였다. 나는 아닌 척, 얘기 속에 빠져들었다. 아직 시작하지 않은 연애를 벌써부터 떠들고 싶지 않았다. 그럼에도 집에 돌아올 때는 도영을 향해 마음의 목소리를 높였다.

문자 뒤에 숨지 말고 나오란 말이닷!

⚽ **2월 4일 토요일**

여자들은 정말 못 말리게 쇼핑광이다. 예원이와 팬시점에 간 것까지는 좋았지만 도대체 예원이가 사고 싶은 게 뭔지 나는 알 수가 없었다. 만져보고, 살펴보고, 살까말까 망설이다가 내려놓은 게 대체 몇 가지나 되는지, 나중에 나는 팬시점 누나의 눈치가 보여서 그만 화를 내고 말았다.

엄마는 백화점에 갈 때마다 쇼핑할 목록을 적어 간다. "오늘은 지하 슈퍼하고 5층 가전제품 코너에만 들렀다 오자." 고 하면서 나를 꼬드기지만 나는 알고 있다. 백화점에 가기만 하면 엄마는 나한테 한 말은 다 잊어버리고 1층부터 맨 꼭대기 층까지 아이쇼핑을 하면서 둘러본다. 내가 뭐라고 한소리 하면 엄마는 뭘 알았는지, 알았어 알았어 하면서 아이쇼핑을 그치지 않는다. 나는 엄마가 왜 백화점에 갈 때마다 쇼핑할 목록을 적어 가는지 정말 이해가 안 된다.

나는 예원이가 또 팬시점에 가자고 할까봐 겁이 난다. 잔뜩 삐쳐서 잘 가라는 말도 안 하고 헤어진 예원이와 어떻게 화해해야 좋을지 그 또한 겁이 난다.

2월 5일 일요일

휴일 오후.

한 번쯤 전화를 할 법도 하건만 도영으로부터 전화는 걸려오지 않았다. 나 역시 도영에게 전화를 걸지 않았다. 도영도 어쩌면 끝내 전화는 걸려오지 않았다고 허탈하게 휴일 저녁을 넘겼을지도 모를 일이다. 우리는 서로가 다른 곳에서 같은 방식으로 전화를 기다린 건지도 모른다.

사랑한다면 행동하라. 이것은 스물의 구호일 뿐이다. 그렇다고 마흔의 사랑이 행동하지 않는다는 것이 아니다. 행동해야 좋을지 어떤지를 저울로 재는 것, 그리하여 모든 계산이 다 끝난 후에 움직이는 것, 그것이 마흔이 사랑하는 방식일 뿐이다. 행동 방식 또한 바뀌는데 지금의 이 기다림 역시 그 하나의 방식인 것이다. 이것은 되도록 마른 길을 가고 싶은 것일 뿐, 사랑하고 사랑하지 않고의 문제가 아닌 것이다.

전화를 받는 사람에게로 무게중심이 쏠리게 될 것은 자명한 일이다. 팽팽하던 저울이 어느 한쪽으로 기우는 순간 발 하나는 흙탕물에 담그게 된다고 믿는 것, 그것이 마흔에 내가 내린 결론이다. 무게중심이 내가 아닌 것을 못 참는 것, 그게 마흔의 나다. 나는 이만큼이나 변해 있다.

욕조에 물을 받아 거품을 잔뜩 낸 뒤 아이와 욕조 속에 들어앉은 밤. 나는 차분히 평온을 되찾았다.

⚽ 2월 6일 월요일

기지개를 켜면서 나오다가 방문 앞에 앉아 있는 엄마를 보았다. 엄마는 밤에 시나리오를 읽을 때면 문지기처럼 내 방문 앞에 앉는다. 서재도 있고 안방도 있고 거실도 있고 주방의 식탁도 있고 그리고 내 방에 스탠드를 켜는 방법도 있는데 말이다.

엄마는 내가 일어나서 나오길 기다렸다는 듯이 나를 보자마자 내 등을 떠밀다시피 욕실로 들이밀면서 소리쳤다.

"최고로 멋있는 아침을 먹는 거야. 너, 낮술 말고 아침 술 먹어봤어?"

나는 비몽사몽 중에 아침 먹자는 소리만 들었다. 양치질을 하고 세수를 하고 나왔을 때 나는 그만 오래도록 입을 벌린 채 다물지 못했다.

아침으로 삼겹살을 구워 먹자고 상추와 깻잎과 고추와 양파와 고추장과 콩나물과 파를 섞은 초무침과 된장찌개와…. 아무튼 엄마는 거실에 돗자리를 깔아놓고 오븐 그릴을 올려놓고 마치 야유회에 온 표정으로 삼겹살을 굽고 있었다.

물도 잘 안 넘어가는 판에 삼겹살이라니. 게다가 할머니가 담가놓은 포도주를 대접에 덜어놓기까지 했다. 내가 어이없는 표정을 지어 보이자 엄마는 단숨에 의기소침한 표정이 되었다.

엄마는 나의 약점을 너무 잘 안다. 나는 맛있는 척 삼겹살을 꾸역꾸역 집어 먹어 주었다. 엄마가 왜 아침부터 술 생각이 났는지, 그 이유를 생각하면 나도 술 생각이 날 지경이다.

생각 외로 포도주는 달고 맛있었다. 그래서 한 모금이 두 모금이 되고 세 모금이 되더니 열 모금을 넘겨버렸다. 나는 가끔 엄마의 술친구가 되어 주지만 오늘처럼 아침에 술을 마신 건 처음이다. 많이 마신 것도 처음이다. 술이 들어가자 얼굴이 붉어지고 눈앞이 어찔했다. 그런데 이상하게 기분이 좋았다.

좋은 기분에 들떠서 나는 예원이한테 전화를 걸었다.

"예원아, 나 엄마랑 술 한잔했어. 술 먹으니까 네가 보고 싶어져서 전화했어."

처음엔 틱틱거리던 예원이가 마침내 화를 풀었다.

"난… 술 먹는 남자는 싫어."

한참 맛있게 낮잠을 자고 있는데 자꾸 목이 탔다. 꿈에서 아무리 물을 마셔도 타는 목은 그대로였다. 그러다가 목이 말라서 깼다. 일어나보니 배꼽시계는 어느새 점심때를 가리키고 있었다.

엄마의 핸드폰과 무선 전화기를 들고 할머니네에 내려갔을 때 엄마의 핸드폰에 문자가 들어왔다. 나는 얼른 문자를 확인했다.

"무슨 문자를 논문 읽듯이 읽니? 줘봐."

외숙모가 내 표정을 보고는 엄마의 핸드폰을 잡아채려고 했다. 나는 절대 뺏길 수 없었다. 엄마는 집에 전화가 걸려오면 외숙모나 할머니가 받기 전에 나보고 재빨리 받으라고 한다. 우리 집은 엄마와 나의 공간이고, 엄마와 내게 걸려오는 전화를 다른 사람이 받는 게 싫다고 한다. 할머니도 삼촌도 외숙모도 엄마에겐 다른 사람이다. 하지만 집에 다른 사람들이 놀러 오면 할머니와 삼촌과 외숙모는 단숨에 가족이 되어버린다. 어떤 경우에도 엄마와 나는 분리되지 않는다. 나는 그게 마음에 든다.

'우리, 만날 때가 지났죠? 2월 8일 저녁 7시 메가 박스'

"엄마, 영화 시사회 오라는 문자예요."

"그런데 왜 그렇게 표정이 아리송해?"

"엄마랑 〈치킨리틀〉 만화영화 보러 가기로 한 날이거든요."

"태극이한텐 최고로 심각한 문자로구나."

나는 할머니가 내 머리를 다 쓰다듬길 기다렸다가 엄마가 일어났을지도 모른다고 말하고 집으로 돌아왔다. '우리, 만날 때가 지났죠? 무슨 영화 제목이 이럴까?' 생각하면서.

"무슨 고민인데 고개가 여섯 시 오 분 전일까, 도련님?"

오후 3시를 넘긴 시간에 마시는 커피를 모닝커피라고 할 수는 없지만 일어나자마자 마시는 커피는 분명히 모닝커피일 것이다. 빈속에 커피를 마시지 말라고 그렇게 말해도 엄마는 내 말을 자꾸 무시한다.

"엄마, 또!"

"오늘만! 아침에 삼겹살 먹고 잔 게 뱃속에 그대로 들어 있어서 그래. 포도주도 좀 독했고. 이럴 땐 커피가 속 다스려주는 최고 약이란 말이야. 아들, 아들도 한 모금 마셔볼래?"

엄마에겐 남자가 필요해

"나는 약보다 커피가 더 써. 엄마, 근데 문자가…."

나는 미처 말을 맺지 않은 채 엄마에게 핸드폰을 건넸다. 엄마는 심상한 표정으로 핸드폰을 건네받더니 문자를 확인했다. 문자를 확인하는 엄마의 표정엔 아무런 변화도 없었다. 그저 커피를 마시면서 행복해할 뿐이었다.

"시사회 가는 거야? 영화 제목이 구려."

"그러게… 구리네."

"우리, 영화 데이트는 다음에 해야겠지?"

"제목만 바뀌었지, 엄마는 영화를 보는 거네?"

"샘나?"

"화나."

일한테 엄마를 뺏기는 게 하루 이틀은 아니지만 보고 싶었던 영화를 보지 못하게 되는 불상사가 생기면 나는 심술이 덕지덕지 붙은 놀부가 되고 만다. 나도 모르게.

👠 2월 7일 화요일

내일의 데이트를 신청해놓고도 도영은 '내일 나오시는 거 맞죠?' 라는 확인 전화 한 통화도 걸어오지 않았다. 음악회 초대권 때도 그랬다. 이번에도 내가 나갈 것을 확신하고 있는 걸까? 차려놓은 약속을 걷어차이지 않을 거라는 믿음은 누가 준 걸까?

⚽ 2월 8일 수요일

시사회에 다녀와서 글을 써야 되는데 엄마가 도무지 외출할 준비를 하지 않았다. 그렇다고 해서 나와 보러 가기로 약속했던 영화를 보러 가자는 소리도 하지 않았다. 나 때문에 그런가보다 싶어 나는 살짝 걱정이 됐다. 몇 번을 망설이다 물어봤더니 엄마는 시큰둥하게 대답했다. 어떤 남자가 영화 보자고 한 거였다고, 괜히 마음이 뒤숭숭해서 꼼짝하기 싫다고. 나는 엄마한테 그런 마음이 든 게 나 때문인 걸 알고 있지만 모른 척하고 물었다.

"왜 안 나가고 싶은데?"

"별로 나가고 싶은 마음이 없어."

"그럼 그 아저씨는 바람 맞는 거야? 그건 정말 나쁜 일인 거 같은데?"

"엄마한테 '언제 영화 보러 갈까요?' 한 게 아니라 일방적으로 자기가 정한 시간이야. 엄마도 일방적으로 안 나갈 권리 있어."

"그래도 안 나간다고 연락은 해줘야지. 언제는 나한테 똑같은 사람 되지 말라면서?"

"싫어. 투정부리는 어린애처럼 보일 거야."

"그렇긴 하지만…."

다시 말하지만 엄마에겐 남자가 필요하다. 아빠가 호텔에서 결혼식을 올리는 2월 18일 토요일, 엄마는 날 붙들고 심란한 표정으로 아침 술을 마실 게 아니라 남자와 보란 듯이 데이트를 해야 한다. 그러려면 미리 남자를 만들어놓아야 한다. 그래야 한다.

나는 부리나케 아빠에게 전화를 걸었다. 엄마의 소식을 아빠에게 전하자마자 아빠는 못 믿겠다는 투로 정말이냐고 몇 번을 되물었다. 틀림없는 사실이라고 하고 전화를 끊자마자 아빠가 엄마의 핸드폰으로 전화를 걸어왔다. 엄마는 수신자번호를 보더니 내게 전화를 넘겼다. 나는 모른 체하고 전화를 받았다. 그리고는 예상대로 다시 엄마에게 전화를 넘겨주었다.

핸드폰은 스피커폰도 아닌데 아빠의 목소리가 고스란히 온 거실을 뛰어다

엄마에겐 남자가 필요해

넜다. 아빠는 엄마에게 잔뜩 볼멘소리를 늘어놓았다. 역시 아빠다웠다.

"내가 재혼하길 기다린 건가? 너무하잖아. 예의라는 게 있는데 어떻게 당신이란 사람은 매사가 그 모양이야? 나 날 잡기 기다려 그 날짜에 맞춰 당신도 결혼할 작정인가 본데 그거 너무 치사하지 않아?"

"당신, 한 번 만나고 결혼해요?"

"애랑 살면서 애한테 모범이 될 생각을 해야지. 연애는 무슨 연애야?"

"당신은 재혼하면서 나는 연애하지 말라니 거참 우습네요. 태극이도 연애해요. 내가 어디가 모자라서 연애를 못해요? 게다가 푸릇푸릇한 연한데. 그것도 사 년이나."

"뭐야? 그래서 진짜 연애를 하겠다는 거야?"

"사 년 차이는 궁합도 안 보는 나이에요. 혼자 독수공방하면서 내 청춘 늙히기 싫을 뿐더러, 굴러들어온 복 걷어차기도 싫으네요."

"이 사람이 이거!"

엄마는 아빠의 비명과 함께 전화를 끊자마자 화장대 앞에 앉았다. 신경질적으로 파운데이션을 바르면서 엄마는 물었다.

"태극아, 엄마 연애해? 진짜 해?"

엄마의 질문엔 진심이 하나도 담겨 있지 않았다. 어떻게 해야 엄마가 진심을 다해 연애에 빠져들까? 연애를 하면 엄마는 지금보다 백 배 더 예뻐질 텐데. 오늘, 엄마의 데이트가 다른 날보다 멋지기를 바라면서 나는 엄마의 외출복을 골라주었다.

🥿 2월 10일 금요일

시나리오는 배우 캐스팅을 위해 마지막 완고 단계 전에 캐스팅고를 쓴다. 책으로 만드는 첫 단계의 시나리오인 셈이다. 그 시나리오 책이 어제 나왔다. 시나리오를 읽고 브리핑을 끝내 놓으려고 사무실에 늦게까지 남아 있다가 오늘, 캐스팅 회의에 참석할 것을 통고받았다. 시나리오 캐스팅이 나의 몫이지 배우 캐스팅은 나의 몫이 아니다. 더군다나 회의 시간은 저녁 8시부터였다. 금요일 저녁에 시작하는 회의라면 끝나는 시간이 명약관화했다.

"윤 작가, 완고엔 윤 작가가 붙지 그래요? 아니면 여주인공 캐릭터와 대사만 옷을 따로 입히든가!"

영화사 대표는 나의 영화 두 편 모두 프로듀서를 했다.

"이 대표님, 저는 읽는 사람이에요. 쓰는 사람 아니에요."

"원래는 쓰는 사람이었어요. 올해 내 목표가 윤 작가, 다시 시나리오 쓰게 하는 거라고 내가 시무식에서 말하지 않았나요?"

"내가 만약 다시 쓰게 된다면 그건 소설이지 시나리오는 아니에요. 왜 안 쓰는지 대표님이 더 잘 아시잖아요. 게다가 박 작가님보다 대사 잘 쓸 자신 없어요."

"아무튼 내일 회의에서 봅시다."

이 대표가 내 방에서 나가고 나는 읽던 시나리오를 덮어버렸다. 상념이 찾아들었기 때문이다.

시나리오를 내 손에서 끝내기 위해 무진 애를 썼다. 각색자의 손에 넘기지 않고 내가 창조한 인물들의 입을 빌어 내 생각을 고스란히 전달하고 싶었다. 한 작품을 쓰기 위해 프로듀서와 붙어서 얼마나 많은 날들을 고치고, 또 고치고, 또 고쳤나.

10개월 동안 거의 매일, 단 한순간도 게으름을 피우지 않았다. 자면서도 신을 구성했고 대사를 떠올렸고 인물을 다듬었다. 그렇게 해서 완성한 시나리오를 들고 프로듀서와 함께 감독을 섭외하고 감독이 결정되자 감독이 찍고 싶은 대로 다섯 번을 더 손질했다. 그렇게 해서 한 작품에 도합 13개월을 쏟아 부었다. 하루 평균 열네 시간의 작업시간을 바쳐서.

처음에 내가 내고 싶었던 목소리는 프로듀서와의 조율에 의해서 마모되었고 감독에 의해 또 한 번 마모되었다. 작가가 힘들게 글감을 찾아내고 시나리오를 계발하여 수십, 수백 시간을 들여 완성한 시나리오도 감독에게 가면 얼마든지 옷을 바꿔 입을 수 있는 게 영화다. 작가가 버젓이 카메라 뒤에 앉아서 촬영 현장을 탐방하고 있는데도 감독은 대본상의 장소와 날씨가 맞지 않는다고 대사를 간단히 바꿔버렸다.

시사회를 한다는 연락을 받고 극장에 갔을 때도 무대는 배우와 감독의 것이었다. 감독은 작가의 생각을 자기 식대로 해석해서 필름에 찍는 사람이지 작품의 전권자가 아니다. 그럼에도 감독은 자신의 작품인 것처럼 대사를, 작품 의도를, 인물에 대한 정보를 떠들어 댔다. 작가가 만든 인물이 아니라 감독이 만든 인물이 되고 말았다. 나는 내 작품을 감독에게 빼앗긴 것 같은 박탈감을 느꼈다.

그저 필름에 크레디트를 얻게 된 것, 자기만족으로 위안을 받으면서 극장 문을 나섰다.

영화는 상업적으로는 크게 성공하지 못했지만 작가주의 영화로는 성공한 편이다. 대사 몇 개가 명대사로 인터넷 상에 떠돌아다녔다. 대사를 쓴 것도, 주인공 캐릭터를 만들어 낸 것도 작가인 나다. 하지만 모든 인터뷰는 배우와 감독에게 쏠렸다. 감독이 다른 작품에 들어갈 때마다 그 작품이 따라다녔다. 대사와 함께.

전작이 작품성을 인정받자 두 번째 작품은 조금 쉽게 결정할 수 있었다. 전작이 있으니 두 번째 작품에서는 온전히 내 목소리를 낼 수 있게 될 거라고 믿었다. 하지만 믿음은 산산이 부서졌다. 이번에도 역시 감독의 영화가 되고 말았다.

활자화된 영화와 필름화된 영화는 너무나 달랐다. 달랐기에 나는 아무 소리도 못하고 감독이 나의 시나리오를 어떻게 자신의 영화로 만들어가는지 바라볼 뿐이었다. 그때만큼 내 자신이 무기력하게 느껴졌던 때가 또 있을까 싶다.

영화는 영화에 미친 사람들만이 하는 작업임에 틀림없다. 내가 만약 영화에 미쳐 있었다면 영화를 쓰고 있다는 사실만으로 충분히 행복했을 것이다. 영화는 영화를 사랑하는 사람만이 할 수 있다는 말을 나는 온전히 이해하게 되었다. 나는 글을 쓰고 싶었지 영화를 쓰고 싶지 않았다. 영화에서는 어떤 성취감도 느낄 수 없었다.

지옥 같은 작업을 다시 또 되풀이해야 된다는 게 끔찍해서 세 번째 영화는 내 인생에서 없기로 했다. 그게 내가 영화를 쓰는 것에서 읽는 것으로 전환하게 된 이유다.

감독과 작가가 간절한 눈빛으로 고개를 숙였다. 감독은 몇 편의 조감독을 거쳐 7년 전에 감독으로 입봉한 뒤 몇 편의 작품이 엎어지는 바람에 이것이 두 번째 작품이 되는 거였다. 이번마저 엎어지게 하지 않으려고 무진 애를 쓰고 있는 게 한눈에 보였다.

하지만 나는 알고 있다. 저토록 순한 눈빛 뒤에 얼마나 많은 독단들이 숨어 있는지를. 메가폰을 잡게 되면 무언가에 씐 것처럼 되는 게 감독이라는 자리라는 걸 나는 너무 많이 봐왔다. 그렇게 변해야만 감독이 된다는 것도 나는 알고 있다. 영화의 흥망을 감독 한 사람이 90퍼센트 이상을 책임져야 하기 때문이라는 것도.

보름이 가까웠는지 둥근 달이 나뭇가지의 모양대로 쪼개져서 걸려 있다. 요즘의 달은 오목 렌즈를 들이댄 것처럼 커 보인다. 도심, 게다가 서울, 강남의 한복판에서 휘늘어진 보름달이 무거운 몸을 들고 있기 힘들다는 듯 낮게 낮게 금방이라도 뚝 떨어질 것처럼 낮게 내려와 있다는 사실이 믿기지 않았다. 눈으로 보고 있으면서도.

⚽ 2월 11일 토요일

늦게 들어온 엄마가 내 방문을 여는 걸 알았지만 잠에서 깨어날 수가 없었다. 엄마가 내 이마와 볼과 눈과 코와 입술에 뽀뽀를 한 것까지는 기억하겠는데 그다음엔 기억이 나지 않는다. 분명히 엄마는 한참 동안 세상에서 가장 행복한 표정으로 나를 내려다보다가 세상에서 제일 아쉬운 표정으로 일어나 방문을 닫고 나갔을 것이다.

엄마가 나의 잠을 내려다보는 날에 나는 유난히 깊은 잠에 빠진다. 꿈도 없이 잠든 걸 보면 엄마는 아주 오랫동안 나를 내려다보았나 보다.

엄마가 아침밥을 먹여 학교에 보내달랬다고 하면서 할머니가 일찍 올라오셨다. 아침에 자는 10분은 낮잠 1시간과 맞먹는다는 걸 할머니는 모르신다. 할머니가 올라와서 나를 깨우는 날에 나는 정말 1분 1초가 아쉽다. 하지만 할머니도 나를 보내놓고 재빨리 꽃단장을 하고 데이트를 하러 나가셔야 하기 때문에 할머니에게도 1분 1초가 아쉬울 것이다.

할머니는 매주 토요일마다 할머니의 남자 친구와 북한산에 가신다. 아침 일찍 가서 놀다가 저녁때쯤에 돌아오시는데 산에 다녀온 날의 할머니는 유난히 예쁘다. 다른 날보다 더 많이 웃기 때문일까? 노랑병아리 같은 모자를 눌러쓰고 빨간색에 하얀 줄무늬가 있는 등산복을 입은 할머니는 유치원생 같아 보이기도 한다. 나는 그런 할머니가 귀엽다. 할머니를 보면 여자는 꾸미면 예쁘다는 말은 나이 불문하고 적용되는 말인 거 같다.

그렇지만 오늘은 놀토인데…. 성아 누나랑 성구 형이 학교에 안 가는 것을 할머니는 정말 몰랐을까? 할머니가 연애하느라 정신이 없긴 없나 보다.

2월 13일 월요일

아침에 일어나자마자 백화점에 다녀왔다. 태극에게 줄 초콜릿을 사고 편지를 썼다. 나의 연인이고 나의 보물이고 나의 태양이고 나의 생명인 아이는 내 영원한, 내 유일한 남자다. 아이에게 줄 초콜릿을 사면서 잠시 망설였다. 더 살까 하고. 그뿐, 단지 그뿐이었다.

왜 화가 나는지 몰랐지만 도영을 만나러 나가는 순간부터 기분이 저기압이 됐다. 남편 때문에 홧김에 만나 영화를 보고 헤어진 이후 도영은 다시 감감 무소식이었다. 내심 기다리다가, 화를 내다가, 잊자고 마음을 먹는 반복을 되풀이한 게 오늘 아침까지의 일이다. 백화점에 다녀와 커피를 마실 때 문자가 와서 보니 도영이었다. 일방적으로 만나는 장소와 시간을 정해 보낸 문자였다. 그런데도 나는 이 사람이 진짜…! 하면서 아주 잠깐 어이없어 했을 뿐, 기다린 듯 외출을 했다.

도영과 근 5일 만에 만났다. 사랑을 시작하는 데 있어 5일은 5개월의 시간과 맞먹는다. 떨어져 있을 때는 그렇게 무심하던 도영이건만 함께 있는 동안 도영은 마치 보석을 다루듯 나를 애지중지했다. 그것이 한눈에 보였다. 그래서 더 화가 나는지도 모른다.

묶이지 않은 채 묶여 있는 기분…. 물론 자발적인 기분이지만 멀어질 수도 가까워질 수도 없는 어정쩡한 이 거리가 싫다. 그런 참에 내일의 밸런타인데이를 기념하여 이틀 연속 만나자니 이건 또 무슨 일인가 싶다. 말 그대로 바쁜 와중에 내일은 특별한 날이니까 시간을 내겠다는 뜻일까? 누군…! 너만큼 안 바빠서 약속을 다 들어주는 줄 아냐며 한마디 쏘아붙여주고 싶었지만 그런 감정 비슷한 내색조차 하지 못했다. 언제나의 나처럼.

⚽ 2월 16일 목요일

드디어 비드맨 장난감을 손에 넣었다. 열흘 동안 신발 정리를 하고 음식물쓰레기를 내다버린 심부름 값으로 비드맨 장난감을 받은 것이다. 엄마는 내가 벌어서 산 거라고 했다. 힘들게 벌어서 산 거니까 고장 나지 않게 조심해서 쓰라고 했다. 당연히 그렇게 할 것이다.

개포동 할머니는 내가 원하는 장난감은 무엇이든지 다 사줬다. 그때 내게 장난감은 별로 소중하지 않았다. 고장 나면 또 사줬고, 고장 나지 않은 다른 많은 장난감들이 있기 때문에 장난감은 내가 소중히 다뤄야 할 물건이 아니었다.

엄마랑 개포동 집에서 나오면서 많은 장난감을 두고 나와야 했다. 개포동 삼촌의 아들이자 나에겐 사촌 형제들이 세 명이나 더 있다. 그 형제들과 함께 놀던 장난감이라서 내가 혼자 갖고 놀겠다고 들고 나올 수가 없었다. 개포동 할머니가 허락하지도 않았다. 그래서 나는 장난감이 별로 없다. 엄마는 책은 부지런히 사주면서 장난감을 사주는 데는 인색한 편이기 때문이다. 갖고 싶은 장난감이 생길 때마다 나는 개포동에서 살던 때를 그리워한다. 하지만 그리움을 엄마한테 들키지는 않는다.

비교적 조용하던 엄마의 핸드폰에 문자가 자주 들어온다. '볕이 좋은데요. 해바라기하기 아주 좋아요. 즐거운 오후^_^', '식사 시간에 그리움을 한 숟갈 먹었어요. 바쁜 거 빨리 끝나야 할 텐데.' 나는 문자들을 보면서 즐겁게 웃는다.

🥿 2월 17일 금요일

오 감독에게서 전화가 걸려왔다. 오 감독과 만나고 들어오는 길에 잠깐 도영을 볼까 싶어서, 그야말로 아무 생각 없이 충동적으로 전화를 했다. 도영은 바쁘게 전화를 받으면서 약속이 있다고 했다. 그 목소리가 어쩐지 서늘했다.

영화사 근처 커피 전문점에서 만난 오 감독은 내 소설집을 탁자 위에 올려놓고 앉아 있었다. 단편 10편과 중편 1편을 엮어 만든 나의 유일한 소설집이다.

"이걸 왜…?"

"이번 영화 〈사랑의 기술〉 찍을 동안 각색 의뢰할까 하구요. 이 작품과 다음 작품에 또 텀이 생겨버리면 장가 못 가요. 갔다 오더라도 한 번은 가봐야죠. 그래야 우리 노친네가 잔소리 안 해요."

"결혼이 무슨 군대예요? 갔다 오게? 그리고 갔다 오면 제대로 된 여자 만나서 다시 가라고 더 성화일걸요?"

나보다 한 살 많은 오 감독이 아직 결혼 전이라는 사실은 의외다.

여자들이 자신의 외모를 가꾸고 공을 들이는 동안에 남자들은 손쉽게 아저씨가 되는 길을 택했다. 오 감독 역시 예외는 아니다. 오 감독은 아이 둘쯤 달린 한 집안의 가장으로 보았다. 7년 전에 영화 한 편 만들어놓고 몇 편의 영화가 엎어졌다는 말을 들었을 때 '가정 경제는 어찌 했을꼬?' 했던 염려가 오 감독을 만나는 것과 동시에 떠올랐던 것도 그 생각의 연장선상에서 나온 것이다.

"이 「그대들」이 나중엔 어떤 위치로 여주인공의 주변에 남게 되는 건가요?"

"도덕적 행위엔 결과론과 동기론이 있을 수 있겠죠. '왜 그 사람이어야 하는가?' 하는 질문에 꼬리표처럼 달아놓은 게 '왜 그 사람이어야만 되는가? 그 사람 외의 누구도 될 수 있지 않을까?' 라는 질문이었어요. 사랑은 순식간에 불이 붙기도 하지만 순식간에 꺼지기도 하죠. 완전히 소등을 했다 해도 그 여진이 남아 있어서 온기는 한동안 가잖아요. 그 온기가 추억이라는 것으로 대체될 수 있다면 추억을 모두 식힌 다음에 사랑을 해야 옳아요. 하지만 불이 활활 타오르는 와중에도 그 불로는 내 몸을 데울 수 없어서 다른 불을 더 지피는 경우가 반드시 있었거든요. 물론 사랑이 어떻게 불로 치환될 수 있겠냐고 물을 수도 있죠. 그럴 수 있다가 내 대답이었어요. 결과론적으로는 양다리, 세 다리, 문어 다리를 걸친 게 되지만 동기가 선하다면 거기엔 어떤 결과가 초래될까? 그 질문에서 소설을 시작했는데 시작하고 보니 대답이 너무 빤하더군요. 그래서 그만둔 거에요."

"칸트라면 어떻게 했을까? 그게 이 소설의 대답인 셈이군요."

결과가 중요할까, 동기가 중요할까? 칸트의 윤리학에 빗대 연애의 다양성에 대해 탐미적으로 접근한 작품이었지만 적어도 내겐 실패한 작업이었다. 그걸 갖고 있다니.

그냥 헤어질 수 없다는 말에 오 감독과 둘만의 술자리를 가졌다. 오다가다 얼굴을 익혀놓은 세월이 족히 6, 7년은 될 터지만 그렇다고 해서 단둘이 술자리를 가질 만큼의 관계는 못 되는지라 조금 망설여졌다. 마음이 망설이는 동안 몸은 오 감독에게 끌려 주점에 앉고 있었다.

"커피 사시는 김에 술도 사주시죠? 대신, 윤 작가님 작품 판권료 높이 책정해서 받을 수 있게 해드릴게요."

"실패한 작품을 왜 영화로 만들려고 하세요? 그냥 오늘은 편히 드시고 가세요. 저도 이따금 지갑을 놓고 나오기도 해요."

오 감독은 지갑을 놓고 나왔을 거라는 내 말에 뭔가 한마디를 하려다가 말았다.

영화라는 공통의 화제 덕분에 술자리는 비교적 부드러운 편이었다. 몸에 좋다는 복분자주에 파전을 놓고 주점에 앉아 마시는 술자리는 기묘하게도 스물 몇에 연애하던 나를 떠올렸다. 충동적으로 무언가를 할 나이가 아님에도 잠시 나이를 잊었다. 주거니 받거니, 꽤나 의기투합이 되기도 했다.

앉아서 마실 때는 몰랐지만 일어설 때 비틀거렸던 것을 보면 둘 다 어지간히 먹기는 한 모양이었다. 어느 결에 잠깐 비틀거리던 서로를 잡았던 게 화근이라면 화근이었다. 오랜만에 남자의 손에 잡힌 팔뚝이 불에 덴 것처럼 뜨거웠다.

"스물 몇에 결혼하는 놈들을 보면 '좋겠다, 저놈은 매일 할 수 있겠네!' 였어요. 요즘에도 늦게 결혼하는 놈들이 있거든요. 그놈들은 하나같이 어린 신부들을 맞더라구요. 결혼식에 가서 시시껄렁한 농담처럼 웃어넘기는 말이, '저놈은 죽었네! 어떻게 매일 하지?' 이렇게 바뀌더군요. 나이를 먹었다는 거죠. 그래도 여전히 언제든 안고 싶을 때 안을 수 있는 여자가 있는 놈들이 부러워요."

"여자를 안기 위해서 결혼을 하는 거면 곤란하죠."

이렇게 대답할 때까지만 해도 정신이 말짱했다. 아니, 정신은 끝까지 말짱했다. 평소와 다르게 행동한 것은 남편의 재혼일이 내일이라는 것에 있을 터였다. 잊고 싶고, 무시하고 싶고, 모른 척하려고 해도 날짜가 더 선명하게 떠올랐다. 사랑했던 남편이지만 이제 더는 사랑하지 않는 남편의 재혼이 뭐 그리 중요하다고 나는 카운트다운을 하고 있었던 걸까?

엄마에겐 남자가 필요해

"그렇게라도 여자를 안아야 되는 게 남자의 생식기인 걸 어떻게 해요? 그렇다고 매일 돈 주고 살 수 있는 거도 아니고."

그 말끝이었을 것이다. "그럼 내가 같이 자줄까요?" 물었던 게.

잠인 듯 취기인 듯, 퍼뜩 깼을 때 옆에는 알몸의 오 감독이 잠들어 있었다.

죄를 지은 사람처럼 까치발을 들고 옷을 아무렇게나 주워들고 욕실에 들어갔다. 물소리가 오 감독을 깨울까봐 씻고 싶은 마음을 억누르고 그냥 옷을 챙겨 입었다. 몇 년 만에 남자를 들인 몸은 처음 같은 통증은 아니더라도 어지간히 통증을 일으켰다. 뻐근한 아랫배를 움켜쥐고 나는 그 자리에서 줄행랑을 치듯 도망쳐 나왔다.

"엄마, 깜짝이야!"

주차장에서 차 문을 열고 내리려는 순간 검은 그림자가 튀어나왔다.

"와, 진짜 예의 없다. 주말에는 데이트하라고 좀 일찍 끝내줘야 되는 거 아닌가…?"

"도영 씨!"

나는 퍽치기나 납치 사건에 연루되는 줄 알았다. 사람이 한순간에 얼마나 많은 생각을 할 수 있는지도 알았다. 순간에 느끼는 공포감이 몇 톤의 무게감으로 가슴을 짓누를 수 있는지는 겪어보지 않으면 모른다. 겨우 그림자 하나에 웬 호들갑이냐고 할 수도 있겠다. 시절이 수상하다 보니 검은 그림자는 바로 흉악한 범죄와 연결되는 게 이 시대를 살고 있는 여성들이 보편타당하게 안고 있는 불안감이다. 아파트의 지하 주차장에 늦은 시간에 주차를 할 때에 그 불안감은 몇 배를 더한다.

"진짜 겁이 많구나. 미안해요. 아까 보자고 한 전화가 마음에 걸려서 집에 갈 수가 있어야죠. 이렇게 늦을 줄 알았으면 12시에라도 보자고 할 걸 그랬나 봐요."

"꼭 보자는 건 아니었는데… 어쩐지 일찍 끝날 거 같아서 전화한 거였어
요."

"일 끝나고 바로 전화하려다가 집 앞에 와서 하는 게 예의일 거 같아서 먼
저 온 건데, 정완 씨 차가 없더라구요. 놀라게 하고 싶었는데 정말 놀라게 했
네요. 어…? 술 마셨어요? 술 마시고 운전해서 왔어요?"

"단지 입구까지는 대리운전해서 왔어요."

"술 마시는 거였으면 전화할 걸 그랬네요. 일하는 줄 알고…."

"회의하면서 커피 대신 맥주 마셨어요. 맥주 마시다 누가 복분자주 얻은
게 있다고 꺼내놓고, 그 바람에 술판인지 회의인지 모르게 됐어요. 음주난상
토론이라고 들어봤어요? 전화했어도 못 받았을 거네요."

거짓말이 술술 나왔다. 마치 예상한 일이라는 듯 조금도 당황하지 않고 막
힘없이 줄줄 외워 댔다. 나쁜 짓을 하긴 했나 보다 싶다. 거짓말을 하다니.

"아이 자는 거 확인하고 나와요."

내가 무슨 뜻인지 몰라 빤히 바라보자 도영은 씽긋 웃어 보였다. 아이의
잠자리를 살펴주는 게 엄마로서의 도리라고 하며 우선 엄마의 도리를 다한
후에 연인의 도리를 해달라고 했다. 난데없이 연인이라니 우스웠다.

"안 나올 거예요. 내 예정에 없던 일이었어요. 나는 적어도 자신의 시간을
소중히 생각하는 만큼 남의 시간도 소중히 여기는 사람을 좋아해요. 우리는
모두 이기적이거든요. 타인의 의사를 일방적으로 무시한 채 타인을 연인으
로 만들려는 무례함에 대해서 오늘은 이해해 줄게요. 딸이 있다고 했죠? 내
가 내 아들의 잠을 돌보는 걸 원하는 만큼 도영 씨도 딸의 잠을 돌봐주세요.
돌아가서 딸의 옆에 몸을 뉘여봐요. 자신이 생각보다 훨씬 더 행복하다는 것
을 알게 될 게 분명해요."

"와, 정말 화났구나!"

나는 대꾸 없이 집으로 올라와버렸다.

한시라도 빨리 도영에게서 벗어나고 싶었다. 도영이 싫은 게 아니다. 이런 날, 이런 시간에 도영과 마주 서 있는 게 싫었다. 마치 도둑질을 하다 들킨 사람처럼 얼굴이 화끈거렸다. 내 몸에서 못된 냄새가 나는 것만 같아서 나는 자꾸 뒷걸음질을 했다. 샤워를 하지 않고 나온 게 너무 후회가 됐다. 그런데 다시 내려오라니.

스물 초반에 첫 섹스를 한 이후 오늘처럼 무모한 섹스는 처음이었다. 적어도 사랑하는 사람과 함께였던 섹스는 두려우면서도 설레었다. 나의 전부를 바치는 거야, 뭐 이런 식의 비장함도 갖고 있었다. 그럼에도 집에 돌아와 엄마의 얼굴을 바로 볼 수 없었다. 눈을 피해 내 방으로 들어간 뒤, 엄마가 잠든 것을 확인하자마자 욕실에 들어가 뜨거운 물을 밤새 맞고 서 있었다.

따지고 보면 모든 게 남편 때문이다. 도영과의 만남도 어찌 보면 남편의 재혼에서 비롯된 것이다. 재혼하려면 비밀에 부쳐 조용히 할 것이지 무슨 자랑스러운 일이라고 한 달 전부터 대대적으로 홍보를 하고 있단 말인가. 그것도 호텔 연회실이라는 그럴듯한 장소까지 빌려서. 결혼식에서의 행복이 신혼여행과 함께 끝난다는 걸 익히 알면서 왜 또 남편은 또 한 번 남의 남편이 되겠다는 건지…, 나는 재혼을 앞둔 남편을 향해 적의를 품었다.

아이의 얼굴을 어떻게 보아야 한단 말인가.

현관문을 낮게 두드리는 소리가 간헐적으로 새어 들어왔다. 나는 도영이라는 것을 알았다. 태극은 엄마 옆에서 혹은 성구 옆에서 잘 자고 있을 것이다. 혼자 잠들어야 하는 밤, 남자와 섹스를 하고 들어온 날, 하루도 지나지 않은 밤에 사내가 집에 들어섰다.

한 사람의 상대자를

평생 동안 사랑할 수 있다고 자신하는 것은

한 자루의 초가

평생 동안 탈 수 있다고 단언하는 것과 마찬가지다.

- 톨스토이

사랑의
결정체

⚽ 2월 18일 토요일

아빠가 결혼했다. 금박을 두른 청첩장을 들고 엄마는 마치 쇼핑에 나선 사람처럼 화려하게 차려입고 나를 아빠의 결혼식에 데려다 줬다. 호텔 식장 앞에 이르러 조금 망설이다가 축의금 내는 봉투를 집어 들었다. 그 순간에 할머니가 엄마를 봤다. 엄마는 모른 척, 방명록에 사인을 하고 축의금을 낸 뒤 바로 돌아섰다. 할머니는 부리나케 엄마의 이름을 지우고 엄마가 낸 봉투를 숨기듯 지갑에 구겨 넣었다.

남편이었던 아빠의 결혼식에 축의금을 낸 엄마의 심정은 어떤 걸까? 어른들의 세계는 동물의 세계보다 더 신비하다.

왜 아빠가 결혼했는데 내가 외박을 해야 되는 걸까? 왜 내가 개포동 집에 가서 하룻밤을 자야 되는지, 못마땅한 고심에 빠져 있는 동안 결혼식이 끝났다.

2월 19일 일요일

웃다가 시간이 다 가버린 영화는 오랜만이었다. 저예산으로 만든 영화 중에 좋은 영화들이 많다. 저예산이다 보니 본전을 건져야 하는 것에 대해 비교적 자유로운 편이다. 자유로움은 감독이 철저히 영화에 몰입해서 작가주의 영화를 만들어낼 수 있는 마당이 된다. 감독은 요즘의 반성 없는 세태를 희화적으로 꼬집었다.

누가 정말 도둑놈이고 누가 정말 살인자인지 분간할 수 없는 세상이다. 사랑은 가벼운 농담처럼 되어버린 세상이다. 그런 마당에 영화가 굳이 죄인을 심판하고 사랑에 대해 순정함과 진중함으로 무장해야 된다는 건 아이러니다. 그저 한판 웃다가 말면 그뿐, 굳이 경계를 그어서 무엇 하겠냐는 투의 현학적인 결론에 나는 유쾌하게 박수를 보냈다.

영화를 보는 화두 하나를 얻은 기분이었다.

그렇게 애서 재미있는 영화를 골라서 봤지만 영화관을 나설 때는 역시 쓸쓸했다. 캔 맥주와 캔 커피를 사서 차 안에 구겨 넣고 드라이브를 다녀왔다. 자유로 끝까지. 어제에 이어 오늘도 갈 곳이 그곳뿐이었다. 된통 취하고 싶었지만 자존심이 허락하지 않아서 혼자 있기로 했다. 내일도 자유로를 달려야 할 것 같은 기분이다.

커피를 넘기면서 눈물을 넘긴 기분이었다. 그토록 짠 커피라니!

2월 20일 월요일

어두운 밤길을 걸어가는데 시커먼 그림자가 뒤에서 튀어나왔다. 그림자는 나의 뒷덜미를 잡아챌 것처럼 손을 뻗었다. 잡히지 않으려고 나는 정신없이 뛰었다. 전속력으로 달려서 겨우 마수의 손에서 벗어나 집에 들어섰다. 현관문에 기대서 안도의 한숨을 내쉬는 순간 마수는 현관문을 두드려 대면서 초인종을 마구 눌러 댔다. 나는 그 초인종 소리에 잠을 깼다. 꿈이었다. 꿈이라서 다행이라는 생각도 하기 전에 집 전화와 엄마의 핸드폰이 교대로 울어 대고 있다는 것을 알았다. 엄마의 잠이 방해받을까봐 나는 부리나케 뛰어나가서 핸드폰을 받고 현관문을 열었다. 현주 아줌마가 핸드폰을 들고 전화를 하다가 문이 열리자 전화를 끊었다. 그러자 집 전화벨도 더 이상 울리지 않았다.

"태극이 늦잠꾸러기네."

"엄마는 일어나려면 아직 멀었는데요."

현주 아줌마가 신발을 벗자마자 안방으로 가는 줄 알고 나는 '안녕하세요?' 인사도 생략한 채 아줌마의 발걸음을 잡았다. 아줌마는 내 머리를 두툼한 손바닥으로 쓰다듬으면서 다 안다고 말했다. 하긴 엄마가 일어나는 시간은 우리 동네 사람들도 다 안다.

"아줌마가 밥 해줄 테니까 먹고 할머니네 내려가서 책 보고 게임도 하고 놀아. 아줌마는 엄마 일어날 때까지 집 청소 좀 해놓고 커피 마시면서 기다리고 있을 테니까. 알았지? 뭐 해? 씻어야지."

아줌마는 키가 작고 뚱뚱한 데 비해 목소리는 진짜 여성스럽다. 밥을 먹을 때도 입을 반만 벌리고 먹는다. 말을 하는 것도 나긋나긋하게 하고 목소리도 곱다. 그런데 아줌마의 음식 솜씨는 꽝이다. 그런데도 아줌마는 집에 오기만 하면 온갖 재료를 꺼내 음식을 만든다. 오늘 엄마와 나는 하루 종일 포식하게 생겼다. 별로 맛은 없는.

나는 아줌마가 왜 왔는지 알고 있다. 아줌마는 부부싸움을 하고 나면 우리 집에 왔다. 싸운 건 전날 저녁인데 싸운 날 오지 않고 꼭 그 다음 날 아침에 왔다. 개포동 할머니는 아줌마를 보면 싸우지 말고 살라고, 웃으면서 한마디 했었다. 아줌마가 한 번도 말하지 않았는데, 엄마도 한 번도 말하지 않았는데 개포동 할머니는 아줌마가 온 이유를 항상 알아맞혔다. 그러면 아줌마는 대답 대신 배시시 웃으면서 2층으로 올라왔었다.

이번에도 아줌마는 아줌마의 남편과 싸웠을 것이다. 아마도 엄마를 붙들고 정말 헤어져야겠다고 푸념을 늘어놓을 것이다. 그러면 엄마는 그러라고 하고, 그러면 아줌마는 위로는 못해줄망정 정말 헤어지라고 하면 어떡하느냐고 얼굴을 붉히면서 지현이 아줌마나 선미 아줌마네 집으로 순회를 다니다가 결국 집으로 돌아갈 것이다. 어쩌면 언젠가는 돌아가지 않을 수도 있지만 그게 오늘이 아니었으면 좋겠다.

현주 아줌마가 왜 남편과 헤어지는 것을 엄마와 친구들한테 털어놓고 의논하는 건지 나는 이해할 수 없다. 어른들이 헤어지는 것은 어른 두 사람만 헤어지는 게 아니다. 아빠든 엄마든 한 사람을 선택해야 되는 아이들은 어떻게 하고 어른들은 왜 항상 마음대로 하는지 정말 못마땅하다. 나는 아빠와 엄마가 싸우는 거보다 안 싸우는 게 좋아서 "엄마, 아빠랑 살지 마!" 소리쳤지만 대부분의 아이들이 나처럼 여자인 엄마의 마음을 이해해줄 수는 없다. 그러니까 어른들이 헤어지는 것을 의논해야 되는 상대는 아이들인 게 맞다.

엄마는 며칠 동안 내내 저기압이다. 내가 무언가를 잘못해도 야단도 치지 않고 칭찬받을 일을 해도 덤덤하게 넘겨버린다. 그러고 보니 아빠가 신혼여행 중이다.

아빠는 지금 행복할까?

2월 21일 화요일

개강을 앞두고 있는 학교는 조용했다. 선미에게 직행하지 않고 교정을 둘러보았다. 걸음은 최대한 더디게 내딛었다. 눈에 담고 싶은 것은 실상은 학교가 아니었다. 그런데도 오래도록 그리움에 물올라 있었던 마냥 곳곳에 눈을 주었다.

비대해질 대로 비대해진 학교는 낯설고 생소했다. 몇 개의 건물이 이미 신축 건물의 티를 벗어던진 채 서 있는가 하면 낡은 회벽이었던 건물은 10층짜리 빌딩으로 옷을 바꿔 입고 있었다. 학교를 둘러보다 되도록 멀리 눈을 주었다. 흐린 날씨는 가까이 있는 북한산의 정상을 어느 등 허리께에서 자르고 있었다.

느리게, 안단테로 평온이 물러갔으면 좋겠다는 생각을 내내 길어 올렸다. 어지러운 나날들이 우우우 몰려오고 있음을 알 수 있었다. 단 하루 때문에 삶이 통째로 흔들리는 기분이다. 무슨 일이 벌어지고 있는지 분명히 알고 있었다. 머리를 통제하는 제어 장치가 제대로 고장이 났던 게 틀림없다. 그렇지 않고서야⋯

코끝이 얼얼해지고야 발이 더 시리다는 걸 알았다. 그제야 몸을 돌려 교수실로 향했다. 선미는 교수실에서 커피 향기를 잔뜩 피워 내리고 있었다. 커피 향기는 문을 열자마자 온몸으로 돌진해 들어왔다. 들어서자마자 커피를 따라 한 모금을 급히 마셨다. 오래도록 커피가 고팠던 사람처럼.

향기를 배반하는 쓴 맛과 마지막 입 안에 남는 부드러운 향기의 여운 때문에 나는 커피를 좋아한다. 술 마실래, 커피 마실래? 하면 단연코 커피를 선택한다. 따뜻한 온기가 온몸으로 퍼지자 얼어 있던 몸이 삽시에 녹는 것 같았다. 마음도 녹아버릴 수 있다면 얼마나 좋을까⋯ 멍청한 바람을 품었다가 내려놓았다.

몇 마디 형식적인 인사가 오간 뒤 침묵이 이어졌다. 괜히 분위기를 잡고 창가에 선 나는 오래도록 커피의 색깔과 향기를 처음 보는 사람처럼 들여다보고 맡고 하면서 선미에게 등을 보였다. 눈을 마주칠 자신이 없었거니와 무슨 말을 어떻게 꺼내야 좋을지 알 수 없었다.

"너무 오래 뜸들이니까 불안하다. 할 말이 뭐니, 대체?"

선미의 질문을 받고도 나는 여전히 혼란스러웠다. 나는 왜 선미를 찾아왔을까? 내 행위가 정당했다고 위로받고 싶었을까? 아니면 세상에 떠도는 수많은 연애담을 끌어다놓고, 그 안에 나를 포함하여 부도덕함을 희석시키고 싶었을까? 심리학적 관점에서 상담을 받고 싶었던 건지도 모른다.

나는 찾아온 이유를 말하는 대신 선미에게 물었다.

"넌 왜 연애 안 해?"

"사실은 지현이가 알까봐 비밀에 부쳤는데…."

"만나는 남자 생겼구나? 어떤 남자야? 몇 살이야? 어디서 어떻게 만났어? 결혼하재?"

나는 내 이야기로부터 멀어질 수 있는 화제가 생긴 것에 안도했다. 과잉이다 싶을 만큼 호들갑스럽게 물은 것도 그 때문이다.

"숨 좀 쉬면서 말해라. 네가 이럴진대 지현이가 알면 오죽하겠니?"

"너도 드디어 연애를 하는구나. 그래, 그런데… 나, 너한테 미안한데… 너마저도 연애를 하는구나 싶은 마음에 왜 우울해지지? 듣고 싶었던 뉴스인데도 말이지. 넌 뭔가 다르게 살아주길 바랐던 건가 싶고… 참, 사람 마음 못됐네."

"준모 씨 재혼한 게 아직도 뒤숭숭하니? 전남편 재혼에 왜 이혼한 아내가 그렇게 예민해 있는 거야? 영원히 홀아비로 수절하고 살았으면 좋겠어? 아니면 나하고 같이 살았던 추억 모두 내팽개치고 다른 여자랑 살 부비면서 다른 추억 생산할 거 생각하면 뺏긴 기분 들고 억울한 기분 들고 다시 찾아오고 싶은 기분 들고… 뭐 그런 거야? 그래? 이혼한 아내들이 모두 너 같으면 나 같은 사람은 신경 쓰여서 남자 만나기나 하겠니?"

"이혼했니?"

"그럼 이 나이에 총각이겠니? 연하를 만나려고 해도 이혼남 아니면 사별한 남자들뿐이고 정말 총각에 연하를 만나려면 내가 지금보다 훨씬 더 돈이 많아야 되는데. 그리고 나이 마흔에 총각이면 그거 문제 있는 거야, 너. 원래 잘난 것들은 다 잘난 것들이 잡아채가잖니. 우리 나이엔 이혼남이 훨씬 정상적인 거야."

선미와 복도를 걸어 나오는데 전화가 걸려왔다.

도영이거나 도영일 뻔했거나 도영이어야 했던 전화는 모두 오 감독이었다. 오 감독은 번번이 영화 핑계를 대면서 전화를 걸어왔지만 정작 영화 수정고가 나오려면 아직 한참을 더 기다려야 했다.

전화를 끊고 나면 괜히 헛웃음이 나왔다. 헛웃음을 뱉으면서 '왜 도영은 전화를 하지 않는 거야?' 하고 볼멘소리를 묻기도 했다. 화가 나는 날도 있었다.

전화벨은 울리되 울리지 않는 게 되어버렸다.

그런 가운데 발신자 표시에 도영의 이름이 뜬 것이다. 이름을 보는 순간 저릿한 정전기가 전신을 훑고 지나갔다. 이게 대체 뭐 하는 짓인가 싶었다. 사람 기다리게 하는 연애선수는 스물 몇에 이미 너무 많이 겪어오지 않았는가 말이다.

나는 그만두자 하는 마음으로 배터리를 뽑아버렸다. 내가 기다린 게 아니라 내가 거절한 게 되어서, 그런 식으로 혼자 자존심을 회복하는 선에서 모두 다 정리하기로 했다. 그래야 하는 게 도덕적 관점에서 맞는 일이다. 선미와 헤어진 뒤에도, 내일도, 모레도, 글피도… 내가 도영에게 전화를 걸지 않기를 바랐다. 오 감독에게도.

배터리까지 뽑아버리는 나를 보면서 선미가 질문을 담은 눈으로 바라보았다. 나는 아무렇지 않게 대답해버렸다. 오늘은 일하기 싫다고. 이 시간에 불려나가기 싫다고.

출퇴근 시간이 정해져 있지 않은 나의 일이 이렇게 유용하게 거짓말에 이용될 줄이야.

⚽ 2월 22일 수요일

안방 문을 열었을 때 술 냄새가 후욱 끼쳐왔다. 나는 문을 닫고 내려가 할머니에게 해장국을 끓여달라고 말했다. 할머니는 아무 소리 안 하고 북어를 때렸다. 분명히 엄마라고 생각하고 때리는 걸 거다.

할머니는 여자가 술을 마시는 것을 도무지 이해하려 들지 않으신다. 엄마가 글을 쓴다고, 영화를 만든다고 늦게 다니는 것도 못마땅해하신다. 그래서 아빠와 이혼을 했을 때에도 할머니는 "올 게 왔구나!" 한마디를 내뱉은 뒤에 나를 끌어안고 연신 쓰다듬으셨다. "이 불쌍한 것…" 하면서. 나는 내가 그때 정말로 불쌍한 아이인 줄 알았다. 지나고 보니 나는 조금도 불쌍하지 않다는 걸 알게 됐다. 오히려 불쌍한 건 아빠고 엄마다.

사랑하는 사람을 위해 무언가를 해줄 줄 모르는 건 정말 불쌍한 거다. 나로 인해 한 사람이 웃는 걸 보는 일이 얼마나 큰 기쁨인지 모르는 엄마, 아빠가 나는 정말 안됐다. 그런 불쌍한 엄마를 몰라보고 이따금 혀를 끌끌 차는 할머니도 안되셨다. 엄마가 어렸을 때 그러니까 할머니가 엄마의 젊은 엄마였을 때 할머니는 아마도 엄마를 끌어안고 등을 두드려주셨을 것이다. 왜 지금은 그때처럼 하지 않는지, 혀를 차기보다 그때처럼 끌어안아 주는 게 엄마를 훨씬 더 위로하는 거라는 걸 할머니가 모른 체하는 게 싫다.

어쩌면 할머니는 아직도 불쌍한 사람이 나라고 생각하는 건지도 모르겠다. 언젠가는 할머니에게 진짜 불쌍한 게 어떤 건지를 알려줘야겠다. 그러면 할머니도 엄마를 조금은 더 예뻐해주실 테니까.

👠 2월 23일 목요일

커피숍에서 만나자고 하는 걸 굳이 영화사에서 보자고 한 것은 최소한의 거리를 유지하기 위해서였다. 오 감독은 대학로에서의 일을 입 밖에 내지는 않았지만 태도엔 모종의 변화가 느껴졌다. 호감이랄까, 호의랄까….

"알아서 잘하시겠지만 그래도 혹시나 하고 말씀드려요. 오 감독님하고 저, 어떤 관계도 없고 어떤 관계도 맺을 일 없어요. 사적으로 만난 적 역시 없구요."

"당연하죠."

"그리고 만날 일 있으면 정식으로, 모두가 알 수 있게 요청하세요. 비밀스럽게 만나는 거…, 그런 거 안 해요. 일로 만나는 사람들 거의 전부가 남자들이에요. 오 감독님만 특별하게 움직이는 거 안 했으면 좋겠어요."

"무서워요. 그런 사무적인 말투."

"부탁하는 거예요."

"아, 네. 제가 오해를…. 혼나는 기분도 들고 해서… 죄송해요."

오 감독은 순진한 태도를 해보이면서 작가의 수정고가 나오기도 전에 작품에 손을 대줄 것을 요청했다. 쓰고 있는 작가는 어쩌라는 건가? 함께 고생해온 작가를 헌신짝처럼 버리는 게 어제오늘의 일은 아니지만 입맛이 썼다.

엄마에겐 남자가 필요해

일언지하에 거절하자 오 감독은 그럴 줄 알았다는 표정이 되어 작게 고개를 끄덕였다. 회의실에서긴 하지만 오 감독과 함께 있는 방 안의 공기가 부족하게 느껴졌다. 서둘러 일어선 까닭이다.

괜히 태극을 껴안고 잠들고 싶어졌다. 조바심을 치면서 집으로 돌아와 아이와 눈을 맞추면서 이야기를 나누었다. 학교생활에 대한 이야기, 선생님과 친구들에 대한 이야기, 예원이에 대한 이야기, 피아노와 검도에 대한 이야기, 오늘 있었던 이야기 등등 아이는 묻는 말마다 눈을 맞춰 열심히 대답했다. 나와 보내는 시간을 놓치지 않으려는 마음이 역력히 보였다. 마음이 찡했다.

아이와 목욕을 하고 아이의 몸에서 나는 비누 냄새를 맡으면서 잠든 밤. 평온을 가장한 침묵이 아이의 숨소리마다 끼어들었다. 이만큼의 무게면 견딜 수 있겠다고, 이렇게 생이 흘러갔으면 좋겠다고, 더 이상 아무 일도 일어나지 않았으면 좋겠다고….

⚽ **2월 24일 금요일**

봄방학이 겨울방학보다 길게 느껴지는 건 왜일까?

종일 거실에 서서 창문 밖의 어느 집 창문만을 뚫어지게 바라보았다. 그 집 안이 들여다보이지 않는 게 서운했다. 그 집엔 내가 보고 싶은 사람이 있는데….

왜 우리는 사방에 벽을 치고 문을 꼭꼭 걸어 잠그고 커튼을 두껍게 내린 채 이웃과 단절하고 사는 걸까? 옛날엔 옆집 숟가락이 몇 개 있는지 다 알

만큼 자유롭게 오가면서 가깝게 지냈다는데 그동안 어른들이 어떻게 살아왔기에 창문조차 엿보지 못하게 된 걸까?

낯선 사람 따라가지 말라고 주의를 받고, 친구들 왕따시키지 말라고 주의를 받고, 길 조심, 차 조심은 기본이다. 갈수록 험해지는 세상이라는 어른들의 말이 아마도 이런 뜻일 거다. 그런 면에서 나는 내가 사는 세상이 못마땅하다.

오늘 같은 날, 특히.

👠 2월 27일 월요일

선미가 화장품 가게의 문을 밀고 들어설 때까지만 해도 나는 선미의 화장품이 떨어졌나 보다 짐작했다. 남자는 동네 아줌마를 앉혀놓고 두꺼비 같은 손으로 마사지를 해주고 있었다. 선미가 들어서자 남자는 얼굴이 하회탈처럼 변하더니 순하게 고개를 꾸벅 숙였다.

"사모님, 여기서 이렇게 관리 받으셔도 집에서 기본적인 건 하셔야 유지가 돼요. 화장은 하는 거보다 지우는 게 더 중요해요. 잘 지워야 피부도 잘 자고, 그래야 다음 날 화장이 잘 먹고 그러는 거예요. 여자들은… 말했죠? 아무리 예뻐도 피부가 꽝이면 다 꽝이라고. 대신에 피부만 예뻐 봐요. 다 예뻐요. 오늘은 가서서 그냥 주무셔도 되는데 내일은 절대 그냥 주무시면 안 돼요. 알았죠?"

"장사 마치고 집에 가봐. 화장 지울 시간이 어디 있어? 그냥 피곤해서 곯아떨어지기 바쁜데."

"아유, 그러시면 피부가 화나요."

"사실 피곤한 거야 견디지. 술에 못 견디는 거지. 사내들은 도무지 이해를 못하겠어. 술 축내, 돈 축내 가면서까지 왜 다 늙은 아줌마라도 여자 끼고 술 마시려고 하는지…. 매일 술 마셔, 담배 연기 맡아, 피부가 좋아지려 하다가도 기절할 지경이야. 사장님도 어디 가서 술 마시면 여자 있어야 되고, 그래?"

"아유, 저야 어디 술하고 친해요? 저는 술 냄새, 담배 냄새 딱 질색이에요."

"그러게 이렇게 모범적인 남편을 두고 왜 바람이 나, 나길? 지 복 걷어차는 년들이 꼭 있더라니까. 나야 이 동네 흘러들어온 게 1년이라 잘은 몰라도 떠난 년 잊어버리고 얼른 새장가 들어. 애들 생각해서라도 제대로 된 엄마 만들어줘야 될 거 아니야?"

꽤나 맛있게 오가던 대화가 멈췄다.

남자는 그 말에 별 다른 대꾸를 하지 않고 일어서더니 크림을 닦아내고 에센스를 발라주었다. 여자도 그 단계가 마지막인 걸 아는지 에센스 바른 얼굴을 톡톡 두드리면서 미용의자에서 일어나 앉았다. 급한 성미인 듯 앉으면서 여자는 바로 지갑을 열었다.

곰같이 생긴 남자가 화장품 가게를 운영하고 있다는 사실이 어쩐지 아이러니하게 느껴졌다. 심리학 전공의 대학교수인 여자와 화장품 가게를 운영하는 피부미용사인 남자와의 조합은 더욱 아이러니하게 느껴졌다. 확실히 나는 속물인 게 틀림없다고, 나는 속물답게 이 만남을 반대하리라고 결심했다.

우리 네 명의 친구들 가운데 제일 작고, 제일 마른 체형을 가진 게 선미다. 그런 선미 앞에 남자가 서자 고목나무에 매미가 달라붙은 것처럼 선미가 더 왜소해 보였다. 나는 선미가 작아 보이는 게 싫다. 게다가 술, 담배를 즐기는 선미에게 술, 담배를 하지 않는 나는 번번이 같이 놀기 답답한 친구다. 그런 선미가 자신과 술잔을 부딪치고 담배를 나눠 피울 남자가 아니라는 사실을 언제까지 참아낼 수 있을지 모르겠다. 선미에겐 콩깍지를 벗겨내줄 사람이 필요해 보였다.

"우리, 맥주 사서 올라갈 게요. 이따 집으로 오세요."

선미에게 손을 잡혀 가게에서 나왔다. 남자는 굳이 선미의 호주머니에 돈만 원짜리 두 장을 찔러 넣었다.

"가게 열 시에 문 닫는 걸 철칙으로 지켜. 한 달에 두 번 정확하게 쉬고 그 쉬는 날엔 종일 찜질방에 가서 땀을 빼면서 자신의 피부를 가꾼대. 예전에는 한 달에 두 번 쉬는 날에 아이들 데리고 자전거 타러 가거나 영화 보러 다녔대. 저녁은 꼭 외식하고. 담배는 끊었고 술은 잠들기 전에 샤워하고 맥주 한 잔 정도 가볍게 마시는 게 전부야. 친구들하고 노는 거도 별로고 맥주 마시면서 영화 한 편 때리면 그게 세상에서 제일 행복하다고 하는 사람이야. 저 자리에서만 십오 년째라는데, 참 정갈하게 살지?"

"고리타분한 게 아니고? 융통성 없는 남자처럼 느껴져."

"자기의 정체성 분명히 알고, 경제적으로 사는 남자야. 규칙적이라서 그 남자의 하루가 떨어져 있어 보여. 난 그게 좋아."

"처음이니까 좋지. 한 꺼풀 벗겨질 때마다 너, 그 남자 답답해서 못 견뎌. 진저리치기 전에 그만두지? 여자가 자상한 남자 두고 달아날 정도면 그 남자도 문제 있는 거야. 얼마나 좀스러웠으면 접었을까 생각해봤어?"

"만나서 똑같은 얘기하자고 회의했니? 왜들 이렇게 하나같이 똑같은 문장을 써가면서 반대를 해? 반대할수록 사랑에 더 강력한 접착제 붙는 거 모르지?"

"어차피 끝날 거니까 괜히 시간낭비하지 말고 접으라는 거야. 끝나기 전에 접는 게 너답잖아. 여자들, 남자들이 술 먹는 거 끔찍하게 생각하면서도 술, 담배 안 하는 남자 별로라고 생각해. 요즘 애들은 어떻게 생각하는지 모르겠지만 우리 세대는 좀 구식이잖아. 같이 살면서 나이 오십 줄에 접어들면 잔소리 시작하잖아. 술 끊어라, 담배 끊어라 그 잔소리하는 맛으로 살고 잔소리 듣는 맛으로 사는 게 오십 댄데 그거 남자가 미리 다 안 해버리면 오십 대에는 뭐로 살 건데?"

"연애하면서."

"포유류의 사랑은 유효기간이 있다면서?"

"삼 년. 난 삼십삼 년."

"나는 아닐 거라고 믿는 데서부터 모든 불행은 시작되는 거다, 너!"

나는 아닐 거라고 믿는 건 선미와 내가 갖고 있는 공통점이다. 이별이란 불행한 일을 겪는 사람이 나는 아닐 거라고 믿는 게 선미라면, 사랑이란 행복한 일을 겪는 사람이 나는 아닐 거라고 믿는 게 나다. 나는 아닐 거라는 말 하나에 이렇게 우리는 다른 태도를 갖고 있다.

선미의 마음이 되고 싶다고, 둘 다 사랑할 수도 있지 않겠냐고, 충동적으로 연애지상주의자가 되기로 결심한 뒤 도영에게 전화를 넣었다. 선미 앞에서. 보란 듯이.

⚽ 3월 2일 목요일

학교가 개학을 하자마자 나는 교장실로 달려갔다. 2학년 때 담임선생님께 그렇게 부탁을 했건만 예원이와 나는 같은 반이 되지 못했다. 예원이는 2반, 나는 5반. 어떻게 이런 일이 벌어질 수 있단 말인가. 봄방학 때에도 나는 선생님께 전화를 했다. 예원이와 한 반으로 올려 보내달라고. 선생님의 결정을 철회하고 예원이와 나를 한 반에 넣어달라고. 선생님은 왜 안 되는지 이유도 명확하게 설명해주지 않으면서 안 된다고만 했다. 별수 없이 나는 길고 지루한 봄방학을 보낸 뒤 학교가 개학을 하자마자 전교에서 1등으로 등교했다. 학교는 아직 깜깜했고 교문은 아직 열리지 않았다. 교문이 열리자마자 나는 교실 대신에 교장실로 달려갔다.

교장실 앞의 문에 기대 앉아 있던 나는 어느새 쓰러져 자고 있었다. 이건 순전히 밤잠을 설친 결과일 뿐, 내가 변변치 못한 아이라서가 아니다.

"수위 아저씨보다 학교에 먼저 왔어요. 내 부탁을 들어주실 분은 교장선생님밖에 안 계시거든요. 교장선생님께서 내 정성에 마음을 움직여주셨으면 좋겠어요. 난 예원이하고 같은 반이 되어야 해요. 그런데 선생님은 안 된다고만 하세요. 교장선생님은 힘이 세신 분이니까, 그리고 아이들은 행복하게 자랄 권리가 있다고 하셨으니까, 내가 행복하게 자라려면 예원이랑 같은 반이 되어야 하니까, 그러니까 예원이하고 같은 반이 되게 해주세요."

"예원이하고 아주 많이 친한가 보구나?"

"아니요. 우린 사랑해요. 사랑하는 사람은 같이 있어야 행복한 거잖아요."

"저런! 사랑한다고 했니?"

"교장선생님마저 우리의 사랑을 방해하실 건가요? 교장선생님은 그러지 마세요. 어른들은 사랑이 잘 안 되면 힘들어하면서 아이들은 아무렇지도 않을 거라고 생각하잖아요. 아이의 사랑이 무슨 사랑이냐고 믿지도 않을 뿐더러 오히려 웃긴다고 하시잖아요. 우린 엄마 뱃속에 있을 때부터 사랑의 결정체였잖아요. 엄마가 그랬어요. 우리는 사랑했기 때문에 이 세상에 나온 거라고."

"사랑의 결정체라니, 그건 너무 어려운 말이구나."

"우리는 뱃속에 있을 때부터 사랑을 알고 나오고, 태어나면서부터 자연스럽게 사랑을 하게 되고 사랑받게 되어 있대요. 그래서 사랑의 결정체래요. 어른들보다 우리가 더 힘들고 아파요. 우린 아직 어려서 참는 법을 덜 배웠거든요. 그러니까 우리를 떨어뜨리지 말아주세요."

"선생님하고 의논해봐야겠구나. 이 자리에서 대답을 해줄 수 없어서 미안하지만 학교는 교장선생님 한 명의 의견으로 움직이는 곳이 아니란다. 교실에 가 있으련?"

"교장선생님께서 대답을 해주셔야 교실에 갈 수 있어요. 난 예원이가 없는 교실엔 가고 싶지 않아요."

"교실에 가서 기다리는 게 훨씬 더 좋은 방법 같구나."

"그럼…, 믿고 갈게요. 아, 예원이는 김예원이에요."

선생님이 아무리 노처녀라지만 우리들의 사랑에까지 질투를 할 줄은 몰랐다. 여자들의 질투는 나이가 들수록 강력해지는 거 같다. 우리들의 사랑을 믿지도 않으면서 우리들이 손잡고 다니는 건 못하게 하고…, 정말 알다가도 모를 일이다.

어른들은 청개구리가 분명하다.

만약에 내가 예원이와 한 반이 되는 게 싫다고 했으면 너희는 친하게 지내야 할 필요가 있다고 하면서 같은 반에 넣어줬을 것이다. 조회를 끝낸 선생님은 나를 부르더니 예원이와 같은 반이 될 수 없음을 웃으면서 알려줬다. 나 때문에 교무 회의까지 했다는 게 선생님의 말씀이지만 나는 이해가 되지 않는다. 예원이와 나뿐만이 아니라 우리 반에도 벌써 커플이 여럿 있다. 서로 편지를 주고받고, 선물을 주고받고, 가방을 들어주고, 손잡고 다니는 커플은 교실마다 있다. 그런데 왜 유독 예원이와 나만 안 되는 건지 나는 이해할 수가 없다.

나는 교실 바닥에 퍼질러 앉아 소리 내어 펑펑 울어버렸다. 내 힘으로 할 수 없는, 어려운 일을 못해서 운 게 아니라 너무 쉬운 일을 내 힘으로 할 수 없게 된 게 억울해서 울었다. 그래도 억울하고 분한 마음이 가시지 않았다. 선생님은 뭐가 좋은지 자꾸 웃기만 했다. 웃으면서 나를 위로하는 선생님이 얄미울 지경이었다. 3학년 담임선생님이 노처녀가 아닌 건 다행스러운 일이지만 무서운 남자 체육선생님인 것 역시 환영할 만한 일은 아니다. 이래저래 3학년은 불행하게 열렸다.

🥿 3월 3일 금요일

오늘은 행운의 날이다.

느지막하게 출근하여 종일 시나리오를 읽었다. 처음 몇 작품은 열 페이지도 못 넘기고 덮었다. 그 와중에 정말 좋은 시나리오를 발견했다. 시나리오를 쓴 주인공은 영화 아카데미의 학생이라고 했다. 직장 생활을 하면서 시나리오 작가를 꿈꾸는 스물여덟 살의 학생이 쓴 시나리오는 〈연애생활백서〉의 제목을 달고 있는 로맨틱 코미디다.

장르가 갖고 있는 한계를 극복하고 감동과 눈물까지 갖춘 시나리오는 나를 흥분시켰다. 나는 당장에 제작이사에게 시나리오를 넘겼다.

보고서를 올리면서 오 감독에게 미안해서 잠깐 망설이기는 했으나 일은 일이다. 대신 오 감독에게 밥과 차 한잔을 샀다. 함께 있는 동안 조금은 수줍은 듯, 스물의 남자 모습을 발견했다. 괜스레 웃음이 나왔다.

이혼 후 단 한 명의 남자도 내게 대시하지 않았다. 근처에 남자 그림자도 보이지 않았다. 선미가 같은 학교의 동료 교수를 소개해주기도 했고 현주의 남편이 대학 동기를 소개해주기도 했다. 지현은 영국 남자를 소개해주라고 남편을 얼마나 졸라 댔는지 직장 동료를 데리고 한국에 나오기까지 했다. BBC 방송국에 몸을 담은 영국 남자라니! 생각만 해도 꼴이 우스웠다. 까만 머리의 아내와 까만 머리의 아들을 둔 금발의 영국 남자를 생각해보라. 웃기지 않은가.

이혼 1주년 기념이랍시고 소개팅을 시켜주었지만 모두 소개한 자리에서 끝났다. 내 맘에 드는 남자도 없었거니와 나를 마음에 들어 한 남자도 없었다. 어쩌다 내가 마음에 들면 그들이 나를 성에 차지 않아 했고, 그들이 나를 마음에 있어 하면 내 마음에 그들의 자리는 도저히 날 것 같지 않았다. 내 기준에 미달이었던 것이다.

새로운 남자를 만나는 것에 대해 품고 있던 기대를 내려놓았을 때 도영을 만났다. 그리고 이어 오 감독도. 사는 건 마치 파도와 같아서 슬픈 일은 한꺼번에 생기고 사람을 만나는 일도 한꺼번에 생겼다. 떠날 땐 또 한꺼번에 떠났다. 이제까지 그래왔다.

"이상하다. 매일 건설 현장에 나와 있다가 일곱여덟 시 정도 되면 퇴근하던데…. 그런데 매일 안 만난다 이거지?"

"관심 없어."

"아니, 너 관심 있어. 눈은 거짓말 안 해."

나는 들고 있던 여성지에 눈을 주면서 시큰둥하게 말했다.

"아직 시작도 하지 않았는데 말해야 귀찮기만 해. 할 말도 없고."

"그 사람이 너에 대해 물을 때 단순한 호기심 이상이었어. 분명히 너랑 깊어질 사이였다고. 그건 내가 장담해."

"그래? 뭐라고 하면서 물어봤는데?"

하는데 남자 손님이 들어섰다. 이따금 커트를 하러 들어오는 손님들 빼면 미용실은 여전히 한가했다. 지현이에겐 미안한 말이지만 한가한 미용실이 나는 좋다. 지현은 잠깐 손님을 맞고는 디자이너 선생에게 커트를 맡기고 다시 자리로 돌아왔다.

"거봐. 너 관심 있네."

"심심풀이 땅콩인가봐. 가끔 잊을 만하면 전화하는데…."

"너, 그때마다 만나주지 마. 절대 먼저 전화하지도 말고. 그 인간하고 결혼까지 가려면, 재혼해야 되잖아. 그러려면 기다려야 돼. 기다려. 너는 연애하는 체질 아니야. 결혼해야 되는 체질이야. 체질대로 살려면 계산 잘해서 만나."

"마흔 살의 사랑은 한 달에 한 번씩 만나는 건가?"

"설마!"

지현이 숨도 쉬지 않고 뱉은 '설마'라는 단어 때문에 나는 풀이 죽었다. 뭔가 기분 전환이 필요했다. 충동적으로 지현에게 머리를 맡긴 건 그래서였을 것이다.

⚽ 3월 4일 토요일

엄마가 연애를 한다는 사실은 거울 앞에 앉아 있는 횟수가 증명해준다. 옷을 입는 게 한층 젊어졌고 아줌마처럼 틀어 올리던 머리는 귀여운 단발로 바뀌었다. 단발머리의 엄마는 제법 귀엽다. 엄마가 예뻐졌다는 게 나는 무엇보다 좋다. 지금 엄마의 모습을 아빠가 봤으면 좋겠다. 그렇다면 뚱뚱보, 돼지, 마녀 같은 그 아줌마와 결혼한 것을 후회할 것이다.

"엄마, 문자는 조금 늦게 보내. 기다리는 재미를 뺏는 거, 그거 내가 시시한 사람이 되는 거야."

엄마는 문자가 들어오기 바쁘게 답 문자를 보낸다. 마치 기다리고 있었던 것처럼. 그건 정말 보기 안 좋다. 그래서 나는 문자를 보내려고 집어 드는 엄마의 핸드폰을 빼앗았다.

"무슨 짓이야?"

"엄마, 연애 안 해봤어? 그 아저씨가 엄마한테서 왜 답장 문자가 안 오나, 왜 전화가 안 걸려오나 기다리게 해. 엄마가 전화를 안 하면 그 아저씨가 엄마한테 다시는 전화 안 할 거 같지? 그런데 그 반대야. 남자는 자기한테 전화하는 여자한테는 죽어도 전화를 안 하는데 자기한테 전화를 안 하는 여자한테는 죽어라고 전화를 하고 싶어지거든."

"요게 엄마를 가르치려고 들어."

"세 살짜리 애한테도 배울 게 있다며? 예원이가 전화를 안 하면 나는 불안해서 전화를 해. 그런데 예원이가 전화를 하잖아? 그럼 나는 전화를 안 해. 내가 안 해도 예원이가 알아서 전화하니까. 그런데 예원이가 전화를 할수록 매력이 떨어져. 예원이가 좋은 이유는 내가 전화할 때까지 기다리는 걸 더 많이 하기 때문이야."

"너 나쁘다."

"엄마, 그건 나쁘고 안 나쁘고의 문제가 아니야. 마음이 그렇게 움직이는 거뿐이지. 우리는 마음이 시키는 짓을 잘하거든. 내가 말했잖아. 나는 남자라고. 남자들은 그래."

"그럼…, 왜 남자들은 마음이 시키는 대로 해도 되고 여자들은 마음이 시키는 대로 하면 안 되는 건데?"

"엄마 마음은 지금 당장 문자를 보내고 싶은 거야, 아니면 그 아저씨랑 오래 오래 만나고 싶은 거야?"

"음…, 둘 다면 어떻게 되는 건데?"

"엄마, 한꺼번에 자동차 두 대에 타고 있을 수는 없어. 바보 같아!"

🥿 3월 5일 일요일

바보 같아. 태극의 표정이 너무 생생해서 나는 도영에게 문자를 보내지 않았다. 걸려오는 전화도 받지 않았다. 그러자 아침 일찍부터 도영에게서 문자와 전화가 걸려와 있었다. 태극의 충고가 빛을 발한 순간이다. 제법인데… 하는 생각 끝에 크고 있구나 하는 든든함이 달려 나왔다.

도영을 떠올리면 괘씸하면서도 한편으론 기분이 좋았다. 도영으로부터 전화를 받고, 만나자는 약속을 하고, 그러고도 모자라 도영은 잘 자라는 전화까지 걸어왔다. 남자란…!

"뭐 하니?"

"뭐 하긴…. 그냥 이러저러 지내지."

"꽃피는 춘삼월이다. 춘풍에 바람 좀 나라."

"연애 시작하셨다고?"

"다음 달, 애 아빠 올 때까지 몸 좀 풀어야지."

"선미하고 만날 때 새로 만나는 인간은 데리고 나오지 마라. 매번 공범자 되는 기분이라고. 너 연애하는 거 알면 또 몸서리칠 거다."

지현은 코에 바람이 잔뜩 들어간 목소리로 전화를 걸어왔다. 남편 오기 전에 한 번이라도 더 봐두자는 게 요지였지만 실은 자신이 다시 연애에 빠졌다는 것을 방송하기 위함도 있었다.

"살아 있는 목숨인데 어떻게 연애를 안 해? 인조이 라이프. 오케이?"

"마흔이다. 그만둘 때도 된 거 같은데."

"나이 마흔엔 연애를 접어야 한다고 헌법에 명시돼 있다니? 그렇담 헌법을 뜯어 고쳐야지. 너도 연애를 하면 내 기분 이해할 거다. 글 쓰려면 연애 좀 푸지게 해봐. 난 네 글 읽으면서 어떤 때에는 알미워. 연애도 제대로 못해본 게 뭐 그렇게 구구절절 써대는지."

그 말을 끝으로 지현과 헤어졌다.

전화 통화를 하다가 중간 지점에서 만난 지현은 발그레하게 연분홍의 볼터치를 한 듯 불콰했다. 향수와 섞여서 나는 술 냄새가 과히 나쁘지 않았다. 차가 없었으면 지현을 오래도록 붙들고 2차를 하자고 졸랐을 것이다.

집에 돌아와 샤워를 마치고 나니 목이 칼칼했다. 술 한잔이 그리운 밤, 같이 마실 사람이 없었다. 전화할 사람도.

아, 참 외롭게 살고 있구나, 스스로를 안쓰러워하다 잠들었다.

⚽ 3월 7일 화요일

교무실에 선생님 심부름을 갔다가 예원이를 만났다. 예원이도 선생님 심부름을 온 거였다. 우리가 교무실에서 만나자 선생님들이 우리 둘을 보면서 몰래몰래 웃었다. 교장선생님도 우리를 보고 흐뭇하게 웃었다. 우리를 떼어놓고 뭐가 좋다고 웃는 건지 나는 심술이 났다. 그렇게 인자한 표정만 지으면 단가 싶었다. 하지만 심술이 나는 건 나는 거고 예원이를 본 건 정말 행운이었다. 우리는 뭔가 통하는 단짝일 수밖에 없다는 생각이 들었다.

선생님들은 자주 무언가를 교무실에 빠뜨리고 온다. 우리가 준비물을 안 챙겨 가면 손바닥을 자로 때리면서 선생님들이 수업에 필요한 준비물을 안 챙겨 왔을 때는 아무도 선생님을 야단치는 사람이 없다. 오히려 우리는 심부름을 해야 된다. 나는 심부름을 할 때 가끔 이런 불만을 몰래 터트리는데 오늘처럼 예원이를 만날 수 있는 심부름이면 제발 백 번도 넘게 시켜줬으면 좋겠다.

수업이 끝나기 무섭게 나는 예원이네 교실로 달려갔다. 교무실에서 잠깐 만난 걸로는 만족할 수가 없었다. 예원이 선생님은 아직 수업을 안 끝낸 상태였다. 나는 유리문을 통해 예원이가 교실에 앉아서 수업을 듣는 것을 보았다. 그런데 그 순간 눈이 뒤집히고 말았다. 예원이의 짝이 예원이를 좋아하는 김은범 녀석이었다. 녀석은 나를 보자마자 예원이가 자신의 짝인 걸 보라는 듯이 어깨를 곧추세웠다. 화딱지가 올라오는 순간 수업이 끝났다. 예원이는 스프링처럼 튕겨 일어나서 내게로 달려 나왔다. 이번에는 내가 녀석에게 보란 듯이 어깨를 곧추세워 보였다. 나는 예원이와 손을 잡고 복도를 뛰어서 운동장에 나갔다.

"우리 오늘부터 수업 끝나면 서로 기다렸다가 같이 집에 가자. 피아노하고 검도 갈 때도 내가 너의 집 앞으로 갈게."

"나 오늘 청소 당번인데?"

"그래? 그러면 내가 너 대신 청소해줄게."

예원이는 대답 대신 말을 다른 데로 돌렸다.

"태극아, 교장선생님 얄밉지? 아까 우리 보고 웃는 거 봤어?"

"얄미운 게 아니라 치사해. 교장선생님도 남자면서, 남자는 입이 무거워야 되는데 어떻게 선생님들한테 다 소문을 내냐? 그렇다고 우리가 헤어지나? 우리 절대 헤어지지 말자. 선생님들이 바라는 대로 되지 않게 해주자."

그때 수업 시작을 알리는 종이 울렸다. 우리는 수업에 늦지 않으려고 부리나케 뛰었다. 그때 뛰면서 예원이 손을 잠깐 놓쳤다. 그게 마음에 걸려서 선생님의 말씀이 귀에 들어오지 않았다. 어서 빨리 한 시간이 끝나기만 기다렸다. 기다릴 때 한 시간은 백 시간보다 길게 느껴졌다. 시계도 심술을 부리는 것만 같았다. 모두가 예원이와 나의 사이를 방해하는 것만 같았다. 다음 쉬는 시간에 만났을 때 다행스럽게도 예원이는 내가 자신의 손을 놓쳤다는 사실조차 모르고 있었다.

수업이 끝나고 예원이를 기다리려고 예원이네 교실에 갔다. 예원이는 은범이와 청소 당번이었다. 내가 교실에 들어가서 청소를 하려고 하자 예원이는 내 손을 붙들고 복도에 나와서 말했다.

"그냥 가. 내 청소는 내가 해야지. 네가 내 청소를 도와줘도 나는 네 청소를 도와주지 못해. 그리고 청소 끝나면 난 교문 앞에서 학원 차를 타고 학원에 가야 돼. 그러니까 그냥 가. 이따가 피아노 학원에서 보자."

"너랑 은범이 녀석이랑 둘이 있는 게 싫어."

"너, 나 못 믿어?"

나는 은범이가 마음에 걸렸지만 사랑은 믿는 것이라는 말에 힘입어 집으로 돌아왔다. 하지만 기운이 되살아나지는 않았다.

사랑의 결정체

인간의 마음 깊은 곳에는 매혹적인 하룻밤이 있어.

저녁마다 여자들과 남자들은 잠이 들지.

그들은 마치 어둠이 추억이라도 되는 것처럼, 그 밤 속으로 빠져들어.

- 파스칼 키냐르 「로마의 테라스」 중에서

온몸에
눈을 달아

3월 8일 수요일

수요일엔 빨간 장미를!

구호처럼 외쳐 대면서 오 감독이 빨간 장미 한 송이를 문 앞에 놓고 달아 났다. 오 감독의 귀밑이 선홍색으로 물들어 있는 것을 얼결에 보았다. 섹스 뒤에 오 감독은 본격적으로 걸음을 놓기 시작했다. 문자는 시간마다 보내다 시피 했고 예고 없이 집까지 찾아온 건 벌써 두 번째다. 벌써 두 번째.

도영은 겨우 두 번째 왔을 뿐인 집 앞에 오 감독은 벌써 두 번이나 다녀갔 다. 두 번이라는 숫자가 누구에게 가면 벌써가 되고 누구에게 가면 겨우가 되는 건 마음의 저울이 다른 탓이다. 만나고 바래다준 것까지 더하면 오 감 독보다 훨씬 더 많은 숫자를 집 앞에 온 도영이지만 지나다가 들르거나 내 생각이 나서 온 게 겨우 두 번이라는 뜻이다.

오 감독은 처음 집 앞에 오던 날, 내가 생각나서 샀다고 작은 화분에 담긴 빨간 선인장을 내려놓았다. 오늘은 빨간 장미 한 송이다.

"꽃이 너무 많이 피었죠? 저기… 내 마음이 이렇게 생겨서…. 안녕히 계세요."

까까머리 중학생이 선생님을 좋아할 때 아마도 저렇게 수줍어했을 것이다. 돌아서가는 오 감독의 뒷모습을 보면서 나는 중학생을 돌려보내는 선생님의 마음이 또한 지금 내 마음 같을 거라고 믿어버렸다.

오후에 잠깐 영화사에 들렀다. 오 감독은 다행히 보이지 않았다. 그런데 기획실 여직원이 이상한 소리를 했다. 오 감독이 자신의 책상에 있는 선인장 화분을 들고 나가더니 오늘은 사장실로 들어가는 꽃바구니에서 장미 한 송이를 뽑더라고. 남자가 꽃집에 들어가는 게 어지간히 어색했던 모양이다. 우리 나이라면 충분히 그럴 수 있다.

늦은 밤, 도영이 집 앞으로 왔다. 저녁 식사도 하지 못했다는 도영은 밥을 줄 수 있겠냐고 했다. 나는 집에 들이는 대신 아파트 입구에 있는 포장마차에 갔다. 밥을 먹는 동안 함께 있어 주겠다고. 그리고 일어서려는데 도영이 손을 잡아끌었다.

"그동안 많이 화나고 많이 기다렸죠? 매일 전화하고 매일 만났어야 했는데…."

"지금까지 난 제법 자주 만났다고 생각해요."

거짓말. 늘 기다렸고 늘 화가 나 있었으면서. 나는 솔직할 수 있는 용기보다 거짓말을 택했다. 안전지대라고 생각해서.

"3월 들어서는 조금 한가해지게끔 일을 나눴어요. 만날 수 없는데 전화해서 목소리 들으면 견딜 수 있을 거 같지 않았어요. 그래서 무심한 척했지만 난 나름대로 힘들었거든요. 앞으론 출근할지도 몰라요."

도영은 한강 둔치에 차를 세우고 무감한 표정으로 한강을 바라보았다. 나도 덩달아 한강을 바라보았다. 흘러가는 걸 텐데 고여 있는 것처럼 느껴졌다. 도영과 나란히 앉은 차 안에서의 시간이 고여 있는 것처럼 느껴진 것과는 다른 느낌이었다. 차 안에서 자연스럽게 맞잡은 두 손과 섹스에 대한 기대로 인해 아랫배가 따끔거렸다.

도영은 집 앞에서 기어이 차를 꺾더니 모텔을 찾았다. 섹스가 밥을 먹는 것과 다를 바 없이 자연스러운 일이라고 나를 설득했음은 물론이다. 마주 앉는 것과 다를 바 없이 섹스는 그저 만남의 여러 가지 모습 가운데 하나일 뿐이다. 남녀가 만나서 연애를 할 때 할 수 있는 수많은 일들 가운데 섹스가 있다. 우리는 그 일을 나누었을 뿐이라는 뜻이다. 스물엔 밀고 당기는 줄다리기 끝에 치르던 섹스가 지금은 그저 조금 앞에 세워졌을 뿐이다. 사실 섹스에 대해 어떤 새로움이나 두려움은 졸업한 나이다.

섹스를 할 때 도영은 불을 켜길 원했다. 내 얼굴을 보면서 몇 번이고 나와 눈을 맞추었고 내 이름을 부르면서 확인을 했다. 키스 중에 눈을 맞추고 있다 보면 눈이 입을 맞추는 꼴이 되었다. 나는 그 눈 때문에 키스의 어떤 달콤함도 격렬함도 느낄 수 없었다. 게다가 태극을 낳으면서 제왕절개수술을 한지라 몸에 선연하게 남아 있는 수술자국을 보이는 게 마음에 걸리기도 했다. 내 수술자국에 대해 특별한 애정도, 관심도 보이지 않는 도영이다 보니 자꾸더 감추고 싶은 마음이 일어섰다.

단 한 점의 불빛도 없이 온몸에 눈을 달아 섹스를 하는 것이 훨씬 더 감미롭다는 것을 도영은 모르는 듯하다. 워낙에 불을 켜는 것에 질색을 하는 나때문에 불빛은 차츰 촉수를 낮추었지만 도영은 여전히 빛이 없는 것을 싫어한다. 어둠이 이마까지 내려온 어느 곳에 드라이브를 가서 어두운 차 안에서 섹스를 하게 되면 그때 비로소 도영은 온몸에 눈을 켜는 것이 얼마나 빛나는 일인지 알게 될까?

"엄마, 오늘도 나가?"

"일찍 들어올게."

"엄마를 위해서 하는 말이야. 오늘은 정말 일찍 들어와야 돼. 남자가 같이 있자고 하는 시간까지 같이 있어 주는 여자는 정말 곤란해. 알았지, 엄마?"

"우리 아들, 또 교육합니까?"

엄마는 뭘 입어도 예쁘다. 그런데 자꾸 예뻐 보이려고 하니까 오히려 더 안 예쁘다. 참 이상하다. 화장을 진하게 할수록 엄마가 엄마 같지 않다. 그래서 나는 또 한마디 했다.

"그 아저씨한테 예쁘게 보이는 건 좋지만 예쁘게 보이고 싶어서 노력한 티는 안 나야 돼. 그러니까 오늘은 청바지 입어. 오늘은 바람이 불어서 치마 입기엔 적당한 날씨가 아니잖아."

"잘한다. 자식한테 잔소리나 듣고."

할머니가 언제 올라왔는지 내 뒤에 서서 이죽거렸다. 할머니는 펭귄처럼 입술만 빨갛게 칠하면 화장을 한 거라고 믿는 게 문제다. 눈 밑에 다람쥐처럼 내려온 다크 서클이 갈색 화장을 한 것처럼 보인다는 건 할머니의 바람이지 그렇게 보이지 않는데 말이다.

"언제는 연애하라며?"

"누가 말래? 너, 분홍색 버버리 있지? 그거 좀 빌려다오."

"엄마, 재혼할 거유?"

"연애한다고 재혼할 거였으면 네 새아버지는 열 명도 넘었다. 노친네들 연애하는 거야 서로 만나서 자식들 얘기, 손자들 얘기하는 거지 별 거 있겠니? 그런데 그게 그렇게 재미있단 말이야."

엄마와 할머니 모두 저녁 약속을 위해 외출한 밤, 나는 외숙모와 성구 형과 성아 누나와 저녁을 먹었다. 저녁을 먹고 숙제를 마치고 9시가 되자 나는 엄마에게 전화를 걸었다. 일어나라고. 어서 돌아오라고. 엄마는 그 말 속에 숨은 뜻을 알아차린 거 같다.

사실은 오늘도 내 집, 내 침대에서 잠을 못 자면 정말 서글퍼질 거 같았다… 가 아니고, 아주 간절히 엄마와 자고 싶은 날이 있다. 오늘이 그런 날이다. 엄마의 숨소리를 들으면서 자고 싶은 날에 나는 한참 더 커야 하는 어린 애가 된다. 언제나 다 큰 어른처럼 행동하기에 열 살의 내 나이는 조금 무리가 있다.

3월 10일 금요일

내겐 남자 근성이 있는지 연애를 시작하자 지금보다 좋은 내 모습을 보여주고 싶어서 몸이 근질거렸다. 늘 그랬다. 연애를 하면 나는 두 배로 바빠졌다. 학생이던 시절엔 학점이 더 잘 나오게 하려고 밤을 꼬박 새서 공부했다. 그 시절의 남자 친구는 나를 자랑스러워했다. 나는 더 열심히 공부했다. 칭찬받고 싶어서. 인정받고 싶어서.

아이들을 가르치던 때에 내 꿈이 뭐였는지를 일깨워줬던 사랑은 내게 글을 쓰게 했다. 나는 보기 좋게 등단했고 그 남자는 나를 자랑스러워했다. 영화를 좋아하는 남자 때문에 시나리오를 쓰기 시작했다. 영화가 극장에 걸리자 그 남자 역시 나를 자랑스러워했다. 그러나 그들은 나에게 홀로 설 수 있을 거라고, 나를 믿는다는 말과 함께 떨어져나갔다. 내 삶에서 완전히.

나는 연애를 하면 늘 남자에게 잘 보이고 싶어서 몸살을 앓는다. 그런데 문제는 잘 보이고 싶은 그게 화장을 하고 향수를 뿌리고 하는 게 아니라 일을 통해 잘난 여자가 되고 싶어 한다는 것이다. 물론 외모에도 신경을 쓰긴 하지만 그보다 더 많은 시간을 일하는 데 투자한다. 지금보다 더 나은 내가 되기 위해서.

그런데 왜 여자는 남자에게 인정받고 싶어서 노력하면 남겨지는 걸까?

"우린 만나면 섹스밖에 안 하는 거 같아요. 영화 보고 섹스하고, 밥 먹고 섹스하고, 드라이브하고 섹스하고…. 마치 섹스하기 위한 단계를 거치는 느낌이에요."

섹스 후에 모텔을 나서서 차의 시동을 걸 때 나는 불현듯 그렇게 읊조렸다. 도영은 시동을 걸다 말고 나를 물끄러미 보았다. 눈 속에 아무 말도 담겨 있지 않았다. 그런데도 나는 하지 말아야 될 것을 말한 것처럼 움츠러들었다.

"섹스가 싫다는 게 아니라…."

"가자. 바래다줄게. 바래다주려고 섹스를 한 건 아니야."

도영은 가볍게 받아치면서 차를 출발했다. 운전하는 그의 옆모습을 보면서 나도 모르게 핸들을 잡고 있는 그의 손등을 쓸어내렸다. 잘 보이고 싶다고, 더 사랑받고 싶다고… 마음이 그를 향한 그릇을 자꾸 키웠다.

지난 이별의 이유들이 어렴풋하게 짐작이 되는 와중에 다시 글을 쓰기 시작했다. 그의 품에 내 이름이 찍힌 책을 안겨 주고 싶은 열망을 주체할 수 없어서다. 강한 여자는 사랑받지 못한다는 걸 익히 겪어왔으면서, 그러면 안 된다는 걸 알면서도 나도 모르게 이미 쓰고 있다. 나를 기특하게 여길 그 남자를 꿈꾸면서. 모든 꿈은 꿈꾸는 동안 행복하므로, 행복하기 위해 나는 쓰는 것이다. 나를 독려한 게 태극이가 아니라는 사실이 조금은 미안하다. 자랑스러운 엄마가 되고 싶은 마음을 늘 품었으나 결국 행동에 옮기게 한 것은 연애사건이 되고 말았다. '아는 것이 힘이다.' 라는 말이 있다. 아는 것이 힘이 아니라 아는 것을 실천하는 것이 힘이다. 자랑스러운 엄마가 되고 싶은 마음을 품는 것이 사랑이 아니라 실재하도록 보여주는 것이 사랑인 것이다.

내 사랑에서 조금도 소외되어선 안 될 사람, 태극이다. 확인하지 않아도 몸에 배어 있어야 할 일인 것을….

⚽ 3월 11일 토요일

아빠가 재혼을 하니까 하나둘씩 달라지는 게 생기고 있다. 한 달에 한 번, 매월 둘째 주 토요일은 아빠와 만나는 날인 동시에 엄마와 아빠, 나, 이렇게 세 식구가 외식을 하는 날이었다. 나는 그 시간들이 가슴이 뻐근할 정도로 행복했다. 이따금 나는 엄마에게 들키지 않게 아빠와 만나는 날을 기다리기도 했다. 그런데 아빠가 재혼을 하니까 개포동, 내가 살던 집에 가서 하룻밤을 자고 와야 되는 것으로 바뀌었다. 세 식구가 외식하는 걸 새엄마가 알아챌까봐 개포동 할머니가 그렇게 법을 바꿔버린 것이다. 한 달에 한번은 나를 끼고 자야겠다는 게 할머니의 의견이었다. 하지만 나는 안다. 엄마의 식성을 닮고, 엄마의 눈매를 닮은 나를 할머니는 별로 좋아하지 않는다는 걸. 그런 할머니가 새삼 나를 보고 싶다고 할 리가 없다. 여태껏 할머니는 나한테 보고 싶다고 말한 적이 없다. 나를 만나도 보고 싶었다고 말한 적이 없다.

아빠 차를 타고 가는 동안 나는 엄마가 개포동에서 하룻밤 자고 올 준비를 해준 가방을 꼭 끌어안고 창밖을 보았다. 엄마 혼자 남은 집을 생각하면 소리 내어 울고 싶었다. 엄마한테 너무 미안했다. 모든 원망의 화살이 아빠한테 향했다. 왜 아빠는 할머니가 하라는 대로 뭐든지 다 할까? 하라는 대로 다 하는 건 효자가 아니다. 나는 엄마가 하라는 대로 다 하지 않는다. 엄마를 위해서 해야 할 일이 있기도 하고 하지 말아야 할 일이 있기도 하다. 엄마는 배고프면 깨우라고, 밥 차려주고 다시 자면 되니까 제발 깨우라고 한다. 나는 절대 엄마의 말을 듣지 않는다. 엄마는 더 자야 되기 때문이다. 나는 아빠 같은 아들은 되지 않을 것이다.

나는 개포동 집에서 태어나고 자랐는데도 개포동 집이 낯설고 불편했다. 작은아버지의 아들인 주연이와 한 방을 쓰던 나의 방은 고모의 아들인 유석이 형의 방이 되어 있고 주연이는 할머니와 한 방을 쓰고 있고 작은아버지의 딸인 소연이는 혼자 방을 쓰고 있었다. 그 방들 가운데 내가 마음 편히 방문을 열 수 있는 방이 하나도 없었다. 밥을 먹으러 주방에 들어가서도 모두가 매일 앉는 자기 자리에 앉아버리는 바람에 나는 앉을 자리가 없어서 주춤거려야 했다.

"내가 이따가 먹을게요. 어차피 같이 먹어야 체하기만 할 텐데, 잘됐네요. 얘, 너 앉아서 먹어라."

새엄마가 앙칼지게, 톤 높여서 나한테 삐딱하게 말을 해도 누구 한 사람 새엄마한테 지적하는 사람이 없었다. 모두들 새엄마의 눈치를 보느라 바빴다. 고압적이고 위엄만 내세우던 할머니조차 새엄마에겐 고양이 앞의 생쥐였다. 엄마한텐 미운 소리만 골라 하던 고모도 새엄마의 비위를 맞추느라 그저 웃기만 했다. 나는 그런 상황이 도무지 이해가 되지 않았다.

하루가 1년보다 길게 느껴진 하루였다. 다음 달 둘째 주 토요일이 벌써부터 걱정이다.

달력을 찢어버리면 토요일도 없게 되는 거였으면 좋겠다.

🥿 3월 13일 월요일

오 감독과 만나면 영화 이야기로 하룻밤을 새워도 지루하지 않다. 오 감독은 숨어 있는 문예 영화들과 수입되지 않은 제3세계 영화들을 가지고 와서 감독의 영화주의를 설명해준다. 각 나라의 영화 흐름들을 짚어주는 것도 꽤 흥미진진하다. 설명을 듣고 DVD를 보면 영화감상이 오 감독의 시선에 갇히는 폐단은 있으나 오류를 범할 수 있는 가능성이 줄어드는 장점이 있다. 새로운 영화들을 보면서 아직도 봐야 할 영화들이 이렇게 많았던가 하는 생각에 번번이 놀라고 또 놀랐다.

장정일은 「독서일기」 서문에 "내가 읽지 않은 책은 이 세상에 없는 책이다. 그 책이 이 세상에 존재하기 위해선 다른 누가 아닌 내가 읽어야 하는 것이다."라고 했다. 나는 「독서일기」를 읽으면서 과연 장정일이 읽지 않은 책이 있을까? 하는 질문과 함께 색다른 의문을 품었다. 그토록 다방면에 걸쳐 맹렬하게 독서를 했는데도 읽지 않은 책이 있다면 대체 세상엔 얼마나 많은 책이 있다는 말인가? 하는 것이다. 재차 의문부호를 달다가 나는 그 많은 책을 써낸 작가에 생각이 미쳤다.

수십만의 책을 만든 건 수십만의 작가다. 수십만의 작가 가운데 내가 작가로 살아남을 수 있을까? 하는 질문에 맞닥뜨리자 나는 고민 없이 작가이길 포기하고 독자의 길을 선택했다. 그러고는 아주 편하게 다독보다 정독을 하기로 결정했다. 세상에서 제일 재미있는 일 가운데 하나가 독서하는 일이긴 하지만 세상에 나와 있는, 혹은 태동 중인 모든 책을 읽겠다는 무모한 생각을 일찌감치 접어버린 것이다.

영화에 관련된 일을 하면서 나는 국내 개봉작은 물론 개봉되지 않았거나 작품으로 만들어지지도 않은 시나리오를 읽으면서 세상에 존재하는 모든 영화를 보고 있다고 믿었다. 오 감독과 만나면서 그 믿음을 슬그머니 버렸다. 내가 본 영화보다 봐야 할 영화들이 몇 십 배 더 많다는 사실을 알게 된 것이다.

오 감독과 만나면서 나는 자연스럽게 장정일을 떠올렸다. 오 감독으로 인해서 세상에 존재하는 영화가 되어버린 작품들은 이제 수십 편에 이른다. "내가 한 권의 낯선 책을 읽는 행위는 곧 한 권의 새로운 책을 쓰는 일이다. 이렇게 해서 나는 내가 읽는 모든 책의 양부가 되고 의사(擬似) 저자가 된다." 장정일의 그 말에 이르렀을 때 나는 적이 거부반응을 일으켰었다.

작가는 한 권의 책을 쓰기 위해 몇 달의 밤들을 지새워야 하는데 독자는 한 권의 책을 읽기 위해 하룻밤을 지새운다. 몇 달과 하룻밤은 비교대상이 될 수 없다고 믿은 터였다. 하지만 몰랐던 영화를 보게 되면서 장정일의 그 말에 전적으로 동의하게 됐다.

나는 오 감독이 전해준 영화 이야기와 내가 본 영화의 차이점을 나누고, 시선을 바꾸고, 이해되지 않는 장면들에 대해 무지를 극복해가는 과정을 즐겼다. 오 감독과 만나는 시간은 내게 상당히 생산적이고 발전적인 에너지를 불어넣어 주었다. 간혹 다시 대학생이 된 기분도 찾아들었다.

그렇게 영화를 보여주는 대가로 오 감독은 오늘도 커피는 물론 밥값, 술값까지 계산을 내게 넘겼다. 당연한 일을 당연하게 생각하는 일이 당연하면서도 왜 나는 기분이 개운하지 못한 걸까?

오 감독과 도영의 조건을 도마에 올려놓고 재는 날들이 생겼다. 내 마음의 저울은 오 감독과 만날 때와 도영과 만날 때마다 바뀌었다. 그래서 나는 아직도 누구 한 사람 포기하지 못하고 만나고 있다.

연애는 환상이지만 결혼은 현실이다. 현실은 감상을 허락하지 않는다. 그러므로 현실을 거세한 어떤 결론도 나는 내릴 생각이 없다. 환상으로 시작했던 결혼도 결국엔 현실의 벽을 넘지 못하지 않았는가 말이다. '연애=결혼'의 등가 관계를 만들어놓은 것을 누가 알면 비웃음을 살 일이겠지만 만의 하나 결혼에 이르게 되었을 때를 생각하지 않을 수 없는 게 나의 입장이다.

내게 있어 결혼은 단순히 남편이 생기는 의미가 아니라 아이에게 아빠가 생기는, 하나의 의미가 더 있는 것이다. 어떻게 보면 누군가의 아내가 되는 것이 아니라 누군가의 엄마가 되어야 하고 누군가의 아들이 되어야 하는 것이 재혼의 궁극적인 의미일 수도 있을 것이다. 피 한 방울 섞이지 않은 남남이 오누이가 되는 일이 쉬울 수 있을까, 태극에게 그 일이 내가 동생을 낳는 일처럼 자연스럽게 받아들여질 수 있을까, 그 역시 내 결정에 영향을 미쳤다.

"보는 영화와 만들고 싶은 영화의 갭이 너무 큰 거 아니에요?"

"영화는 자본주의 사회가 만들어낸 소비 품목의 일종이거든요. 자본주의 논리를 배제하고 영화를 만들 순 없는 거니까요."

"그러면 타협하면서 속상해하지 말고 학교에 가서 아이들을 가르치는 건 어때요? 아이들과 십오 미리 영화를 만드는 것도 한 방법이잖아요?"

"적어도 다섯 편의 필모그래피는 만들고 싶어요. 그러고도 안 되면 대학이든 아카데미든 가야겠지만…, 도망자는 영화로 봐야지 내가 주인공이 돼버리면 곤란하죠. 영화로부터 도망치고 나면 아마 시름시름 앓다가 죽을 걸요."

영화 이야기를 할 때 오 감독은 순열해 보였다. 그 점이 마음에 들었다. 자신이 좋아하는 일에 일생을 거는 모습이 장인처럼 보이기도 했다. 그러나 거기까지. 일어서는 순간에 다시 계산은 내 몫이 되고 말았다. 커피 값에 이어 밥값까지.

"우리 만나는 거 언제까지 비밀로 해야 되죠?"

"만나는 거… 이런 말 안 썼으면 좋겠어요."

"나… 왜 만나요?"

"보지 말까요? 만나고, 관계 맺고, 우리라는 말 쓰고…, 그런 거… 나하고 어울린다고 생각하지 않아요. 아이 말고는 어떤 관계도 맺고 싶지 않고 아이를 뺀 우리라는 건 있을 수 없다고 생각해요. 나, 죽을 때까지 엄마예요. 엄마 할래요."

"총각이라는 프리미엄 버리고 윤 작가 만나는 거, 그 진정성을 배려해주지 않는 이유가 윤 작가가 프리섹스주의자라서 그런 건가요? 카드 있죠? 그럼 호텔로 가죠."

"오 감독님하고 섹스한 적 없는데요. 할 생각도 없구요."

"네?"

"술이 섹스를 했는지 모르겠으나 나는 한 적 없어요. 총각이라는 프리미엄, 그거 좋은 건데 버리지 마세요. 나더러 총각이라는 말에 열등의식 가지라는 말처럼 들리는데, 고맙게도 난 나이 사십에 혼자인 거보다 결혼도 해보고 이혼도 해보고, 아들까지 있는 내가 오 감독님보다 훨씬 우월해 보이네요. 내리세요."

식당 앞 주차장에서 오 감독을 내려놓고 돌아섰다. 만날 때마다 집 앞까지 바래다주는 일도 점점 짜증이 나기 시작했다. 그런 차에 호텔에 가자면서 카드 있냐고 묻다니…, 정말이지 말이 나오지 않았다. 오 감독과 만나되 섹스는 물론 스킨십도 거절해오던 나다. 그 말만 안 했어도 음식 값을 계산하면서 부글부글 끓어오른 화를 누르려고 했다. 내가 바래다줄 것을 당연히 믿으면서 차에 올라타서 한다는 소리가 고작 카드 있냐고? 사랑한다면서 자신의 주머니를 열지 않은 게 내가 이혼녀이고 자신은 총각이라서? 그래서 제비족 노릇을 하겠다는 거였어? 하는 투의 화가 치밀어 올랐다. 욱하는 성질은 남편과 살면서 생긴 못된 버릇이었는데 오늘은 욱하는 내 성질이 마음에 들었다. 작은 돈은 말로 내뱉긴 치사하고 말을 안 하자니 께름칙하다. 엄한 곳에라도 화풀이를 해놓고 보니 이번엔 내가 치사해 보였다. 정말이지….

⚽ 3월 14일 화요일 (화이트데이)

엄마에겐 뽀뽀와 장미 한 송이와 편지를, 예원이에겐 편지와 사탕 바구니를 선물했다. 내 마음이다. 엄마도 예원이도 받은 선물보다 백 배 더 좋은 선물을 받은 것처럼 기뻐했다. 두 사람은 선물을 받을 줄 안다.

선물을 하기로 결심한 순간부터 나는 오직 엄마와 예원이만 생각했다. 엄마에게 줄 선물을 결정하기까지는 엄마만 생각했고 예원이에게 줄 사탕을 고르는 동안은 예원이만 생각했다. 선물은 하는 것보다 정하고 고를 때 그 사람만 생각하는 그 마음이 제일 큰 선물일 것이다. 엄마와 예원이는 그걸 알고 기뻐한 것이다. 선물이 마음에 들고 안 들고는 그다음 문제다. 하지만 선물을 고르고, 편지를 쓰는 동안 들인 시간들을 알고 있는 두 사람은 선물을 아주 마음에 들어 했다. 마음이 예쁜 사람들은 눈을 쳐다보고 있으면 기분이 좋아진다. 오늘 하루가 그렇다.

사랑한다고 썼다. 지우고 다시 썼다. 좋아한다고 썼다. 지우고 다시 썼다. 사랑한다고. 그게 제일 정직한 내 마음이어서 사랑한다고 썼다. 엄마에게 말한 사랑과 예원이에게 말한 사랑은 아마도 종류가 다른 걸 거다. 하지만 똑같이 사랑한다고 썼다. 예원이에게 사랑한다고 쓴 그 말의 무게가 엄마에게 사랑한다고 쓴 순간 반으로 줄어들었다. 사랑인 줄 알았지만 막상 말하고 보니 사랑은 엄청나게 가슴이 뜨거워지는 온도를 갖고 있는 말이다. 이마에 땀이 송글송글 맺힐 정도로 가슴이 더워졌다. 그 느낌이 너무 행복하다.

내일 학교 가는 길에 예원이가 기다려주고 있을까? 사랑을 말하기에는 너무 어리다고 생각할까? 사랑하는 걸 사랑한다고 썼으므로, 내 사랑에 정직했으므로 후회는 없다.

👠 3월 16일 목요일

지금 내게 사랑은 어떤 의미를 획득하게 될까?

"자유롭게 살아. 그건 정말 아무나 할 수 없는 일인데, 왜 주어졌는데도 자유롭게 살려고 하지 않지?"

일찍 퇴근하여 집에 들렀다 온 도영의 평상복 차림은 도영의 말만큼이나 자유롭게 보였다. 옷차림에서 느껴지는 여유가 도영을 조금 더 자유롭게 했으리라. 그런 도영이 평소보다 근사해 보이고 동시에 거리감이 느껴졌다. 거리가 좁혀질 거 같지 않다는 생각이 찰나에 스치면서, 그 찰나의 순간에 열등감 같은 게 느껴졌다. 나이가 주는 열등감이다.

헬스와 수영, 골프를 모두 할 수 있는 스포츠센터에 나를 데려간 도영은 내 이름으로 세 가지를 동시에 할 수 있는 프로그램에 등록을 했다. 운동과 자유가 무슨 상관이 있다고… 하는 투의 볼멘 얼굴을 하고 있자 도영은 다 안다는 투로 싱긋 웃었다.

"책상 앞에 앉아 있는 사람일수록 운동 부족이기 십상이라서. 운동하는 동안만이라도 책상에서 벗어나면 정완 씨 얼굴이 지금보다는 좀 더 싱싱해 보일 게 뻔해. 그 얼굴을 보면 스스로 당당해질 테고 그럼 자연히 자유로워질 거야."

"나, 늙어 보이는구나."

"천만에! 같이 운동하고 싶어서 지어낸 얘기야."

도영은 내게 주어진 자유를 찬양하면서 살라 한다. 사랑으로부터도 자유로워지길 바라는 뜻일까? 물음 끝에 이 사랑의 의미가 궁금해졌다.

자랑스럽고 싶어서 시작한 소설쓰기가 영화로 탈바꿈했다. 소설의 첫 구절을 썼다가 지우고 썼다가 지우길 몇 번, 이 소설을 시나리오로 옮기면 어떻게 될까 생각하면서 무심코 첫 신을 썼다가 작정하고 쓰기 시작했다. 몇 달, 시나리오를 주무르면서 살 것을 생각하니 벌써부터 마음이 무겁다. 어쩌자고 쓰기 시작했는지… 하면서도 다음 신이 머리에서 맴돌고 있다. 하루 빨리 자랑스러운 존재가 되고 싶은 바람이 무거운 마음을 달랜다.

"그럼 나도 엄마가 쓴 영화, 극장에 가서 볼 수 있는 거야?"

신나서 묻는 태극이를 위해서 결심했다. 부지런히 쓰자고, 몇 달이 문제될 게 뭐가 있냐고, 쓰는 동안엔 괴로워도 적어도 쓰고 나면 뿌듯하지 않더냐고.

⚽ 3월 19일 일요일

삶은 계란과 귤, 사과, 커피 그리고 꽁꽁 얼린 이온음료 여섯 병을 들고 찜질방으로 소풍을 갔다. 할머니, 엄마, 외숙모, 성아 누나는 여탕에 삼촌과 나, 성구 형아는 남탕에 가야 한다. 입구에서 헤어지는 일이 이젠 제법 몸에 익었다. 입구에서 헤어져 누가 더 깨끗하게 닦고 나오나 시합하는 일도 썩 재미있는 내기놀이가 되었다. 만남의 방에서 만나면 성구 형과 성아 누나와 나는 컴퓨터와 전자오락을 하고 엄마와 외숙모와 할머니는 불가마에 들어가서 땀을 뺀다. 삼촌은 소금방에 자리를 잡고 누워서 아예 곯아떨어진다.

불가마는 문만 열어도 습하고 더운 기운이 몰려 나와서 숨을 쉴 수가 없다. 돈이 떨어지면 가끔 불가마에 있는 엄마를 불러야 하는데 그때마다 나는 찬 수건을 물에 적셔 코를 막고 들어가야 한다. 그래야 겨우 10초를 견딜 수 있다. 그런데 엄마는 땀을 뚝뚝 흘리면서 시원하다고 한다. 나는 더워 죽겠는데 시원하다니, 도저히 이해가 되지 않는다.

어른들의 세계는 이해되지 않는 것들이 너무 많다. 쓴 술을 마시면서 술이 달다고 하질 않나, 뜨거운 데 들어가 앉아 있으면서 시원하다고 하질 않나, 매운 국물을 떠먹으면서 속이 풀린다고 하질 않나, 아무튼 어른들의 세계는 너무 오묘하다.

엄마는 나를 부를 때 태극이라고 부르기보다 강아지! 하고 부르는 걸 더 좋아한다. 하지만 어떤 땐 아들, 극아, 개똥아, 똥개야, 똥꼬야, 때구야, 태돌아! 하고 부르기도 한다. 엄마가 부르는 나의 이름은 열 개도 넘는다. 나는 어떤 게 진짜인지 가끔씩은 헷갈린다. 하지만 나는 용케 엄마가 부르는 나의 호칭에 대해 매번 알아듣고 대답을 한다. "네!" 하고.

엄마가 부르면 나는 "네!" 하고 달려가서 엄마 앞에 서야 한다. 성구 형과 성아 누나는 외숙모가 부를 때 컴퓨터 게임을 하고 있으면 "왜요?" 하고 소리쳐 묻는다. 친구들 집에 이따금 놀러가서 봐도 친구들은 "왜요?" 하고 소리쳐 묻는다. 그건 정말 잘못된 거다. 어른들이 부를 때는 분명한 용건이 있는 것이다. 나는 컴퓨터 게임 중일 때 엄마가 부르면 "엄마 일 분만요!" 하고 소리치고 재빨리 컴퓨터 게임을 끝내고 달려간다. "왜요?" 하고 묻는 건 "네!" 하고 달려가서 눈을 맞춘 다음에 눈으로 물어봐야 옳은 것이다. "왜요?" 하고 엄마 앞으로 달려가지 않고 소리쳐 물었다간 난 엄마한테 맞아 죽는다.

엄마가 나를 너무 엄하게, 따분한 아이로 키운다고 생각했는데 다른 아이들이 엄마한테 "왜요?" 하는 걸 본 순간 나는 내가 제대로 크고 있다는 것을 알았다. 그래서 나는 앞으로도 엄마의 말은 잘 듣는 아들이 될 것이다. 물론

이 결심이 언제까지 갈지는 장담할 수 없지만 말이다.

찜질방에 있는 컴퓨터 놀이방에서 성구 형과 메이플 스토리를 하고 있는데 누군가가 내 어깨를 쳤다. 보니까 슬기였다. 슬기는 나와 같은 반이다. 한번도 같은 짝은 되지 않았지만 슬기는 발표력이 좋아서 수업시간마다 눈에 띄는 친구였다.

"어, 주슬기!"

"한태극, 너도 이 찜질방 다녀?"

"어. 우리는 이 주일에 한 번씩 여기로 소풍 와. 엄마랑 할머니랑 외숙모가 불가마를 좋아하셔서. 너는 누구랑 왔어?"

"나는 아빠, 엄마하고 언니랑. 엄만 지금 불가마에 들어가 계셔."

"너는 수영, 미술, 음악, 영어, 논술… 이런 거 안 배워?"

"방과 후 수업에서 미술하고 바둑 배워. 집에서 따로 피아노 배우고."

"그게 다야?"

"너는?"

"나는 방과 후 수업으로 미술하고 집에서 따로 피아노하고 검도 배워."

"너, 방과 후 수업, 미술 해? 근데 왜 한 번도 만난 적 없어?"

"너 혹시 수요반이니? 난 금요반이거든."

"그렇구나…. 엄마한테 가봐야 돼. 내일 학교에서 보자."

슬기가 콩콩거리면서 컴퓨터 방에서 나가는 모습을 지켜보면서 나는 슬기처럼 예원이도 이곳에 왔으면 좋았을 텐데 하고 바랐다. 뛰어가는 슬기의 뒷모습을 보다가 수건으로 양머리를 만들어 쓴 슬기가 어쩐지 예쁘다는 생각이 들었다.

똑같은 옷을 입고 있어도 눈에 띄는 사람들이 있다. 엄마. 슬기. 나는 머리를 세차고 흔들었다. 만약 예원이가 이곳에 와 있다면 제일 먼저 눈에 띌 것이 분명하다.

아, 예원이. 내 사랑, 불쌍한 내 사랑!

3월 20일 월요일

한 주를 시작하는 마음은 한 해를 시작하는 마음과 별로 다르지 않다. 그런데 오늘은 어쩐 일인지 자꾸 주말 같은 기분이 든다. 토요일, 일요일도 없이 시나리오에 매달리다 맞이한 월요일, 잠깐 숨을 고르기 위해 하루 쉬기로 해서 그런가 보다. 오늘 같은 날은 아이 손을 잡고 영화관에 가면 딱 좋은데, 마땅히 아이와 볼 만한 영화가 없다.

아침 일찍 스포츠센터에 다녀왔다. 운동하러 갈 시간에 도영은 감시하듯 전화를 걸어왔다. 안 가려야 안 갈 수 없게 됐다.

"난 정완 씨하고 같이 라운딩 나가고 싶어. 같은 속도로 물을 가르고 싶고, 또 같은 속도로 걷고 싶어."

확실히 운동을 하고 났더니 밥맛이 좋아졌다. 부지런히 퍼먹는 내가 보기 좋은지 엄마는 반찬 몇 개를 자꾸 내 앞으로 밀었다. 자식 잘 먹는 거 보는 게 좋다는 엄마의 그 말이 마음에 퍼졌다. 나한텐 태극이가 자식이듯이 엄마한텐 내가 자식이다. 아직도 보호해야 하는 어린아이인 것이다. 엄마에게 나는 죽는 날까지 자식이구나, 한없이 어려져도 괜찮겠구나 하는 순간 세상이 조금 더 든든해졌다.

오후 내내 아이와 나란히 침대에서 뒹굴면서 책을 읽었다. 슈퍼마켓에서 각자 먹고 싶은 과자를 마음껏 사다가 펼쳐놓고 아이는 이온음료를, 나는 커피를 마시면서 빠져든 독서 삼매경은 유토피아였다.

아이는 「마법천자문」을 읽고 또 읽었다. 나는 알랭 드 보통에 미혹되었다. 왜 나는 너를 사랑하는가. 그건 정말 어려운 질문이다. 종일토록 읽다가 먹고, 먹다가 읽고를 반복하다 보니 어느새 밤이다.

아쉽다. 하루가 이렇게 아무렇지도 않게 흘러가는 게.

⚽ 3월 21일 화요일

하루 종일 컴퓨터 앞에 앉아 있는 엄마를 졸라서 외식을 했다. 엄마는 머리를 식힐 필요가 있다. 저녁을 먹고 들어오는 길에 엄마와 같이 보려고 만화영화를 빌렸다. 같이 누워서 만화영화를 보고 일기를 쓰고 자는 게 오늘의 계획이었다.

내가 잠들면 그때부터 엄마는 다시 컴퓨터 앞에 앉아서 내가 일어날 때까지 글을 쓸 것이다. 밤새 글을 쓰려면 몸을 비축해놓아야 하므로 엄마는 누워서 영화를 볼 필요가 있다. 나와 뒹굴면서 피로를 푼 뒤에 엄마가 책상에 앉으면, 잠을 자야 하는 내 마음이 조금 편하다.

집에 돌아와 엄마가 화장을 지우는 동안 나는 잠옷으로 갈아입고 안방의 엄마 침대에 누워 DVD플레이어를 켰다. 엄마가 들어오기를 기다려 플레이를 누르려는 순간 엄마의 핸드폰에 문자가 들어왔다.

엄마는 문자를 보자마자 외출복으로 갈아입었다.

"어디 가?"

"아저씨가 집 앞에 오겠다고 잠깐만 보재."

"나랑 영화 보기로 한 약속은?"

"혼자 보고 있으면 엄마 금방 돌아올게. 때구 혼자 보고 있을 수 있지?"

"아니. 혼자 못 봐."

"웬 심술?"

"엄마, 나랑 먼저 약속했잖아. 그럼 약속을 지켜야지. 왜 엄만 엄마 멋대로 약속을 바꿔? 그리고 이렇게 늦은 저녁에 왜 그 아저씨는 남의 집 앞에 온대? 신경질 나게."

"아들답지 않게 오늘 왜 그러지?"

"오늘은 엄마가 내 거였으면 좋겠어. 나는 매일 엄마 건데 엄마는 요즘 나를 쳐다보지도 않잖아. 엄마가 날 안 보면 나도 엄마를 안 봐야 되는데 난 자꾸 더 엄마를 보게 된단 말이야."

"때구 애기 짓?"

"나가지 마. 오늘은 나랑 있어. 일 안 하는 날엔 데이트하고 일하는 날엔 바쁘고, 나는 언제 엄마랑 놀아?"

"주말부터 오늘까지 꼬박 사 일 동안 일도 안 하고 태극이랑 놀았잖아."

"그건 그거구."

"아저씨 일하고 서울 올라오는 길에 잠깐 들르겠다는 거야. 며칠 동안 못 봤잖아. 그래서 요 앞 포장마차에서 국수 한 그릇 먹겠다고 오시는 거야. 그래도 엄마 나가지 마? 엄마가 예뻐서 보러 온다는 건데도?"

"엄마는 디지몬들 하나도 모르지? 외숙모는 디지몬들 다 알아서 성구 형이랑 얘기도 하고 놀아주는데 엄마는 내가 얘기하는 거 하나도 모르지? 엄마는 좋은 엄마 아니야."

엄마는 잠시 생각하는 거 같더니 핸드폰을 들고 다시 서재에 갔다. 안방으로 돌아온 엄마는 눈을 흘기면서 한숨을 내쉬었다. 모르는 척하고 눈을 피하는데 그 순간 엄마가 애써 환하게 웃으면서 나를 끌어안았다.

"아저씨가 개똥이가 아저씨 라이벌이냐고 묻더라."

"안 나간다는 뜻이야?"

엄마는 고개를 끄덕이더니 내 옆에 누워서 DVD플레이어를 눌렀다.

엄마와 나는 잠옷이 커플이다. 커플 잠옷을 입고 누워서 영화를 보는 동안 나는 정말 행복했다. 엄마가 진짜 내 엄마인 거 같아서다. 나는 엄마한테 최우선순위이고 싶다. 언제까지나.

폴라 익스프레스를 타고 가면 정말 영화 속처럼 모험을 즐기는 크리스마스가 있을까? 이 영화는 크리스마스에 봤으면 좋을 영화인데 엄마는 영화를 만드는 사람이면서 어떻게 이렇게 센스 없게 영화를 골랐는지 모르겠다.

"엄마, 오늘 안 나간 건 잘한 거야. 부를 때마다 쪼르르 달려 나가는 건 강아지밖에 없대. 나도 예원이가 부를 때마다 나오면 재미없거든. 엄마가 안 나간다고 말을 못하니까 내가 엄마 대신에 튕겨준 거야."

엄마는 내 말이 끝나자마자 나를 세게 끌어안았다. 숨을 쉴 수가 없을 지경이었다. 엄마와 한바탕 뒹굴다 엄마의 품에서 잠든 밤. 꿈속에서 나는 폴라 익스프레스를 타고 눈의 나라에 갔다.

영화를 보고 나서 잠들면 항상 그 꿈을 꾼다. 영화보다 재미있는 게 꿈이다. 눈뜨면 사라지는 게 너무 아쉬울 뿐이다.

3월 22일 수요일

봄이라고는 해도 밤기운엔 날카로운 칼이 서려 있었다. 숨을 쉴 때마다 입에서 하얀 연기가 몽글하게 새어나올 만큼 봄이라는 말이 무색했다. 도영과 한강 둔치에 나란히 앉아 있는 건 매력적인 일이나 날씨가 도와주지 않았다. 몸을 움츠리며 문득 바라본 밤하늘은 내일도 여전히 맑음이라고 쓰여 있었다. 점점이 왕소금처럼 뿌려져 있는 별들이 원반 모양의 달과 함께 먹물색의 밤하늘을 지루하지 않게 했다. 도영과 함께여서 더 그림 같았을 것이다.

도영은 짓고 있는 건물이 완공되어 사무실 인테리어에 한창이었다. 새로운 사옥의 건설 현장과 리모델링 중인 지방의 모텔과 재건축에 들어간 연립주택 현장을 돌아다니다 파김치가 되어 내게 오기 일쑤였다. 처음엔 피곤함을 감추기 위해 애쓰던 도영은 차츰 영화관에 나를 앉혀놓고 내 어깨에 기대어 자고 나오거나 한강을 보자고 둔치 어디쯤에 차를 세워놓고는 또 내 무릎을 베고 한 시간쯤 달게 잠을 자기도 했다. 잠든 도영의 차를 몰고 내가 내집 앞까지 오는 날도 있다.

서로에게 환상을 심어주던 시기를 지나 이만큼이나 우리는 가까워졌다. 생활을 가감 없이 드러내는 것, 나는 이런 형태의 삶의 냄새를 풍기는 만남이 좋다.

"벌써 집 앞이야? 제트기도 아니고 뭐 이렇게 빨리 도착한 거야? 헤어지기 싫은데."

"스물에 졸업한 대사를…."

"남녀 관계에 스물이 어디 있고 마흔이 어디 있어? 좋으면 좋은 대로 그 마음을 표현하는 거지. 마음을 열고 다가서기까지 속도는 달라졌어도 마음이 늙은 건 아닐 텐데 왜 서둘러 늙으려고 해? 약 오 년 뒤엔 늙은 티 안 내려고 발악하고 살 거면서."

"듣기 좋으면서도 민망했어요. 집까지 운전해서 갈 수 있죠?"

"거야 두말하면 잔소리지. 이상하게 당신이 운전하는 차에서 자면 잠이 달아."

"앞으로 피곤하면 집에 가서 쉬어요. 매일 만나는 거, 출석부에 도장 찍는 것도 아니고…, 괜히 둘 다 안 편해요. 오늘만 내일만 있는 거처럼 매일 오지 마요."

"시간이란 저금할 수가 없는 거거든. 어디 넣어뒀다가 필요할 때 왕창 꺼내 쓸 수 있다면 며칠은 잠만 자는 시간으로 꺼내 쓰고 또 며칠은 내내 정완 씨만 바라보는 데 쓰고 싶은데 시간은 흘러가는 성질만 있다는 거지. 정완 씨를 두고 우리의 시간이 따로 흘러가는 걸 못 견디겠거든. 우리가 같이 흘러가서 어느 곳에선가 같은 추억으로 쌓이려면 어느 한 시고 눈을 뗄 수가 없어서, 보고 있어야 해서. 그래야 마음이 편해서 오는 거야."

도영을 돌려보내고 엘리베이터를 기다리면서 나는 푹 꺼지듯 웃음을 쏟아냈다. 좋은 사람. 내게 있어 도영은 좋은 사람이다. 세상엔 좋은 사람이 참 많다. 하지만 내게 있어 좋은 사람은 도영이다. 도영, 하면 여러 가지 이미지가 떠오르지만 좋은 사람이라고 하면 오직 도영만 떠오를 터다. 이렇게 도영은 한 가지씩 이미지를 만들어갔다.

경기도 어디쯤, 펜션에 베이스캠프를 차리고 완고 시나리오 작업에 들어갔던 오 감독의 시나리오가 나왔다. 집에 돌아와 완고 시나리오를 읽었다. 시나리오는 이름만 완성된 최종 원고일 뿐 아직 몇 군데 더 수정하고 보완해야 할 곳이 눈에 띄었다. 완고된 시나리오를 내게 넘기는 경우는 드물었다. 이건 내게 수정 작업에 합류하라는 포고밖에 안 된다. 읽는 동안 마음이 무거웠다.

이번엔 작가가 매달렸다. 작가는 아예 집으로 원고와 노트북을 들고 쳐들어오겠다는 포고를 한 상태다. 도리 없이 내 시나리오를 잠시 접고 각색에 참여하기로 했다.

⚽ **3월 23일 목요일**

생활의 길잡이 수업을 하면서 선생님은 우리 가족에 대해 말해보자고 했다.

나는 엄마와 두 식구라고 했다. 같은 아파트에 할머니와 삼촌과 외숙모, 성아 누나, 성구 형이 살지만 우리 집에는 엄마와 나, 둘이 산다고 했다. 그랬더니 선생님은 내게 발표를 시킨 게 미안하다고 했다.

나 말고도 엄마와 둘이, 아빠와 누나와 셋이 사는 친구가 있다. 수업이 끝나자마자 편부, 편모로 사는 친구들 몇이 교실 뒤에 모여 선생님에 대해 안 좋은 소리를 늘어놓았다. 어째서 아빠, 엄마와 함께 누나 혹은 동생, 혹은 외동이로 크는 친구들한테는 발표를 시킨 게 안 미안하고 엄마든 아빠든 한쪽 부모하고 사는 우리한텐 미안하다고 한 건지, 우리는 선생님이 원망스럽다고 기분이 나쁘다고 일제히 입을 모았다.

엄마의 말에 의하면 우리는 두 식구, 미니 가족이다. 옛날에 개포동에서 살 때보다 엄마도 나도 훨씬 더 행복하고 편한데 왜 미니 가족으로 사는 내가 선생님한테 미안하다는 소리를 들어야 하는지 도저히 이해가 안 된다.

우리 선생님은 가끔 무심하고 둔하다. 그리고 아이들의 눈높이와 마음을 몰라준다. 조금만 마음을 써서 아이들을 들여다보면, 그리고 말하는 요령을 조금만 엄마한테 배우면 참 재미있게, 유쾌하게 넘어갈 수 있는 문제일 텐데 선생님은 대체적으로 심각하게 반응하여 작은 문제를 크게 만들기 일쑤다.

예원이한테 하소연을 했더니 예원이는 목소리를 높여서 선생님은 정말 무신경한 나무토막 같다고 비난했다. 괜히 속이 후련했다.

3월 25일 토요일

지현에게서 만나자는 전화가 왔다. 일 때문에 도저히 시간을 낼 수 없어서 시나리오를 끝내고 보자고 전화를 끊는데 얼핏 지현의 한숨소리를 들었던 것 같다. 연애에 빠져 한창 행복할 시간에 한숨이라니, 지현에게 어울리지 않았다.

"사랑하면서 한숨을 쉬는 건 무슨 경우죠?"

"싸운 거지. 한쪽이 떠나려고 하거나."

"항상 떠나는 쪽이 지현이었는데, 지현이가 한숨을 쉬는 게 이상해요."

내가 염려하는 것과 달리 도영은 염려하는 나를 염려했다. 걱정도 팔자라고. 한숨 한 번 쉰 것뿐인데 거기에 대고 과민반응을 보인 내가 우습긴 했다. 어제부터 다시 지방 현장에 내려가 있는 도영에게 할 말이 그것뿐이었을까? 보고 싶다고, 언제 올라오느냐고 묻는 건 왜 하지 않았을까?

11시 정각에 박 작가가 집에 왔다. 박 작가와 함께 오 감독이 들어섰다. 오 감독은 전날에 당한 무안 때문인지 눈을 마주치지 못하고 고개를 숙였다. 반면에 박 작가는 일부러 큰 소리로 인사를 하면서 호기롭게 신발을 벗었다. 그리고는 자신이 먹을 양식이라고, 별의 별것을 다 싸들고 온 보따리를 내려놓았다. 쌀부터 라면까지. 그런 박 작가를 보면서 오 감독은 타박을 했다.

"결벽증이나 강박증은 심각한 병이야. 이왕 신세지는 거 편하게 신세 지는 게 상호 소통하는 방법일 수도 있다는 걸 왜 모르지? 박 작가는 사람과 사람 사이에 거리를 놓는 방법도 가지가지로 해."

"가스, 전기, 물… 이런 거 다 신세를 지는 일인데 그건 못한다 해도 먹을거리까지 신세를 지면 안 되죠."

누구 들으라고 하는 소리인데 오 감독 본인만 모르는 듯했다. 점심시간이라고 오 감독이 굳이 내가 차린 밥을 먹고 가겠다고 하는 걸 나는 또 굳이 중국집에 자장면을 배달시켰다. 그랬더니 오 감독은 볼멘 얼굴로 한 그릇을 비우고 일어섰다. 오 감독과 나 사이에 흐르는 묘한 기류를 눈치 챘는지 박 작가가 괜히 눈을 내리깔고 모른 척했다. 나는 오히려 편하게 물었다.

엄마에겐 남자가 필요해

"내가 일부러 자장면 시킨 거 알았죠?"

열 사람이 지켜주는 비밀보다 한 사람으로부터 새나가는 말이 무서운 법이다. 게다가 말이라는 건 너무 빨라서 자칫 하다간 말을 건네는 사람의 의견까지 보태어져 전혀 다른 성질의 것으로 탈바꿈하기도 한다. 그렇기 때문에 나는 박 작가와 공통의 사항을 나눠 가지는 게 유리하다고 판단했다.

박 작가는 대답 대신 내 눈치를 살폈다.

"오 감독님 좋은 사람이죠. 그런데 이상하게 돈 몇 푼에 인심을 잃어요. 얄미워서 제일 싼 거 시켜 먹은 거예요."

그랬더니 박 작가는 일종의 동지를 만난 듯 호의를 드러냈다.

"제가 이런 말 하는 건 자살 행위라는 거 아는데요…, 저기…, 저 이 말하고 나서 이번 작품한 뒤 영화 다시 못하게 되는 거 아니죠?"

"내가 그렇게 힘이 세 보여요?"

나는 원두를 분쇄기에 넣으면서 물었다.

"영화감독님들이요… 몇 명 빼고는 가난하다면서요? 그래도 오 감독님은 먹여 살릴 가족이 있는 것도 아니고, 집에다 돈을 갖다 줘야 되는 것도 아니고, 그럴 텐데… 그런데도 저랑 둘이 만날 때마다 저한테 밥값, 술값 다 내게 하세요. 번번이 지갑을 놓고 왔다는 거예요. 어떤 때는 기름이 떨어졌다고 기름 값도 달래서 가요. 저기…, 원래 작가 되려면 감독님한테 뭔가를 바쳐야 되는 건가요? 제가 그걸 안 해서…."

"그런 게 어디 있어요? 오 감독 성향이 그런 거겠죠. 오 감독의 그런 성향이 난 마음에 안 들어요."

"제가 그래서 일부러 이 집에 오면서 감독님 보라고 바리바리 싸들고 온 거예요. 근데도 못 느끼는 거 같아요. 알 만한 분이 왜 그러나 몰라…. 그래서 밖에서 보자고 하면 막 신경질 나고 진짜 만나기 싫어요. 내 주머니에 뭐가 있다고…. 난 진짜 벼룩인데."

박 작가가 울분을 토로할 만했다. 돈은 십 원에도 치사해진다. 그게 돈이
다. 하물며 넉넉지 못한 주머니 사정이라면 그 심정은 더 날카롭게 곤두서기
마련일 터, 게다가 나도 겪은 일이다 보니 그 심정이 백 분 이해되었다. 이렇
게 해서 오 감독과 나 사이에 흐르던 이상한 기류에 대한 박 작가의 시선을
분해해놓았다. 사실을 사실로 말했으므로 미안할 것도 없다. 나는 내 마음
편하면 된다.

⚽ **3월 27일 월요일**

엄마가 며칠째 서재에서 꼼짝도 않고 있다. 시나리오 쓰기의 마지막 작업에
엄마가 깍두기로 들어간 거라고 했는데 깍두기 치고는 일을 너무 많이 한다.
어제는 겨우 세 시간 자고 하루 종일 시나리오를 고치고 또 고쳤다.

할머니가 끼니때마다 올라와서 밥을 차려주면 후다닥 먹고 커피만 내려
잔을 들고 다시 서재로 들어갔다.

처음엔 남잔 줄 알았는데 자세히 보니 여자인 작가 이모가 내 침대에서 잔
다. 앞으로도 일주일 정도 더 우리 집에서 먹고 잘 거라고 했다. 내 침대를
일주일 정도는 더 빌려줘야 한다는 뜻이다. 나는 그 사실이 마음에 든다. 엄
마와 엄마의 침대에서 어떤 야유도 받지 않고 잘 수 있다는 뜻이기 때문이
다. 어제 낮에는 감독이라는 아저씨가 집에 다녀가고, 밤에는 프로듀서라는
아저씨가 다녀갔다. 그때마다 나는 엄마 방에서 숨죽이고 책을 보거나 만화
영화를 봤는데 할머니가 올라오셔서 숙제할 거와 공부할 거를 챙겨서 내 손
을 잡아끌었다.

엄마가 일할 때가 내가 엄마의 잔소리와 공부로부터 해방되는 때인데, 그

절호의 기회를 할머니가 빼앗아버렸다. 외숙모가 성구 형과 성아 누나를 공부 시키면서 덩달아 나까지 잡아 앉혔다. 덕택에 하기도 싫은 공부를 네 시간이나 했다. 소수점은 아무리 공부해도 정말 어렵다.

나는 일하는 엄마를 보면서 만약 아빠가 엄마랑 계속 살았으면 어땠을까, 터무니없는 가정을 해 보았다. 분명히 엄마는 일하기도 전에 개포동 할머니한테 시달리다가 일을 포기했거나 아빠가 방문을 부숴서 일을 포기해야 했을 거다. 그런 면에서 엄마는 아빠와 잘 헤어졌다. 나는 엄마와 두 식구인 미니 가족이 마음에 든다.

나는 일하는 엄마가 좋다.

학교에서도 친구들끼리 엄마와 아빠에 대해 말할 때 집에서 살림만 하는 엄마라고 하면 우리는 그 친구의 엄마를 시시하게 생각한다. 친구들의 엄마는 대부분 일을 하고 있다. 고등학교 선생님도 있고 유치원 선생님도 있고 간호사도 있다. 비디오 가게를 하는 엄마도 있고 의사이거나 변호사인 엄마도 있다. 우리는 아빠의 직업보다 엄마의 직업을 갖고 우리 사이에 불변의 계급을 정해놓는다. 나는 학교에서 작가다. 엄마가 작가라고 하면 친구들은 일제히 와! 하고 환호성을 지른다. 그러고 묻는다. 어떤 작가냐고. 그럼 난 그때부터 열심히 설명을 한다. 영화를 만드는 작가고 옛날엔 소설도 썼고 또 앞으로 굉장히 재미있는 영화를 쓸 거라고. 그러면 환호성이 더 커진다. 그 환호성만큼이나 내 어깨가 으쓱해짐은 물론 잠깐 거드름을 피우기도 한다.

사실 나는 아빠를 닮아서 일기 한 줄을 쓰는 것보다 수학 문제 열 문제를 푸는 게 차라리 낫다. 엄마처럼 글을 잘 쓰고 싶은 마음을 품어보기도 했지만 역시 나는 글을 쓰는 부분에 있어서는 철저히 아빠를 닮았다. 일기 한 줄도 쓰기 어려운데 엄마는 어떻게 몇 백 장씩 쓸 수 있을까?

내 인생은 멋진 이야기다.

그 어떤 착한 요정이 나를 지켜주고 안내했다 하더라도

지금보다 더 좋은 삶을 살지는 못했을 것이다.

- 안데르센

엄마
냄새

3월 29일 수요일

오 감독과 백 피디가 작업에 합류했다. 졸지에 집이 작업실로 탈바꿈했다. 이럴 줄 알았으면 영화사에 베이스캠프를 차리는 건데.

제일 먼저 아이에게 미안하다. 생활이 뒤숭숭해지고 정신없어지는 건 아이에게 정서적으로 별반 좋을 리가 없을 터다. 그런데도 아이는 집이 작업실로 변한 상황을 즐기는 것처럼 보인다. 집에 손님들이 오는 걸 끔찍이 싫어했던 시댁 식구들 때문에 아이는 자라면서 집에 손님이 놀러오는 걸 겪어보지 못하고 자랐다. 그래서 오늘의 상황이 어떻게 받아들여질지 걱정했으나 다행스럽게도 사람을 좋아하는 건 나를 닮은 모양이다.

사람 좋아하는 아버지는 거의 매일 집에 손님을 들였었다. 행정고시에 패스한 뒤 5급 공무원에 임용되었던 아버지는 중앙 부서에 다녔다. 부처에서 회식을 하는 날엔 반드시 마지막 코스로 사람들을 몰고 집에 오셨다. 그때마다 손님을 치르는 것을 당연하게 받아들였던 엄마는 안주거리 삼아 쟁여놓

엄마에겐 남자가 필요해

은 밑반찬들을 우선 챙겨서 술과 함께 내놓았다. 그러고는 오징어, 쥐포를 빠르게 굽고 견과류를 단정하게 담아 추가로 술상을 마무리했다.

나는 손님들이 온 밤마다 집에 사람들이 많이 있다는 사실만으로도 들뜨고 신났다. 나와는 한 마디 말도 나누지 않았는데도 손님들이 돌아갈 때면 괜히 서운했다. 지금 내 아이가 어린 내가 되어 있다. 손님들이 와 있는 집에서 설레서 어쩔 줄 몰라 했다.

눈매와 식성을 빼고 나면 생긴 거나 말투, 걸음걸이까지, 하나부터 열까지 아빠를 닮았다고 생각했는데 성정은 나를 닮은 모습을 보자 아이가 더 사랑스럽다. 부모가 왜 자식이 자신을 닮으면 유난히 예뻐하는지 온전히 이해가 된다. 내 아이로구나! 가슴이 새삼스럽게 뜨거워진다.

집이 베이스캠프가 됐다는 사실을 받아들이기 힘들어 하는 사람은 오히려 집 밖에 있다. 도영은 맥 빠진 목소리로 오늘도 못 보는 거냐고, 시간을 정해놓고 쓰면 어떻겠느냐고 했다.

"와, 어떻게 스무 시간 가까이 책상에 앉아 있을 수가 있냐? 글 쓰는 사람들 대단해."

"대단한 게 아니라 미욱한 거죠."

"잠깐도 못 나와?"

"아마도."

나의 전화 통화에 촉수를 곤두 세워 보는 시선이 느껴졌다. 오 감독이었다. 안방에 들어가 전화 통화를 마저 하고 나왔을 때 오 감독은 궁금해 죽는 표정이었다. 그렇다고 해서 그 표정을 지워줄 의무는 내게 없다. 나는 다만 하던 일과 하던 얘기를 계속하면 된다.

그러자 오 감독은 전시용 효과를 노리기 위함인지 아이에게로 눈을 돌렸다. 오 감독은 아이와 눈을 맞추면서 어떻게든 친해지려고 노력을 했다. 아이 역시 감독이라는 말에 혼을 뺏긴 채 오 감독과 열심히 눈을 맞추었다. 그 모습이 보기 좋았다. 오 감독에게 잠깐 고마운 마음이 들었다.

"꼬마 신사는 재미있게 본 영화가 뭐야?"

"〈아이스 에이지〉요. 〈폴라 익스프레스〉도 재미있었는데요, 그건 크리스마스 때 영화관에서 봤으면 훨씬 더 재미있었을 거예요. 〈슈렉〉도 재미있었어요. 감독님은요?"

"태극이가 본 영화들을 하나도 못 봐서 서운한데?"

"감독이면서 그 영화도 안 봤어요? 내 엄마는 다 봤는데. 감독님 그럼 〈메리포핀스〉하고 〈사운드 오브 뮤직〉은 봤어요?"

"태극이는 우리 엄마라고 안 하고 내 엄마라고 하네?"

"그게 이상한가요? 엄마는 나한테 우리 새끼라고 안 해요. 내 새끼라고 하지. 할머니도 그렇구요. 내 형은 나한테 내 동생이라고 해요. 우리 동생이라고 안 해요."

"멋진데! 나도 이제부턴 태극이처럼 말해야겠어."

태극은 어른을 가르쳤다는 생각에 스스로를 뿌듯해하는 게 역력히 보였다. 그 모습이 너무 귀여워서 나도 모르게 뽀뽀를 했다. 사람들의 눈치를 보면서 곤란해하는 표정을 짓는 태극이 때문에 한바탕 웃음이 터졌다.

아이가 커가고 있다는 것을 이따금 느낀다. 아주 기분 좋은 느낌이다.

⚽ 3월 30일 목요일

처음으로 문방구에서 예원이를 만났다. 우연한 만남이 무슨 신의 계시처럼 느껴졌다. 학원을 마치고 집으로 오는 길에 준비물을 사러 들른 예원이는 나를 만나자 토끼처럼 깡총깡총 뛰었다. 예원이 엄마가 뒤따라 들어왔다. 나는 고개를 90도로 숙여서 인사를 했다.

"태극이 오랜만이네. 엄마는?"

"엄마, 지금 작가 이모랑 감독님이랑 영화 쓰세요. 다음 달에 배우들 캐스팅한대요."

"태극이는 엄마가 일하는 게 좋은가 보네?"

"엄마가 하는 일은 힘들지만 멋지거든요. 어저께는 세 시간밖에 못 자고 영화 썼어요. 오늘은 한 시간도 못 잔대요. 그래도 엄마가 쓴 영화를 극장에 가서 본다고 생각하면 난 막 신나요."

"우리 예원이도 일하는 엄마를 태극이처럼 이해해줬으면 좋겠다."

"예원아, 너는 엄마가 일하는 게 싫어?"

"엄마가 일하는 게 싫진 않은데, 너의 엄마처럼 집에서 일했으면 좋겠어."

"태극이…, 아줌마네 집에 가서 저녁 먹을까? 예원이 오늘은 학원 안 가는데."

살다 보면 이런 행운의 날이 있는 법이다. 엄마가 일을 하는데 푸념은커녕 엄마가 일을 잘하도록 배려해준 착한 아들한테 하늘이 상을 주는 걸 거다.

예원이 엄마가 밥을 하는 동안 나는 예원이와 유희왕 카드 게임을 했다. 그 와중에 예원이 앞머리가 흘러내렸다. 나는 무심코 흘러내린 앞머리를 넘겨주었는데 그때 예원이 이마에 닿은 손이 불에 덴 것처럼 뜨거웠다.

괜히 어색해졌다. 내 심장 소리가 예원이 귀에까지 들렸을 것이다. 그때 예원이 엄마가 밥 먹으라는 소리를 안 하셨으면 나는 심장이 터져서 죽어버렸을 거다.

내가 예원이와 결혼해야 될 이유를 하나 더 발견했다. 예원이 엄마가 만든 음식은 무슨 예술작품 같았다. 모양을 내서 담은 접시를 보면서 나는 입을 헤벌렸다.

밤 10시까지 학원에 다니는 예원이가 불쌍했다. 예원이 엄마가 원망스럽기도 했다. 그랬는데 매일 이렇게 예쁘고 맛있는 음식을 먹고 살았다고 생각하니 예원이가 한없이 부러웠다.

분홍색과 노란색과 초록색의 해물 지짐과 까만 닭강정, 그리고 오색 수제비가 저녁 메뉴였다. 수제비는 분명히 밀가루로 반죽한 건데도 주황색, 초록색, 노란색, 보라색, 흰색, 이렇게 다섯 가지 색으로 소가 떠 있었다. 당근과 오이, 계란 노른자, 보라색 양배추, 계란 흰자로 반죽을 하면 이렇게 되는 거라고 했다.

"이게… 이렇게 예쁜 게… 먹는 거예요?"

"이 김치도 먹어봐."

예원이는 아무렇지 않은 투로 김치를 가리켰다. 김치는 노란색, 보라색, 초록색이 켜켜이 쌓여 있었다. 자세히 보니 하얀 양배추와 보라색 양배추와 깻잎을 교대로 쌓아서 김치를 담근 건데 김치 모양이 하트였다. 김치가 아니라 무슨 꽃을 보는 것 같았다. 세상에 이렇게 맛있는 요리도 있구나! 내가 감탄을 하니까 예원이의 얼굴이 한껏 자랑스럽게 변했다. 별것 아니라는 투의 표정 뒤에 숨어 있는 자랑스러워하는 마음을 나는 본 것이다.

밥을 먹는 도중에 은범이한테 전화가 걸려왔다. 예원이 엄마가 은범이라면서 예원이를 바꿔주니까 예원이는 아무렇지 않게 전화를 받아서 준비물과 숙제를 알려주었다. 은범이가 준비물과 숙제를 물어볼 사람이 예원이밖에 없는 건지 나는 잠깐 의문을 품었다. 하지만 예원이 엄마도, 예원이도 아무렇지 않게 전화를 받고 통화를 끝냈으므로 나는 그 사실에 대해서 물을 수가 없었다.

나는 부른 배를 내보이면서 할머니와 외숙모에게 훌륭한 식탁에 대해 거품을 물고 얘기했다. 그랬더니 외숙모는 퉁명스럽게 "원래 요리사잖아." 했고, 할머니는 "정갈하게 생겼더니 꼭 저 생긴 대로 사는 모양이구나." 했다. 나는 갑자기 할머니가 내 편인 것처럼 느껴졌다.

3월 31일 금요일

일, 일, 일이었다. 잠시도 쉴 틈 없이 몰아붙였다. 그야말로 잠깐 쉰 뒤 다시 작업에 박차를 가하길 며칠, 조금씩 체력이 달렸다.

같이 작업을 해보니 오 감독은 생각보다 훨씬 꼼꼼하고 추진력이 있다. 이런 사람이 왜 7년씩이나 작품이 없었는지 이해가 되지 않을 정도다. 받아들이는 폭도, 이해의 폭도 넓다. 자신이 만들고자 하는 영화의 색깔이 흔들리지 않는 범위 내에서 오 감독은 작품자의 뜻을 최대한 수용했다. 작가를 대접하는 오 감독의 그런 태도가 마음에 든다.

잠깐 쉬는 시간을 갖기로 하고 주방에 몰려나가 커피를 마셨다. 커피를 마시는 동안 오 감독은 커피 대신 눈을 붙이겠다고 소파에 누웠다. 소파에 눕자마자 코 고는 소리가 진동했다. 그러자 박 작가가 기다린 듯이 소리를 낮춰 말했다.

"오 감독님이요, 백 피디님하고 다니면서 글쎄 기름 값까지 내게 한대요. 어딜 가자고 하고는 백 피디님한테 다 계산시키고 말이죠."

그러자 백 피디가 말을 이었다.

"오 감독님하고는 이 작품으로 끝내려구요. 스태프 애들, 진짜 영화가 좋아서 자비로 다니는 거지 돈 한 푼 못 버는 애들인데 그 애들한테 자판기 커피 값까지 부담시키더라구요. 감독이면 다냐? 애들 분위기가 그래요."

"오 감독님, 그것만 고치면 정말 좋은 사람인데. 영화 평도 좋고."

"사실 일하는 거 보면 용서가 되죠. 찍는 거는 거의 배우들 으악 죽이면서 찍고, 편집에 시간 잡아먹는 게 워낙에 유명해서 그렇지 영화 보면 진짜 인정 안 할 수가 없잖아요. 단편영화 찍은 것들은 학생들 교과서고. 썩히기엔 아까울 만큼 뛰어난 분인 건 확실한데, 근데도 일은 다시 하기 싫어요. 스태프가 구성이 될지도 자신이 없고."

백 피디의 말에 나는 그만 아! 하고 말았다. 7년 동안 왜 영화가 없었을까 알 것도 같다. 처음 오 감독과 작업을 한다고 했을 때 사람들의 반응은 대체로 냉담했다. 그 냉담함 또한 알 것 같다.

감독들 가운데 기행을 일삼는 사람들이 가끔 있다. 예술 하는 감독의 기행 쯤으로 봐줘도 되지 않을까 싶을 만큼 일하는 오 감독이 보기 좋다. 일을 하면서 오 감독에게 너그러워지기 시작한 것이다. 영화에 몰입하여 일하는 자세는 그의 다른 모든 단점을 커버하고도 남을 만큼 오 감독의 집중력이 마음에 든다.

종일 함께 지내는 동안 오 감독의 존재는 도영의 존재를 잠시 잊게 했다. 눈에서 멀어지면 마음에서도 멀어진다. 그건 하루, 한 시간에도 가능한 얘기다. 생각이 들켰을까? 텔레파시가 통했을까? 그 순간 현관 벨이 울렸다. 도영이었다. 밤샘 작업을 하는 데 필요한 간식들을 사갖고 집에 가는 길에 잠시 들렀다고 하면서 그야말로 잠시 앉았다가 일어났다.

오 감독은 곯아떨어진 채 거친 숨소리와 방귀 소리를 교대로 내보내고 있었다. 위아래로 내뿜는 이산화탄소와 독성의 암모니아가 거실의 공기를 답답하게 했다.

내 집처럼 편하게 자고 있는 오 감독을 보더니 도영이 눈으로 물었다.

"감독님이세요. 피곤하다고 한 시간만 눈 붙이겠다고 누운 거예요."

말은 그렇게 하면서도 나는 그 순간 도영에게 오 감독이 창피했다. 감독이라는 직업이 주는 환상의 아우라가 여지없이 깨지는 순간이었다. 저렇게 무방비 상태로 노출되다니!

도영이 다녀가고 나자 백 피디가 호기심을 드러냈다.

"출판사 사장님인데 이 영화 끝나야 영화 원고 정리한다고 했더니 언제 끝나나 염탐하러 온 거예요. 요 윗동네 사시거든요."

"아닌 거 같은데…!"

"딸을 얼마나 사랑하는데요. 딸이 태극이보다 두 살 어려요. 동생은 지금 뱃속에 들어가 있구요. 됐죠?"

"아…!"

백 피디는 그제야 의심의 눈초리를 거두면서 알겠다는 듯이 고개를 끄덕였다.

아…! 나는 거짓말의 천재다. 어쩌면 이렇게 숨도 쉬지 않고 거짓말이 나오는 걸까?

엘리베이터 앞에서 했던 도영과의 도둑 키스가 어떤 키스보다 짜릿했다. 도둑 키스의 그 여운이 일하는 내내 가슴에서 아슴아슴 피어올랐다.

⚽ 4월 1일 토요일 (만우절)

"만우절에는 어떤 거짓말을 해도 용서를 받는 날이다."라고 내가 말했더니 엄마는 이마를 콩! 때리면서 그러면 안 된다고 했다. 만우절은 가벼운 장난이나 그럴듯한 거짓말로 남을 속이기도 하고 헛걸음을 시키기도 하는 서양의 풍습이긴 하지만 예수님이 4월에 이리저리 끌려 다니면서 수난받은 것을 고사하여 남을 헛걸음시켰다는 설도 있다고 했다.

프랑스에 대해서도 뭐라고 얘기를 해줬는데 너무 길어서 까먹었다.

짧게 말하면 선물을 주고받으면서 마치 그날이 신년인 것처럼 속이는 것에서 유래했다는 말이다. 한 마디로 만우절은 우리의 풍습이 아니라 외국의 풍습이라는 것이다. 그러니 거짓말도 장난도 치지 말라고 했다.

학교에 갔더니 조회시간에 선생님도 엄마와 똑같이 어떤 장난도 치지 말고 친구들을 골탕 먹이는 일도 하지 말라고 했다. 소방서나 방송국, 다른 어떤 곳에도 장난 전화를 걸지 말라고 했다.

그렇지만 우리들이 어떤 아이들인가.

우리는 선생님의 구두를 훔쳐내서 풀을 발라놓고 아이들의 등짝을 치는 척하면서 '나는 바보다', '뚱띠', '멍청이라고 불러주세요' 따위의 문구를 붙였다. 붙인 것만 보아도 까르르까르르 넘어가는 아이들과 장난을 치는 아이들은 호흡이 제법 잘 맞아떨어졌다.

결국 수업시간에 웃음을 참지 못한 아이들 때문에 선생님께 들키긴 했지만 장난을 친 아이나 장난을 당한 아이나 모두가 똑같이 장난을 쳤기 때문에 혼나지 않고 넘어갔다. 물론 선생님의 구두에 장난을 쳐놓은 일도 용서를 받았다.

슬기가 내게 사귀자고 편지를 보내왔다. 거짓말 같다. 만우절에 이런 일이 생기면 진짜 믿을 수가 없는 거다. 슬기는 언제 넣어놨는지 내 가방에 편지를 넣어놨다. 거기다가 인형 볼펜까지 선물을 했다. 정말 거짓말 같다.

슬기는 내가 예원이랑 사귀는 걸 안다고 했다. 예원이랑 사귀는 것에 대해서 이해를 하겠다고 했다. 그러나 교실 안에서만큼은 주슬기와 한태극이 짝이고 커플이었으면 좋겠다고 했다.

진짜 고민된다. 교실에서만 짝을 하자는 데 야멸치게 거절할 수도 없다.

사실 슬기가 예원이보다 예쁘다. 예원이보다 키도 크고 날씬하기까지 하다. 거기다 착하다. 슬기는 착하고 친절한 말투로 우리가 만나는 걸 철저하게 비밀에 부쳐주겠다고 약속했다. 하지만 교실 안에서만 친하게 지내는 걸 예원이가 모를 수 있을까? 안 된다고 하면 실망할 슬기의 마음이 걱정이 돼서 나는 이러지도 저러지도 못한 채 어물쩍 하루를 넘겼다.

엄마한테 의논을 해볼까 하다가 그만두기로 했다. 이건 내 문제인 거다. 아주 잠깐 아빠한테 전화를 해볼까 했지만 그만뒀다. 아빠는 새엄마와 신나게 지내고 있을 거 같았다. 그 시간을 방해한 나의 전화를 친절하게 받아줄 거 같지 않아서다.

엄마는 의논을 하면 분명히 여자 입장에서 이야기할 게 뻔하다. 서운하게도 엄마는 여자 문제에 있어서만큼은 단 한 번도 아들인 내편을 들어주지 않았다. 하지만 역시 의논 상대는 엄마밖에 없었다.

엄마는 웬일로 슬기와도 잘 지내라고 했다.

"엄마, 여자 마음 아프게 하지 마라, 뭐 이런 식으로 말 안 해?"

"예원이는 예원이대로 예쁘고 슬기는 슬기대로 예쁘잖아. 엄마는 태극이가 많은 여자 친구를 가졌으면 좋겠어. 그건 태극이가 크는 동안 계속 많은 여자 친구를 만들라는 뜻이야. 남자 친구를 가진 것만큼 여자 친구도 가져야 남자 마음, 여자 마음 다 이해하지. 그래야 멋있는 남자로 커."

"예원이가 알면 어떻게 해?"

"예원이도 아들 말고 친한 남자 친구 많을걸?"

"그건 절대 아니야."

"예원이가 학원에 다닐 때 학원에 가서 정말 혼자 공부만 하다 올까? 학원 숙제를 물어볼 친구가 있어야 할 텐데? 같이 옆에 앉는 짝도 있을 거고. 그 중에 남자 친구가 한 명도 없을까?"

정말 만우절이다. 거짓말이면 좋겠다. 예원이한테 나 말고 다른 남자 친구가 있다는 게 너무 싫다. 나는 오늘이 만우절이고, 그래서 엄마가 날 놀린 거면 좋겠다고 생각했다.

그런데도 슬기는 만나고 싶다. 교실에서만 내 짝이면 괜찮을 거 같다.

엄마가 오 감독님과 통화를 하더니 외출을 했다. 엄마는 정말 밤낮없이 불려 다니고 있다. 그런데 왜 엄마의 일은 신나는 모험처럼, 즐거운 놀이처럼 느껴지는 걸까?

나는 엄마가 일을 하는 게 좋다. 엄마가 쓴 영화를 극장에서 볼 걸 생각하면 엄마가 더 바빠도 괜찮을 거 같다.

👠 4월 3일 월요일

도영의 회사 앞에서 지현의 눈을 피해 저녁을 먹었다. 지현을 굳이 피하려고 했던 건 아니지만 마주쳐서 좋을 것도 없었다. 나는 낙지 전문점을 골라 들어갔다.

지현이 끔찍이도 싫어하는 음식 가운데 하나가 낙지와 문어다. 해물 종류만 먹으면 알레르기 반응을 일으키니 지현으로선 먹지 말아야 할 음식이기도 하다. 지현과 절대 마주치지 않을 곳을 고른 건 도영과 나의 연애가 비밀에 부쳐져야 하는 이유가 아니라 아직은 성가시고 싶지 않은 이유다.

이른 저녁을 먹고 나와 저녁 바람을 쐬면서 몇 걸음 걸었다. 걷는 중에 멀리 지현의 미용실 간판을 흘낏 보았다. 간판의 불이 꺼져 있었다. 통유리로 되어 있는 실내도 소등되어 있었다. 일찌감치 문을 닫은 모양이었다.

"요즘 자주 문이 일찍 닫히더라."

"남편이 왔거든요. 남편이 돌아와 있을 때는 여섯 시면 문을 닫아요."

"그래 가지고 가게가 유지되나?"

"이상한 건 고객들이 남편이 돌아오면 영업시간을 배려해서 머리하러 온다는 거예요. 무슨 복인지."

그러고 보니 지현을 만난 지 꽤 되었다. 만나자고 하는 걸 거절했던 게 마음에 쓰여서 엊그제 전화를 넣었더니 지현은 우울한 목소리로 남편이 와 있다고 했다. 예정보다 일찍 온 남편 때문에 연애를 중단하게 된 것이 못내 아쉬운 투였다.

도영과 헤어지고 바로 집으로 돌아와 혼자 작업하고 있던 박 작가 옆에 붙어 앉았다. 연일 이어지는 밤샘 작업에 드디어 에너지가 고갈된 것이 느껴진다. 서른에는 견딜 만했던 일이다. 나이를 먹었다는 것이 피부로 느껴진다. 슬프지만 어쩔 수 없는 현실이다.

⚽ 4월 4일 화요일

예원이가 같이 팬시점에 가자고 했다. 나는 팬시점 안에 서서 주인 누나의 눈치를 볼 걸 생각하니까 한숨이 났다. 공책 한 권 사는 데 한 시간이 필요한 예원이다. 하물며 머리핀을 사는 데 몇 시간이 필요한지는 계산해보지 않아도 답이 나온다. 그 시간을 생각하니까 더 한숨이 났다. 같이 가겠다는 대답을 선뜻 할 수가 없었다. 그랬더니 예원이는 바로 그 자리에서 샐쭉해졌다.

"너, 나 안 좋아하는구나?"

"저기…, 예원아! 이건 좋아하고 좋아하지 않고의 문제가 아니야."

"아니야. 태극이 넌 나 안 좋아해. 좋아하면 내가 좋아하는 거 같이 해주고 같이 가주고 해야 되는 건데 너는 나랑 같이 안 있고 싶잖아."

"그게 아니라…, 알았어. 같이 갈게."

머리핀을 사러 가는데 왜 내가 따라가야 하는지 나는 이해가 되지 않았다. 화장실에 같이 가자고 하지 않는 게 다행일 정도다.

결국 팬시점에 가서 두 시간 만에 나왔다. 나는 두 시간 만에 쇼핑을 끝낸 예원이에게 고마울 지경이었다. 공책 한 권 고르는 데 한 시간이 걸렸는데 머리핀 고르는 데 두 시간이 걸린 건 생각보다 너무 짧게 걸린 시간이기 때문이다.

두 시간 동안 나는 예원이가 예쁘냐고 물을 때마다 예쁘다고 말해주면서 가게 안에 있는 모든 머리핀을 머리에 대보는 것을 지켜봐야 했다. 팬시점에 왜 그렇게 많은 머리핀을 갖다 놨는지, 팬시점은 또 왜 그렇게 큰 건지, 나는 엉뚱한 팬시점에 대고 원망을 해댔다. 물론 속으로.

처음엔 한시라도 빨리 쇼핑이 끝나길 바라면서 예원이가 머리에 핀을 댈 때마다 과장되게 엄지손가락을 추켜들고 예쁘다고, 그거 사라고 했다. 하지만 예원이는 나의 부추김에도 끄떡하지 않았다. 시간이 갈수록 지친 나는 건성으로 대답할 수밖에 없었다. 그랬더니 예원이는 또 삐쳤다.

아, 여자란!

🥿 4월 6일 목요일

개나리가 피었다. 언제고 피었을 것을 오늘에야 봤다. 자꾸 계절을 놓치고 있다는 생각이 든다. 창밖을 보고, 하늘을 보고, 바람의 냄새를 맡던 시간들을 이제는 도영을 만나고 오 감독을 만나고 두 사람을 저울질하고 마음이 그

네를 타는 일로 보내고 있으니 계절이 가는 것을 놓치는 것이 어쩌면 당연한 일이다.

"그 남자를 알려면 같이 술 마셔보고, 돈 거래 해보고, 사계절을 나보라고 했어."

"다 해봤어."

선미가 결혼하겠다고 했다. 연애를 시작한 지 꼭 13개월이 됐다나? 일부러 술도 먹여보고 돈도 거래해보고 하면서 1년을 지켜봤다고 했다. 1년 동안 얼마나 자주 통화를 하고 또 자주 뭉쳐 다녔는데 그새 연애를 했다는 말인지, 선미가 그 즐거운 연애를 처음 하는 건데도 불구하고 들키지 않았다는 게 놀랍다.

어쩐지 사람에게 질리려고 한다. 마음속에 수많은 비밀의 날을 품고 있었다는 사실 앞에서는 배신감마저 느껴진다.

그런데 나는? 그러고 보니 배신감을 느낄 입장도 못되는 나다.

선미의 표정을 보니 그 말이 거짓말일지도 모른다는 생각이 든다. 적어도 1년을 같이 난 사람이라면 저토록 들뜬 표정이 나오지 않는다. 선미의 표정은 만난 지 두세 달 정도밖에 안 된 표정이다. 열에 들뜬 얼굴은 충분히 식었어야 하는 시간이다. 13개월의 시간은.

"그 사람…."

"표충 씨야."

"그래, 그 표충 씨… 아이들 있잖아?"

"열다섯 살, 열세 살. 첫애가 딸이고 둘째가 아들이야. 나 한꺼번에 두 명이나 애가 생긴다. 너무 남는 장사 아니니?"

결혼과 동시에 아이들이 생긴다는 사실에 저토록 아무 사심 없이 들뜰 수 있는 여자가 과연 있을까 싶을 만큼 선미는 들떠 있다.

"대학교수랑 화장품가게 하는 남자랑, 난 격이 안 맞는다고 생각해."

"섹스는 최고야. 성의 격이 맞아도 너무 잘 맞아."

"오…, 한 번에 체위는 몇 개나 하셔?"

지현이 거침없이 꺼내는 얘기들이 들을 땐 민망하더니 우리도 어느새 전염이 됐는지 우리는 지현이 꺼냈음직한 얘기들로 시간을 메웠다. 이렇게나 지현이에게 길들여진 우리다.

"야야, 그러지 말고 쌍쌍으로 술 한잔하자. 밤새 푸는 거야."

선미의 결혼에 현주가 들떠서 나섰다.

"너 이혼한다더니 또 고새 화해했어? 또 용서해준 거야?"

"용서는 무슨! 절대 용서 못해. 헤어질 거야. 헤어지되 애들 스무 살 되면 헤어질 거야. 낳아놨으니까 스무 살까지는 부모 밑에서 커야 할 권리가 있는 거니까. 애들 권리 우선 찾아주고 그다음에 내 권리 찾을래."

"아이들 스무 살 되면 아이들 결혼은 시켜놓고 이혼해야 될 거 같아. 아이들 다 결혼시켜 놓으면 손자들 봐줘야 될 거 같아. 손자들 좀 키워주고 이혼할 거야. 그랬다가 손자들 다 키워놓으면 이제껏 참고 살았는데 뭘 이혼이니, 이혼이? 하면서 사는 거, 그게 결혼이라더라. 잘 생각했어."

선미답지 않게 현주의 선택에 응원을 보내는 모습을 보면서 나는 격세지감이라는 말을 떠올렸다. 당장 접어버리라는 말이 빠져버린 선미는 다른 사람 같았다. 연애와 결혼이 선미를 다른 사람으로 바꿔놓은 것인지도 모른다.

"야, 표충 씨랑 술 마시는 날엔 지현이도 있어야 된다. 마침 신랑이 돌아와 있으니까 잘됐다. 신랑이랑 같이 나오라고 해. 그리고 정완이 너, 그 안에 남자 만들어. 정 안 되면 어디 가서 하루 저녁만 커플로 술 마셔줄 남자 하나 구해 와."

마치 소녀처럼 들떠서 재잘거리는 선미를 보자니 웃음이 절로 나왔다. 행복은 쉽게 전염되는 바이러스다.

스물 몇 살에 우리는 선미가 유학을 가 있는 프랑스로 커플끼리 여행을 갔었다. 커플 모임 때마다 한 명 혹은 두 명이 늘 혼자였다. 두 명이 커플이 없을 때는 커밍아웃이라며 서로가 커플임을 내세웠지만 한 명이 커플이 없을 때는 서로의 커플을 한 시간씩 대여해주곤 했다. 그 수혜자는 번번이 선미였다. 그때 그 커플들은 몇 번쯤 바뀌었다.

이제 정착하여 부부라는 이름으로 커플 모임을 갖게 됐다. 우리에게 처음 있는 일이 될 것이다. 우리는 자못 기대하고 들떴다.

⚽ 4월 7일 금요일

이상한 일이 생겼다. 수업시간에 선생님의 말씀이 하나도 귀에 들어오지 않았다. 칠판의 글씨가 하나도 보이지 않았다. 책을 읽을 수가 없었다. 책상에서 일어날 때마다 여기저기에 부딪혔고 어딘가에 걸려 넘어졌다. 앉아 있는 친구를 나도 모르게 치고 지나갔고 분명히 1교시가 끝났을 뿐인데, 나는 그렇게 느꼈는데 점심시간이라고 했다. 하루 종일 이상한 일의 연속이었다.

피아노 학원에 가지 않았다. 검도장에도 가지 않았다. 저녁 먹으러 나가기 전까지 종일 집에 있으면서 괜히 주먹으로 여기저기를 치고 다녔다. 엄마는 그런 나를 알아차리지 못했다. 시나리오를 쓰느라 잠도 제대로 자지 못하는 엄마한테 나의 작은 변화까지 알아차려 주길 바라는 건 무리지만 그래도 서운한 건 서운한 거다. 볼멘 얼굴로 샤워를 하고 나오는데 전화가 걸려왔다. 예원이었다.

"태극아, 오늘 왜 피아노 학원에도 안 오고 검도장에도 안 왔어?"

"그냥… 가기 싫어서."

"왜? 엄마한테 혼났어?"

"나, 지금 아무하고도 말하고 싶지 않아. 전화 끊을래?"

"딱 일 분만. 너한테 뭐 줄 게 있어. 놀이터에 나올래?"

"지금 열 시가 넘었는데? 그냥 잘래."

"나올 때까지 기다릴게."

나는 방에서 멍하니 창문 밖을 내려다보다가 놀이터에 예원이가 나와 있는 게 보여서 어쩔 수 없이 나갔다. 예원이는 나를 보자마자 손을 흔들었다. 나는 예원이가 오길 바라면서 현관 앞에 그대로 섰다. 꼼짝도 하기 싫었다.

그 순간 예원이가 넘어졌다. 그네에서 일어나 놀이터를 빠져나오다가 나를 보느라 모래주머니로 만들어 놓은 턱을 못 본 것이다. 그런데도 나는 그냥 바라만 보았다. 알아서 일어나겠지 했다. 예원이는 울먹울먹하다가 피를 보자 울음을 터뜨렸다. 나는 마지못해 우는 예원이를 일으켰다.

일으켜서 울지 말라고 등을 토닥여주었다. 예원이는 울면서 편지봉투를 내밀었다. 내가 받아들고 예원이 눈물을 닦아주었더니 예원이가 내 볼에 뽀뽀를 하고 달아났다.

태극에게.

태극아, 안녕? 매일 보면서 새삼스럽게 안녕? 이렇게 말하는 게 좀 어색하긴 하지만 네가 잘 봐줘. 나는 네가 생각하는 거보다 훨씬 더 많이 네가 좋아. 내가 널 사귀기로 결심한 건 네가 멋지기 때문이야. 그런데 너희 반에 너를 좋아하는 애가 생겼다는 얘기를 들었어. 그래서 너한테 자꾸 화내고 삐치고 그런 거야.

우리 반에도 나를 좋아하는 애가 생겼어. 내가 예쁘고 좋대. 나랑 사귀고 싶대. 그런데 나는 싫다고 했어. 너도 나처럼 싫다고 했으면 좋겠어. 내가 있다고 말해줬으면 좋겠어. 절대로 나 아니면 사귀지 마. 알겠지? 난 너랑 결혼할거야.

　예원이에게 답장을 써야겠다. 오늘이 아닌 내일. 나는 내일 개포동에 가면 아무것도 안 하고 하루 종일 답장을 쓸 것이다. 내일 할 일이 생기자 기분이 조금 좋아졌다. 예원이의 입술이 닿았던 볼을 쓰다듬으면서 자리에 누웠다. 어느새 얼굴에 웃음이 번져 있다. 엄마에게 서운했던 마음도 걷었다.

　하루 종일 화가 났던 이유를 알았다. 달력이 없어도 날짜는 딱딱 맞춰서 하루도 거르지 않고 순서대로 왔다. 그렇게도 오지 않길 바랐던 개포동 집에 가서 자고 오는 날이다. 내일이. 벌써 내일이. 한 달은 너무 짧다.

👠 4월 8일 토요일

남편 옆에서 재잘거리는 줄만 알았던 지현을 찾는 전화가 걸려왔다. 제이슨의 서툰 한국말과 나의 서툰 영어가 섞인 대화는 의미를 전달하는 데는 충분했다. 지현이 어제 나를 만나러 나가서 연락도 없이 돌아오지 않았다는 것이다.

　사전 정보 없이 통화가 된 터라 둘러대지도 못하고 사실대로 말했다. 최근엔 보지 못했다고, 안 그래도 궁금해 있던 차라고. 그러자 제이슨의 목소리는 침울해졌다. 나는 얼른 다른 친구들을 통해서 지현의 소재를 알아보겠노라고 말하고 전화를 끊었다.

　작업 중에 받은 전화인지라 통화를 끝냄과 동시에 다시 일하는 데 정신을 놓았다. 잠시 쉬는 시간을 가지면서 커피를 한 잔 내렸을 때 그제야 제이슨과의 통화가 떠올랐다. 시간을 보니 새벽 4시를 훌쩍 넘긴 뒤였다. 어디에고 전화를 걸 시간이 아니었다.

내일, 자고 일어난 오늘 오후에 전화를 하기로 하고 다시 일 속에 빠져들었다.

태극이가 개포동에 자러 간 날이다. 적어도 아빠와 자고 있다고 생각하면 빨리 일을 끝내고 아이 옆에 누워야지 하는 조급함이나 혼자 잠든 아이를 보는 안쓰러움이 없다. 아이를 아빠 품에서 자라게 해야 했을까? 처음으로 질문을 던져본다.

⚽ 4월 9일 일요일

내 방이 없는 아빠의 집에서 하루를 보내는 건 정말 심한 고문이다. 잔인한 하루다. 아빠의 집은 내 집이기도 했다. 우리 집이었다. 그런데 이젠 정말 아빠의 집일 뿐이다. 내가 살아야 할 나의 집은 엄마와 사는 집이다. 나는 불편한 손님에 불과하다. 이 집에선.

엄마하고만 사는 내가 미안해서 가끔은 아빠하고도 살아줘야 하는 게 아닐까, 고민한 적도 있다. 나는 오늘 그 고민을 몽땅 버려버렸다.

2층, 새엄마 방에는 들어가지 말라는 개포동 할머니의 명령이 나를 슬프게 했다. 새엄마 방은 아빠 방이기도 하다. 그런데도 나는 아빠 방에 들어가지 못한다. 나는 할머니 방에서 주연이와 마음껏 떠들지도 못하고 책을 읽었다. 예원이에게 편지를 쓸 나만의 공간이 필요했는데….

아침이 온 게 너무 반가웠다. 나는 재빨리 일어나서 짐부터 챙겨들었다. 그런 나를 보면서 할머니는 혀를 끌끌 차기만 했다. 할머니가 진짜 싫다.

4월 11일 화요일

에필로그를 남겨놓은 상태에서 〈사랑의 기술〉 각색 팀에서 빠져나왔다.

마지막까지 붙어 있어 달라는 오 감독의 청을 거절한 건 타당성이 없어서다. 단지 나와 함께 있고 싶은 마음 때문이라면 공과 사를 구별해야 옳다. 자신의 마음만 보면서 타인의 시간을 함부로 쓰려고 든다면 그것은 자신에 대해 우선 실례를 하는 일이다.

기획안을 올려놓은 내 시나리오와 주마다 써서 내야 하는 일곱 장짜리 영화 평과 책으로 엮을 원고를 정리해야 하는 일이 남아 있음을 알면서, 그 일을 제대로 해내기 위해 거의 잠도 못 자고 있다는 것을 알면서 어떻게 나를 고집할 수 있는지, 오 감독의 이기적인 고집이 끔찍하게 여겨졌다.

며칠, 잠과 원수 진 사람처럼 잘 계획이었다. 계획은.

자려고 누웠는데 백 피디에게서 전화가 걸려왔다. 언짢게 생각하지 말라는, 오 감독이 원래 좀 자기만 아는 성격인 거 다 알지 않느냐고, 편히 쉬라는 얘기였다.

전화를 끊고 이제 좀 잘까 하는데 다시 전화가 걸려왔다. 오 감독이었다.

"우리, 언제까지 이렇게 숨어서 연애해야 돼요?"

"저 요즘 일하느라 연애할 시간 없었는데…. 감독님도 바쁘지 않았나요? 일하고 연애하고 비비지 마세요. 그런 거 불편해요."

"네…. 알았어요. 쉬세요."

통화를 마치고 눈을 붙이려는데 또 전화가 왔다. 도영이었다. 한 이틀은 깨지 않고 잘 거라고 했더니 보고 싶다는 말 대신 제발 그렇게 잘 수 있기를 바란다고 말하고는 이내 끊었다. 설핏 잠이 들었나 싶었는데 다시 선미에게서 전화가 걸려왔다.

결국 한 잠도 못자고 외출을 하고 말았다. 선미와 마주 앉아 지현을 걱정하는 와중에 지현에게서 전화가 걸려왔다. 수화기 바로 옆에 제이슨이 있는 모양이었다. 지현은 콧소리를 섞어 까르르 웃더니 정색을 했다. 제이슨이 통화하라고 지현의 옆에서 떨어진 모양이었다.

"너 외박했었니? 남편 오기 전에 정리했던 거 아니었어?"

"외박은…. 생각할 게 있어서 미용실에 내려갔는데 나도 모르게 잠들었지."

"무슨 생각?"

"제이슨이 런던으로 이사 가자고 해서."

"와, 우리 그럼 너 보러 일 년에 한 번은 런던에 갈 수 있는 거야?"

"미쳤니? 런던으로 이사를 가게?"

"너, 신랑 사랑하잖아. 신랑이 하자는 건 다 하는 애 아니었어?"

"그건 육 개월 떨어져 사는 조건이었지. 육 개월만 다 들어주면 육 개월이 자윤데 뭘 못해줘? 그치만 런던에 가면 그건 또 말이 달라지는 거지."

"너… 새로 만나는 사람하고 아직 정리 안 했니? 여기 이 나라에 미련 가질 거 그거밖에 없잖아."

"신랑이 찾는다. 나중에 통화하자."

전화를 끊기 바쁘게 선미가 물어왔다. 물어야 입만 아파지는 질문이었다.

"걔, 또 남자 키웠었니?"

"자랑스럽지."

대답과 동시에 하품이 나왔다. 누군가의 팔을 베고 잠들 수 있다면… 하다가 아이의 얼굴이 떠올랐다. 아이가 없는 여자들의 자유가 부러운 날이 가끔 있다. 하지만 아이의 팔을 베고 잠들 수 있는 오늘 같은 날엔 철저히 혼자인 여자들이 안쓰럽게 여겨진다.

적어도 내가 그들보다는 넉넉한 삶이라고.

⚽ 4월 13일 목요일

영화사에 나가서 마무리 글을 쓰고 들어오던 엄마의 요즘 귀가 시간은 새벽 3시에서 4시 사이였다. 어떤 날엔 내가 학교에 갈 때 집으로 들어오기도 했다. 그런 엄마가 수목 드라마를 보겠다고 일찍 들어왔다.

저녁을 일찍 차려먹고 설거지를 마치고 영화감상 분위기를 만든 엄마는 "넌 어느 별에서 왔니?" 내게 물으면서 잔뜩 들떠서 텔레비전 앞에 앉았다. "엄마별에서 왔지." 대답하자 엄마는 엄지를 치켜들면서 "빙고!" 하고 외쳤다. 그럴 때 엄마를 보면 장난꾸러기 소녀 같다. 광고가 끝나고 드라마가 시작하면 "한다, 한다, 한다." 하면서 잔뜩 들떠서 손뼉을 치기까지 했다.

엄마는 드라마를 보는 게 아니라 최승희 감독을 연기하는 김래원을 보는 거다. 보는 거에서 끝나야 되는데 엄마는 드라마에 빠져서 항상, 언제나, 변함없이 남자 주인공을 짝사랑한다.

그러면서도 내가 "그렇게 김래원 아저씨가 좋아?" 물으면 "김래원이 좋은 게 아니라 최승희가 좋은 거야."라고 대답한다. "최승희＝김래원인데…" 하면 엄마는 "내가 좋아하는 사람은 최승희야."라고 굳이 차별을 두어 대답을 한다. "내가 좋아, 최승희가 좋아?" 바보스러운 질문을 던지면 엄마는 망설이지 않고 나라고 대답한다. 나라고 하면서 엄마의 눈은 최승희한테서 떠날 줄을 모른다.

내가 엄마 옆에서 드라마를 보면서 여자 주인공이 예쁘다고 말하면 엄마는 대뜸 채널을 다른 데로 돌리면서 뿔을 낸다. 그러고는 슬그머니 다시 채널을 돌려 엄마가 좋아하는 남자 주인공을 보면서 좋아서 어쩔 줄 몰라 한다. 나는 엄마의 눈치를 보면서 드라마를 보는 데 반해 엄마는 내 눈치를 보지 않고 열심히 짝사랑을 한다.

엄마는 〈발리에서 생긴 일〉을 볼 때는 조인성이 멋있다고 했다. 소지섭도

멋있다고 했다. 그러면서 내게 부탁을 했다. 재민이처럼, 인욱이처럼 자라
달라고. 그러면서 재민이하고 인욱이만 열심히 보라고 했다. 보면 닮는다
고. 〈내 이름은 김삼순〉을 볼 때는 삼식이처럼 크라고, 삼식이가 최고라고
했다. 그들 외에도 엄마가 꼭 이 아저씨만큼만 크라고 한 사람은 이제 셀 수
가 없다.

〈천국의 계단〉을 볼 때는 송주처럼 멋있게 커야 한다고 했고 〈파리의 연
인〉을 볼 때는 수혁이야, 기주야? 둘 다 멋있으면 어떡하라고? 하면서 수혁
이처럼, 기주처럼 크라고 했다.

가만 보면 남자 주인공들의 몸매는 거의 모두가 환상적이다. 신장이 185
센티미터 정도 되어야 하고 얼굴은 조막만 해야 되고 다리는 길고 쭉 뻗어야
한다. 배에는 모두 왕(王)자가 새겨져 있고 코는 우뚝하다. 돈이 많은 집 아
들이거나 사장이거나 아니면 잔뜩 분위기 잡고 세상에 대해 불만을 끌어안
은 고독한 청년이어야 한다.

내가 그 모든 것들을 갖춘 남자가 될 수 있을까? 아무튼 내가 바라는 건
아빠처럼 174센티미터에 머무르는 게 아니라 적어도 아빠보다 10센티미터
는 더 크고 싶다는 거다. 적어도 청년이 된 내가 엄마를 끌어안아 줄 때 엄마
가 내 가슴에 포옥 안겨야 한다는 게 엄마가 내세우는 첫째 조건이므로.

드라마가 끝나자 엄마는 너무나 아쉬운 표정으로 입맛을 다셨다. 나는 그
런 엄마가 정말 재미있다. 이렇게 행복하게, 끝내주게 재미있게 사는데 왜
선생님은 내게 미안하다고 하느냔 말이다. 하지만 선생님이 한 말을 엄마한
테 전할 생각은 없다.

"엄마, 영화사에 나가서 저 아저씨들 다 안 봐?"

뜻밖에도 엄마는 수많은 스타들을 영화사에서나 시사회에서 보는 거보다
텔레비전과 스크린에서 보는 게 더 좋다고 했다. 스타는 스타로서의 자리에

서 볼 때 더 매력이 있다나?

벼랑에서 떨어지는 꿈이 키가 크는 꿈이란다. 나는 키가 아주, 아주 많이 커야 하기 때문에 매일 밤 벼랑에서 떨어지는 꿈을 꾸어야 한다. 분명히 최승희 감독도 벼랑에서 백 번은 넘게 떨어졌을 것이다.

오늘은 무슨 일이 있어도 벼랑에서 떨어지는 꿈을 꾸길 바라면서 엄마의 팔을 베고 누웠다.

깊은 밤. 저녁에 물을 많이 먹은 탓인지 오줌이 마려워서 일어났더니 엄마의 서재엔 불이 환했다. 내가 잠들자마자 엄마는 살며시 침대에서 빠져나와 서재로 갔을 것이다.

잠든 나를 두고 서재에 홀로 앉은 엄마의 모습이 유리에 비쳤다. 굽은 등과 서재에 켜진 불빛이 이상하게 외로워보였다. 들어가서 엄마의 등을 끌어안아 주고 싶었다. 그런데 너무 졸렸다. 꿈이었다고, 꿈이라고. 그렇게 일하는 엄마를 두고 방으로 돌아와 엄마의 베개를 찾아 안았다. 잠결에 맡는 엄마의 냄새는 따뜻했다.

이 세상 모든 사물은 저마다 자기만의 고유한 냄새를 갖고 있다. 김치찌개에는 김치찌개의 냄새가 난다. 시큼한 김치와 뒤섞여 돼지고기가 익는 냄새는 식욕을 돋운다. 아카시나무에 서면 아카시향이 코를 자극하고 바닷가에 가면 비릿한 바다냄새가 난다. 엄마의 서재에 있는 오래된 책에선 아뜩한 나무냄새가 난다.

엄마한테는 엄마냄새가 난다. 자다가도 맡아지는 엄마냄새는 세상에서 제일 따뜻하고 평화로운 안식을 준다. 나한테는 어떤 냄새가 날까? 아주 섹시한 사향 냄새가 났으면 좋겠다. 아빠한테서 나는 사향 냄새 때문에 엄마는 아빠와 결혼을 했다고 한다. 사향 냄새를 풍기는 남자에게서 도망칠 수 있는 여자는 없을 거라는 엄마의 말이 사실이라면 나는 어떻게든 사향 냄새를 풍겨야 한다.

멋있고 섹시한 남자. 내가 되고 싶은 모습이다.

어떤 때는 벌써 열 살인 나이지만 어떤 때는 아직 열 살인 나이기도 하다. 열 살이라는 나이는 벌써와 아직 사이에서 무럭무럭 크고 있다. 크고 있는 동안엔 크는 게 너무 바빠서 나의 냄새를 가지긴 힘들 것이다. 하지만 다 자라고 나면 나 역시도 나만의 냄새를 갖게 될 것이다. 도저히 떨칠 수 없는 강력한 매력의 냄새를.

클수록 엄마냄새가 분명하게 각인되듯이 내 냄새도 엄마한테 각인되고 예원이에게 각인되기를 나는 간절히 바란다.

엄마냄새는 코로 맡아지는 게 아니다. 마음으로 습관으로 맡아지는 엄마냄새. 나는 요즘 엄마냄새 속에 여자냄새가 간헐적으로 끼어드는 것을 느낀다. 바랐던 일인데도 엄마와 나 사이에 거리가 생기는 것 같다. 엄마와 나 사이엔 아빠도 끼어들 수 없는 작은 틈새의 간격도 없었다. 간격이 느껴지는 건 슬픈 일이 아니다. 그저 심술이 날 뿐이다.

오랜만에 맡은 엄마냄새가 긴 잠을 더 달고 맛있게 해줬다.

4월 15일 토요일

"아빠 어디 가고 엄마랑 둘이 나왔니?"

오지랖이 넓은 사람들은 이따금 생각 없이 묻는다. 타인에게 그저 따뜻하게 살아가는 자신을 내보이고 싶은 거라면 제발 그 삶의 자세를 바꾸라고 말하고 싶다.

일면식도 없이 이름도 모르는 타인의 아빠든 남편이든 그 존재가 왜 궁금한 건지 나는 이해할 수가 없다. 엘리베이터에서 내리는 순간 얼굴조차 잊어버릴 거면서 왜 생각 없이 관심을 들이대는 건지, 그 관심이 폭력이 될 수도 있다는 것을 왜 모르는가 말이다.

백화점 세일 기간을 놓치지 않으려고 외출 채비를 했다. 손안에 쏙 쥐어지는 한 장의 도톰한 단풍잎의 느낌, 아이의 손이 그렇다. 그 단풍잎 같은 아이의 손을 잡고 집을 나섰다. 오랜만에 단둘이 나서는 외출에 아이는 들떠 올랐다. 아이는 어느새 참새가 되어서 종알거렸다. 학교에서 있었던 일들을 상기된 목소리로 들려주는 아이의 성정이 나는 마음에 든다. 따뜻하게 크고 있구나, 생에 대해 잠시 안도를 한다.

아이는 엘리베이터 안에서 재잘거리다가 뜻하지 않은 질문을 받았다.

"아빠 어디 가고 엄마랑 둘이 나왔니?"

명랑하던 아이는 대답 대신에 나의 핸드폰을 쥐고 게임에 몰두하는 것으로 대답을 피했다. 아이는 부모의 이혼을 불편해하진 않지만 그렇다고 해서 드러내놓고 말하는 것을 좋아하지도 않는다. 그렇다고 거짓말을 하기는 더욱 싫어했다. 해서 아이는 입을 다물었다. 아이의 기본 성정과 상관없이 버르장머리 없는 아이가 되는 순간이다. 나도 괜히 아이를 내려다보는 척 눈을 내리깔았다.

처음에는 마치 이혼을 들켜선 안 될 치부라고 생각해서였고, 몇 년이 지난 후엔 타인에게 나의 삶을 내보일 필요가 없어서라고 나의 행동에 이유를 달았다. 후자의 이유에 와서 마음이 조금 편해졌다.

엘리베이터 문이 열리자마자 내릴 층도 아닌데 아이의 손을 잡고 내려버렸다.

사람들은 엄마와 외출한 아이에겐 반드시 돈을 벌어다 주는 아빠가 있을 거라고 믿는다. 돈을 벌어다 주는 아빠가 있기 때문에 백화점에 쇼핑을 나온 것이라고 믿는 사람들을 탓하고 싶은 생각은 없다. 다만 세상에는 보다 더 다양한 방식으로 살아가는 사람들이 있다는 것을 인식해줬으면 하는 것이다.

그렇게 되면 질문은 조금 더 조심스러워질 것이 분명하다. 내가 조심해주는 만큼 생각 없이 던진 돌에 맞아 죽거나 피 흘리는 개구리는 줄어들게 되어 있다. 분명히.

해마다, 철마다 옷을 사 입혀도 아이는 눈부신 속도로 자라고 있다. 낙낙하게 큰 옷을 사줘도 절대 두 해를 입지 못하는 옷이고 보면 아이의 성장 속도를 알 만했다. 봄, 가을에 입을 야구 점퍼와 청바지, 트레이닝복을 한 벌 샀다. 아이가 가을에 이 옷을 입을 수 없기를 바란 건 너무 지나친 바람일까?

하루빨리 내 키만큼 크고 그다음엔 나를 훌쩍 뛰어넘어 아빠의 키를 넘고 그 다음엔 185센티미터를 넘는 청년이 되기를 바라는 건 때 이른 소망일까? 마흔이 되길 바랐듯이 아이가 어서 스물이 되길 바라는 요즘이다. 아이의 스물은 얼마나 눈부실까? 나는 눈부신 청년으로 자란 아이가 보고 싶다. 내 스물을 반추했을 때 아이의 스물은 보다 더 눈부실 것이다. 나이 먹는 게 두렵지 않다. 아이가 스물이 될 수만 있다면.

"가만 보면 세상의 중심이 아이인 거 같아."

"나 믿고 태어난 애예요. 애가 스무 살이 될 때까지는 그래야 하는 게 옳지 않은가요?"

"내가 있어야 아이도 있는 거지. 아이한테 너무 묶여 있는 거 아이도 부담스러워하지 않을까? 내가 자유를 누리는 거만큼 아이도 자유롭게 클 거 같아. 그게 서로 건강하게 사는 방법일 거 같은데."

"아이한테 아빠를 뺏었다는 생각을 해서 그럴 거예요. 일종의 죄의식이고 보상심리 같은 거죠."

"괜히 남들 얘기에 휘둘리지 말고 잊어버려. 잘 자."

도영은 밤 12시를 넘긴 시간에 집 앞에 와서 자판기 커피 한 잔을 뽑아 먹고 떠났다. 그의 차가 단지를 빠져나가는 걸 보면서 혼자 삭여도 될 분을 농도 짙게 뱉어낸 게 아닌가 하는 생각이 잠깐 들었다. 이렇게 시시콜콜해진 나라니.

주말과 휴일엔 여지없이 약속이 생기는 도영은 그러고 보니 태극이보다 한 살 어린 딸을 데리고 사는 이혼남이라는 것 말고는 자신에 대해 말한 게 없다. 건설회사 대표라는 것과. 내가 태극이와의 삶에 대해 흘릴 때마다 도영은 그냥 들어만 주었던 것도 같다.

⚽ 4월 16일 일요일

일요일인데… 엄마는 2시가 다 되도록 자고 있다.

어제 새벽에 소변을 보러 화장실에 가다가 거실에 앉아 있는 지현 아줌마를 보았다. 시계를 보니 새벽 4시가 넘어 있었다. 그 시간에 아줌마와 엄마는 와인을 마시고 있었다. 아침까지 마셨는지 엄마 방에선 와인 냄새가 그득했다.

아줌마가 영국으로 이사를 가는 게 싫어서 제이슨 아저씨하고 처음으로 싸웠다고 했다. 왜 아줌마들은 싸우면 우리 집으로 오는지 모르겠다.

할머니가 성구 형을 데리고 올라왔다.

"엄마는 여적 자냐?"

나는 대답 대신 손가락을 입술에 놓고 조용히 하라는 몸짓을 해보였다. 할머니는 조금도 목소리를 낮추지 않고 외려 더 큰 소리로 말했다.

"성구야, 너 가서 성아 데리고 오너라."

성구 형이 성아 누나를 데리고 오자 할머니는 우리에게 엄마 방문 앞에서 떠들고 놀라면서 유희왕 카드를 사주셨다. 나는 이건 아니잖아! 하는 표정으로 비겁한 방법을 쓰는 할머니를 쳐다보았다. 할머니는 단호했다. 나는 무어라고 한마디를 하려다가 바로 꼬리를 내렸다. 엄마를 깨우는 가장 효과적인 방법이긴 하지만… 하다가 보니 어느새 내가 제일 큰 소리로 떠들고 있었다.

엄마가 일어나 나오자 할머니는 북엇국을 데웠다.

"너, 이러고 살 게 아니라 우리 두 집 합쳐서 조금 넓은 데로 이사하자. 애가 뭐가 되겠니? 애들도 마당 있는 집에서 살면 좀 좋겠니? 감나무도 심고."

"엄마, 내가 시댁에서 살면서 제일 원했던 게 뭐였는지 잊었어? 아래윗집이든 옆집이든 부엌하고 대문은 달라야 돼. 그랬으면 나 찌그러지고 망가지지 않았어."

엄마는 말과 함께 욕실 문을 닫았다.

나는 엄마의 말이 십분 이해되었지만 성구 형이랑 성아 누나랑 한 집에서 살 수 있는 기회를 엄마가 일언지하에 거절한 것에 대해선 무지하게 많이 서운했다.

예원이한테 결국 답장을 쓰지 못했다. 개포동에서 썼어야 했다. 써야 할 순간을 놓치고 나니까 차일피일 미루게 됐다. 그러다가 너무 늦은 답장은 의미가 없을 거 같아서 그만두기로 했다.

답장 없는 나를 보는 예원이의 눈길이 많이 달라졌다. 짝꿍이 된 은범이하고 너무 친하게 지내는 것도 같고, 슬기와 나 사이를 자꾸 의심하는 것도 같다. 슬기의 편지를 아무한테도 보이지 않고 말하지도 않았는데 소문은 대체 어떻게 난 걸까?

남의 얘기가 왜 그렇게 재미있는지… 아, 신경 쓰여!

사랑은 우리를 행복하게 하기 위해서 있는 게 아니라

우리가 고뇌와 인내에서 얼마만큼 견딜 수 있는가를 보이기 위해서 있다.

- 헤르만 헤세

사소하고도
질긴

4월 19일 수요일

"그렇군요. 아이가 있었군요."

"어떡할 거야?"

"어떻게 했으면 좋겠어요?"

"어떻게 했으면 좋을지 알면, 어떻게 할 거냐고 묻겠어?"

"내가 어떻게 했으면 좋을지 정도는 알겠죠? 설마 그것도 모른다고 말할 셈이에요? 그렇다면 나는 지금 세상에다 대고 말할 거예요. 세상에서 가장 멍청한 놈하고 살았던 내가 드디어 이혼에 성공했다고, 축하해달라고 말이죠. 아이는 당신이 키우세요. 나는 일을 해야 돼요."

"이봐…, 말이 되는 소리를 해. 그럼 나는, 남자가 돼서, 직장 때려치우고 집구석에 처박혀서, 아이나 키우라는 말이야?"

"아이나라뇨? 아이가 그렇게 하찮은 물건인가요, 당신에겐? 차라리 나보고 키우라고 말하는 게 정직한 거 아닌가요?"

"너는 그래도 출퇴근이 자유롭기나 하지 나는 매일 이 도시 저 도시 보따리 싸들고 다니는 시간강사라고. 강의 준비하느라고 매일 밤새면서도 봉급은 너 절반도 안 돼. 알잖아? 그런데 어떻게 아이를 키우라는 말이야? 아이는 엄마가 키우는 게 아이한테도 좋을 거야. 당신이 결정해."

"다 결정해놓고 결정하라니요? 이번에도 나의 결정이지 당신의 결정이 아니므로 적어도 아이를 버렸다는 죄의식에선 자유롭겠다, 이 뜻이군요? 설마 아이를 놓고 그렇게 얄팍한 수를 쓰는…군요. 그래요. 항상 그런 식이죠."

남편과 나의 말이 막 잠든 아이의 잠속으로 걸어들어 갈까봐 조바심이 났어요. 입장을 바꿔 내가 아이였다면 나는 다시 엄마 뱃속으로 들어가고 싶었을 거예요. 세상에 나오기 전에 내 부모가 이런 사람일 거다, 그거 미리 아는 방법이 있었으면 좋겠어요. 세상이 나를 세상 밖으로 끌어내는 게 아니라 내가 세상을 선택하는, 그런 거 말이에요. 그랬다면 아이는 이렇게 한심한 사람들이 내 부모란 말이야? 화를 내면서 세상에 나오지 않았을 거예요.

남편의 소리가 높아지는 바람에 나는 아이의 잠을 살피러 잠시 아이의 방에 들어갔어요. 남편은 따라 들어오지 않았죠. 아이의 잠과 남편은 무관한 사람이니까요. 대신에 남편은 아래층으로 내려갔어요. 어머니를 비롯한 다른 가족들의 잠이 방해를 받았는지 확인하러 내려간 거죠. 남편은 발뒤축을 들고 깨끔깨끔 걸어서 내려가더군요.

아이는 다행스럽게도 고른 숨소리를 냈어요. 아이의 가슴에 얼굴을 묻었어요. 쿵쿵거리는 거인의 발짝 소리가 들렸어요. 벌떡이는 심장 소리가 마치 세계가 숨 쉬는 소리처럼 들렸어요. 엄마의 자궁이 이렇게 편했을까 싶을 만큼 튼튼한 아이의 심장 소리를 들을 때 나는 제일 편해요. 나는 자주 아이의 가슴에 얼굴을 묻어요. 아뜩한 그리움이 솟아나기도 하고 비릿한 눈물이 퐁

풍거리기도 하거든요.

안겨 있는데도 자꾸 자꾸 더 파고들게 되는 건 남편이 아니라 아이의 품이었어요. 아이의 잠을 확인하고 다시 거실에 나왔을 때 남편은 무슨 대단한 희생을 하기로 결심한 것 같은 얼굴이었어요.

같이 살다 보니 싫어도 알게 되는 일이 있잖아요. 그중 하나가 남편의 표정을 읽을 줄 알게 되는 거였어요.

"뜸들이지 말고 말하세요. 결정 내렸잖아요."

"한 달씩 교대로 아이 맡자. 너도 일해야 되고 나도 일해야 되니까…."

"아이가 탁구공이에요? 이혼이 무슨 핑퐁 게임인 줄 알아요? 한 달씩 주거니 받거니, 그게 말이 된다고 생각해요?"

"그럼 어떻게 하자고? 너는 도저히 이 집에선 살 수 없는 거 아니야?"

"이 집에서 살 수 없으면 이사를 하면 돼요. 단, 우리끼리만 나가는 거로요."

"미쳤어?"

"그래서 나라도 나가겠다는 거예요. 이 집에서 나를 못 살게 한 건 당신이 아니라 당신 가족들이에요. 그 위대한 가족들과 뒤엉켜 살면서 가족들 한가운데 아이를 풀어놓을 생각은 왜 안 하는 거죠? 한 사람이 한 시간씩만 봐도 하루가 갈 텐데요?"

나는 아이의 옆에 나의 잠을 뉘였어요. 잠이 올 리 없죠. 아이에게 미안해서 몸 둘 바를 몰랐어요. 잠든 아이의 얼굴을 손으로 일일이 만져보면서 몇 번이고 입술을 깨물었어요. 미닫이문을 열듯 아침이 스르륵 열리는 것을 멀뚱히 보고 있었어요.

엄마에겐 남자가 필요해

아이의 잠을 깨우는 건 시간도 시계도 아닌, 아침볕이라는 것을 나는 처음으로 알았어요. 빛살이 아이의 온몸을 덮자 아이는 빛살을 피해 간헐적으로 뒤척이더군요. 그러더니 어느 순간 눈두덩을 스르르 열면서 눈을 떴어요. 아이가 눈을 뜬 게 아니라 마치 빛이 아이의 눈을 들어 올린 것처럼 느껴졌어요.

왜 난 그 순간이 기적이 일어난 순간이라고 믿겨졌을까요?

기적을 느끼는 그 황홀한 순간에 남편의 목소리가 들렸어요. 내 행복을 방해하는 사람으로 다가오더군요. 그 순간의 남편은.

"내가 아이를 키운다면 당신은 나의 경제적 능력을 이유로 단 한 푼의 양육비도 내지 않을 테죠. 난 당신한테 아이의 옷값도 받아쓰지 못할 테구요."

"그건 당연한 거 아닌가? 당신, 나하고 안 살면 그 좋아하는 영화도 쓰고 소설도 쓰고 다 쓰면 되겠네. 나 때문에 당신 삶이 엉망으로 망가졌네 어쨌네 하는 소리도 지겹고."

"내가 아이의 양육비를 보조할 테니까 당신이 맡아요."

그러자 남편은 아이의 양육비를 최소한으로 분담하겠다고 했어요. 일주일에 한 번 보겠다고 했던 면접권도 한 달에 한 번으로 합의를 보았죠. 그렇게 해서 우리의 이혼은 결정됐고, 나는 내 계획대로 아이를 온전히 나만의 아이로 갖게 되었어요.

그런데 이혼을 하고 보니 남편은 참 좋은 남자였어요. 같이 살 때 몰랐던 점들이 보이더군요. 그렇다고 해서 다시 재결합할 생각은 없어요. 잘된 건지 애석한 건지 모르겠지만 남편이 재혼을 했거든요. 그 여자가 시간강사였던 남편을 교수로 만들어줬다고 하네요. 남편 집에서 그 여자는 천하무적이 되었다죠. 다시 가져올 수도 없게 말이죠.

　도영은 한참을 생각하는 것 같더니 내게 물었다.

　"왜 당신은 당신의 남자들한테 존댓말을 쓰지?"

　"전남편은 내 아이의 아빠고, 당신은 내가 사랑하는 사람이니까요. 난…
아빠한테 존댓말을 하는 엄마를 보고 자랐어요. 어릴 때 친구들 앞에서 아빠
에게 존대하는 엄마가 참 고왔고 우아하게 보였어요."

　"싸울 때도 존댓말을 하나?"

　"그땐 일부러 거리감을 두느라 존대해요. 반말을 하기 시작하면 사실 주
워 담을 수 없을 말도 서슴지 않고 할 수 있는 사람이 나라서. 당신은 어떤
사람이에요?"

　"음…, 나는 내 앞에 있는 정완 씨가 좋아. 과거는 나와 상관없이 흘러간
얘기라고 생각해. 그 상관없는 과거까지 내가 가져야 한다고 생각하지 않아.
말해주지 않으면 그런가 보다 하고 가는 거지 물어볼 수도 없는 성질의 것이
지. 정완 씨가 묻어두지 않고 말해줘서 고마워. 고마운데… 그렇다고 내 얘
기를 하라고 하면… 그건 나중에!라고 말할 수밖에 없어. 그래서 미안해."

　술김이었다. 술이 마음을 무장해제하게 했다. 그래서 주저리주저리 시작
한 이야기에 도영도 자신의 삶을 열어 보여주길 바랐다. 그런데 뜻밖이었다.
순식간에 도영으로부터 떨어져나온 기분이 들었다. 그 마음을 알았는지 도
영은 어깨를 잡아 안더니 사람들의 시선에 상관없이 입을 맞췄다.

　"난, 내 앞에 있는 이 여자를 사랑해. 오늘, 이 시간, 최선을 다해서."

　"사랑해."

　또 꺼내고, 또 꺼내고, 밤새도록 그 말을 꺼냈다. 사랑해. 단 세 음절의 고

백이 스물의 나로 돌려놨다. 아, 사랑이라니!

⚽ 4월 20일 목요일

슬기는 내게 점점 더 노골적으로 호감을 드러내고 예원이는 이상하게 나를
슬슬 피한다. 가운데 샌드위치가 되는 심정은 당해보지 않은 사람은 모른
다. 샌드위치의 주인공은 내용물인 나지만 빵인 예원이와 슬기가 없으면 무
용지물이 되고 만다. 그게 샌드위치의 운명이다. 갑자기 내가 하찮게 느껴
진다.

👠 4월 22일 토요일

"오늘도 약속 없는 토요일이군요."

"평일 내내 정완 씨 만나느라 밀린 일들이 꼭 주말에 몰아치네. 공교롭게
도 말이지. 어떡하지? 오늘은 교외로 나가볼까 했는데."

"실천하지 못할 계획은 없는 거나 마찬가지예요. 더 아쉽게 하지 않으려
면 아무 말 안 하는 게 좋아요."

"와, 화났나 보다. 목소리가 제대로 깔렸는데?"

"화는 무슨…. 나도 밀린 일 해야죠. 태극이한테 엄마 노릇도 좀 하고."

"어, 시간 됐다. 나가봐야겠어. 나중에 통화하자구."

도영의 목소리에 다른 목소리가 얹어지는 거 같더니 전화가 끊겼다. 미처
오늘 하루 잘 보내라는 인사도 건네기 전이다. 전화를 끊고 나도 모르게 안
도의 한숨이 나왔다. 하루쯤 쉬고 싶은 게 속내였다. 5일을 내리 외출했더니
몸이 고단했다. 연애도 체력이 돼야 한다는 말은 나이 마흔을 두고 하는 말

이지 싶다. 하루 종일 태극이와 뒹굴 것을 생각하니 괜히 미안했던 마음이 덜어진 것도 사실이다.

사실 아이들은 혼자서도 잘 큰다. 하지만 엄마와 눈을 맞추고 마음을 맞추고 자란 아이들은 더 잘 큰다. 내 아이가 따뜻한 아이로 자라길 바라는 건 모든 부모의 바람이다. 나 역시도 내 아이만큼은 따뜻한 아이로 컸으면 한다. 내가 아이와 눈을 맞추고 마음을 맞추는 이유이다.

아이와 나란히 앉아서 아이는 컴퓨터 게임을 하고 나는 원고에 매달렸다. 책상에 나란히 앉아 있는 것 자체로 들뜬 아이를 위해 종일 간식을 해 날랐다. 제법 괜찮은 엄마가 된 것 같아서 괜히 뿌듯하다.

지현을 찾는 전화가 다시 걸려왔다. 현주와 선미한테서도 전화가 걸려왔다. 모두들 걱정하기보다 궁금해했다. 나 또한.

⚽ 4월 23일 일요일

오늘 나는 완전히 처치 곤란한 짐짝이었다.

일요일인데도 엄마는 나를 할머니한테 맡겨놓고 친구들을 만나러 나갔다. 지현이 아줌마가 없어졌다고 했다. 미용실도 문을 닫고, 전화기도 꺼져 있고, 세라는 계속 엄마만 찾으면서 우는데 지현이 아줌마가 며칠 째 외박 중이란다. 하고 싶은 대로 다 하고 사는 사람은 별로 없다. 그런 면에서 아줌마는 정말 용감하다. 그리고 멋있다.

할머니는 은빛 대학에서 만난 할아버지랑 산에 간다고 나를 외숙모한테 맡겼다. 외숙모는 삼촌과 어디 갈 데가 있다면서 성아 누나한테 나를 맡겼다. 성아 누나는 조용히 놀라면서 성구 형한테 나를 맡겼다. 성구 형은 친구가 와서 나를 컴퓨터에 맡겨놓고 놀러 나갔다.

혼자 있자니 내 신세가 왜 이렇게 됐나 하는 생각에 쓸쓸함이 몰려들었다. 내 앞의 생은 심술궂은 마녀가 오락가락하는 거 같다.

같이 놀 사람도 없이, 점심을 차려주는 사람도 없이 혼자 남겨진 나는 정우 집에 갔다. 점심을 먹으러 간 것이다. 혼자 먹는 점심은 정말 끔찍하기 때문이다.

찬밥에 김치를 썰어 넣고 참기름을 둘러서 비빈 비빔밥과 콩나물국은 끝내주게 맛있었다. 밥을 먹고 났더니 정우 엄마는 오늘 공부는 그만!이라면서 정우와 같이 놀 수 있게 해주었다. 정우 집에는 재미있는 게임이 정말 많아서 시간 가는 줄 모르고 놀았다. 관리실에서 나를 찾는 안내방송이 나올 때까지 그야말로 플레이스테이션 게임을 하느라 무아지경에 빠져 있었다.

할머니와 외숙모와 삼촌, 그리고 엄마까지 나서서 나를 찾고 있는 줄 몰랐다. 성아 누나와 성구 형이 나 때문에 벌을 서고 있었고 졸지에 정우 엄마가 미안해서 어쩔 줄 몰라 했다. 엄마와 정우 엄마는 핸드폰 번호만 서로 아는 사이인데 정우 엄마의 핸드폰이 꺼져 있는 줄 몰랐다는 것이다. 그 바람에 정우 엄마는 밥 먹여주고, 씻겨주고, 놀게 해주고 미안하다는 말까지 했다.

처음부터 안내방송을 했으면 되는 걸 괜히 온 동네를 다 찾아다니면서 생고생해놓고 화를 내는 삼촌과 외숙모, 할머니가 야속했다.

"그러니까 핸드폰 사줘. 그러면 안 찾아다녀도 되잖아."

말을 툭! 던져놓고 보니 정말 핸드폰이 갖고 싶어졌다. 예원이도, 은범이도 갖고 있는 핸드폰, 아, 나는 핸드폰이 갖고 싶다. 누구는 열 살 된 기념으로 핸드폰 사줬다는데….

예원이는 늦게까지 직장에 있어야 하는 엄마 때문에 2학년 때부터 핸드폰을 가지고 다녔다. 엄마도 그렇게 일을 다니면서 왜 나한텐 핸드폰을 사주지 않는 걸까? 핸드폰이 있으면 예원이와 직접 눈 마주치고 하기엔 머쓱한 말을 문자로 보낼 수 있을 것이다. 잘 자라고 저녁마다 밤 인사를 나눌 수도 있을 테고 아침에는 어서 일어나라고 모닝콜을 해줄 수도 있을 것이다. 흔들리는 사랑이 핸드폰 하나로 완전히 복구될 수 있을 거 같은 믿음이 생겼다.

나는 저금통장을 꺼냈다. 핸드폰 몇 개쯤은 넉넉히 사고도 남을 돈이 있다. 돈이 있는데도 내 마음대로 살 수 없는 현실이 서글프다. 하고 싶은 대로 하려면 하루 빨리 어른이 되는 수밖에 없다.

시간아, 빨리 달려라!

4월 25일 화요일

이혼 후에 생활이 바뀐 게 있다면 집에 찾아오는 손님들이 생기고 친구들이 편하게 드나들기 시작했다는 점이다. 개포동에 살 때는 부부싸움을 한 뒤에 현주가 찾아오는 거 말고 어느 누구도 집에 오지 않았다. 시댁이라는 게 우선 살고 있는 나조차 편하지 않은 터에 누군들 오고 싶겠는가 말이다.

선미가 집에 왔다. 일을 마치고 들어오는 길에 걸려온 전화는 집으로 향하고 있다는 통보였다. 성장을 하고 꽤 짙은 화장에 아이라인을 그리고 속눈썹을 붙이고 볼터치까지 한데다 꽤 높은 하이힐에 에나멜 토트백을 들고 있는 선미의 차림새는 낯설었다. 바지 정장에 짧은 커트머리에 실핀 하나 꽂고, 맨 얼굴로 다니는 게 선미다. 그게 선미답고 예쁘다.

어지간히 눈이 커지긴 했나 보다.

"그만 놀래라. 민망하다."

"그러니까 물어보기 전에 설명을 하란 말이다."

"상견례했어. 결혼도 한번 안 했다면서 왜 이렇게 나이 들어 보이냐고 할까봐 아침부터 최선을 다했다. 세상에 화장하는 데 네 시간이나 걸리는 거 있지?"

"신부 화장하는 거 안 따라다녀 봤니?"

"그건 신부 화장이라서 그렇다고 치지. 무슨 고문도 이런 고문이 다 있나 싶은 게, 나 죽는 줄 알았다."

"보니까 신부 화장이구만. 그래서 예쁘다는 말 들었어?"

"네가 보기에 어때?"

"화장 안 한 얼굴이 난 더 정이 들어서 말이지."

"젠장! 돈 쓰고 미워지고!"

"표충 씨도 낫 굳이래?"

하는 순간 선미가 안방으로 들어가더니 편하게 있겠다고 트레이닝복을 찾아 갈아입었다. 그러고는 욕실에 들어가 화장을 지운답시고 제일 먼저 눈썹을 떼어냈다. 아이섀도가 잘 지워지지 않는지 눈가에만 비누칠을 하길 몇 번. 그런 선미를 보다가 거실로 나와 지현에게 전화를 넣었다. 여전히 지현은 잠수 중이었다. 슬슬 호기심이 걱정으로 바뀌기 시작했다.

선미는 태극이 완전히 잠든 걸 확인하더니 그제야 집에까지 찾아온 목적을 꺼냈다.

남자는 여자와 쓰던 물건이 마음에 걸린다고 집 안의 모든 물건을 바꾸겠다고 하고, 선미는 어차피 몇 년의 세월을 두고 그 여자의 흔적은 빠져나갔을 텐데 아직 한참을 더 써도 창창할 물건을 굳이 바꿀 이유가 뭐가 있느냐고 차라리 두 집 판돈을 합쳐서 조금 더 큰 집을 구하자고 했는데 거기서 이견이 벌어졌다고 했다. 현실적인 여자와 감성적인 남자의 조합이 듣고 보니 어울리는 것도 같다.

사실 그건 기분상의 문제이지 물건에 의미를 둘 필요는 없을 터다. 물건이란 누가 쓰든지 간에 그 물건을 가장 잘 유용하게 쓰면 그 사람이 주인인 것이다. 누군가와 먹던 밥그릇을 이제 내가 먹으면 나와 먹는 밥그릇이 되는 것이다.

의미를 붙이자면 어디엔들 걸 수 없겠는가 말이다. 그러자면 그 여자와 살았던 남자를 먼저 통째로 바꿔야 한다. 남자가 그대로인데 물건이야 어떤 의미가 있다고 바꾸려 드는지, 그건 정말 소모적인 소비에 지나지 않는다. 별 가치가 없어 보이는 일에 둘은 처음으로 소모전을 치르는 듯했다.

사십 년쯤 살았으면 세상이 보인다. 지학(志學)의 15세를 지나 약관(弱冠)의 20세를 지나 이립(而立)의 30세를 지나 불혹(不惑)의 40세에 이르렀다. 세상일에 미혹되지 않을 만큼 나 자신을 세운 나이가 40이다. 그런데도 우리는 여전히 남의 이목에 흔들리고 남에게 보여주기 위해 행동하고 남과 같아지기 위해 부단히 노력하고 산다.

어찌된 일인지 나이를 먹을수록 타인의 시선이 더 많이 보인다. 내가 믿는 바, 그대로 믿고 사는 나이가 옛날에는 40이었는데 이제는 50쯤 가야 그렇게 될 수 있으려나 하게 된다.

전부인이 쓰던 물건이 아무렇지 않을 수는 없겠지만 선미가 괜찮다면 괜찮은 것으로 넘어갈 수도 있을 것이다. 그런데 세상 사람들의 입에 흔들릴까 싶어서 내가 먼저 흔들리고 있는 것이다. 아직도 더 자라야 하는 나이일까…?

선미가 쓰던 물건, 표충 씨가 쓰던 물건을 더하고 집을 합해서 살자는 선미의 생각을 표충 씨는 이해를 하지 못하는 게 아니라 미안해서 이해를 안

하는 것이 분명하다. 그걸 뻔히 알면서도 고집을 피우는 것은 선미의 실용주의 탓이다.

"말은 안 해도 남들이 전부인이 쓰던 물건을 아무렇지 않게 쓰는 독한 후처라고 생각할 거라고 믿나봐. 눈치를 보니까 그래."

"후처라는 말은 심했다. 상스럽게 그러지 마."

"상스럽게 만든 건 사람들이야. 전처, 후처. 그게 맞는 단어야. 나중에 맞은 아내가 후처야. 처음에 맞은 아내가 본처, 전처고 나중에 맞은 아내가 나니까 난 후처야. 후처라는 말을 할 때 말을 뱉는 사람들이 그 말에 저급함을 담아서 말을 해서 문제인 거지. 난 자랑스러운 후처가 될 거야. 사랑스러운 후처가 될 거고. 역사적으로 봐도 본처보다 후처가 더 사랑받은 거 알아?"

그렇다. 내가 남편과 재결합을 한다고 해도 나는 두 번째 결혼을 하는 것이고 엄격히 말해서 나는 남편의 나중에 맞은 아내가 되는 것이다. 남편이 이미 재혼을 했으므로 현재 남편의 아내는 후처다. 그렇다고 내가 본처인가? 이혼한 본처이긴 하지만 그렇다고 해서 재결합을 하게 됐을 때도 내가 본처일 수는 없다. 나는 두 번째 후처, 세 번째 아내가 되는 것이다. 엄격하게 따지면 그렇다. 그런데 그게 이상하게 헛헛했다.

말의 힘이라니!

⚽ **4월 26일 수요일**

슬기가 팔짱을 껴왔다. 체육시간에 운동장으로 나갈 때였다. 나는 어색하게 웃으면서 슬기가 팔짱을 끼도록 두었다. 그렇다고 해서 내가 슬기와 사귀기로 했다는 뜻은 아니다. 슬기가 무안할까봐 그냥 두었을 뿐이다.

아이들의 휘파람 소리와 함께 교실에서 나오던 예원이와 복도에서 마주쳤다. 예원이는 슬기가 내게 팔짱을 끼고 있는 것을 보더니 새치름해져서 뛰듯이 복도에서 벗어났다. 내가 뭐라고 하기도 전이다. 예원이를 따라가려는 순간 슬기가 내 팔을 잡았다.

"슬기야, 이러지 마. 예원이가 봤잖아."

"너, 예원이 남편이야? 우리 아빠는 엄마도 있는데 여자 친구랑 팔짱 끼고 다녀. 아빠가 엄마를 사랑하지 않아서가 아니라 그냥 친하니까 팔짱을 끼는 것뿐이야. 엄마도 아빠한테 팔짱을 낀 그 여자랑 언니 동생하면서 잘 지내. 그런데 왜 예원이는 아무도 널 못 건드리게 해? 그건 옳지 않은 거야."

"난 예원이하고만 팔짱을 낀다고 약속을 했어. 왜냐하면 예원이가 다른 애들한테 팔짱을 끼는 게 싫으니까 내가 먼저 그렇게 하자고 약속을 한 거야. 난 약속을 지키는 사람이 되고 싶어. 그러니까 앞으로 나한테 팔짱을 끼지 않도록 해줘. 그냥 팔짱을 끼지 않고도 친하게 지낼 수 있잖아."

예원이는 장면 하나만을 갖고 오해를 했다. 단단히 삐쳐서 전화도 받지 않고 피아노 학원에서 마주쳐도 아는 척도 하지 않았다. 검도장에는 아예 오지도 않았다.

애가 타서 죽을 거 같다. 정말 재수가 없다. 재수에 옴 붙었다고 하는 게 바로 이런 경우를 두고 하는 말인 거 같다. 딱 한 번, 처음으로 예원이가 아닌 다른 여자 아이가 나한테 팔짱을 낀 건데 하필 그 순간에 예원이와 마주칠 게 뭐란 말인가.

왜 여자들은 물어보지 않고 자기가 본 대로 생각하고 결론을 내리고 화를 내는지 모르겠다. 생의 이면은 반드시 존재하는데 말이다. 이면에 몰랐던 진실이 있다면 어떡하려고 왜 단숨에 결론을 내리는지, 왜 말 한마디도 들어주지 않는지 나는 이해할 수가 없다.

예원이한테 다시 전화를 했다. 예원이는 받지 않았다. 이번에는 슬기한테 전화를 걸었다. 괜히 죄 없는 슬기한테 화풀이를 했다. 슬기가 예원이한테 전화를 하겠다고 전화번호를 알려달라고 했다.

"오버하지 마!"

남자답지 못했지만 어쩔 수 없다. 화를 내고 신경질을 내면서 끊었더니 가슴이 약간은 후련해진 것도 같다. 나를 좋아하는 여자한텐 함부로 하고 내가 좋아하는 여자한텐 말 한마디도 조심해서 하는 내가 참 비겁하다.

남을 아프게 하는 일은 하기 싫지만 그렇다고 해서 내가 아프긴 싫다. 모든 것을 뒤집어 써줄 만큼 나는 넉넉한 아이는 결코 못 된다. 나는 아빠를 닮은 것이다.

👠 4월 28일 금요일

도영과 가까운 곳에 드라이브를 갔다. 어쩐 일인지 하지 않던 멀미를 했다. 국도 어디쯤에 차를 세우자마자 뛰쳐나가서 속엣 것들을 다 뱉고 말았다. 어느 결에 내렸는지 도영은 내가 전폭적으로 의지할 수 있게 뒤에서 버팀목이 되어준 채 등을 두드려 주었다.

막 구토를 하고 돌아선 내 입가를 맨손으로 닦아준 도영은 구토를 하느라 눈물이 고인 눈가에 입술을 포개왔다. 두 손으로 내 얼굴을 감싸 쥔 뒤 도영은 아이에게 뽀뽀를 하듯 그렇게 입술을 포갠 채 헝클어진 머리칼을 쓸어 넘겨주었다.

뜨겁게 달구어진 도영의 혀가 입 속에 들어왔을 때 나는 그만 눈을 뜨고 말았다. 감겨진 그의 두 눈을 보자 눈물이 나왔다. 이게 사랑이구나, 이 사랑이 남아 있어서 남편과 이혼했구나, 나는 새삼 깨달았다.

우리는 차 안에서 온몸에 눈을 달아 섹스를 했다. 거친 숨소리와 뜨거운 포옹이 이어졌다. 억세게 가로지르고 있는 그의 쇄골에 입술을 댔다. 아, 남자의 몸이 이랬구나, 나는 몸피가 투실한 오 감독의 몸에서, 제법 덩치가 있는 남편의 몸에서 찾지 못했던 쇄골을 그에게서 찾아냈다. 깍지 낀 그의 손에 힘이 들어갔다. 오직 그에게만 몰입하는 나. 오직 나에게만 몰입하는 그. 이렇게 우리 둘은 욕망의 화신처럼, 그것만이 사랑의 유일한 고백인 것처럼 서로를 탐했다.

자동차 안에는 티슈 외에 물티슈도 구비해두는 게 좋을 것이다. 콘돔도. 몸 밖에서 죽어가는 수많은 정자들을 휴지로 닦아내고 티슈에 물을 묻혀 배를 한 번 더 닦아내면서 나는 물티슈와 콘돔을 이 차에 구비해놓으리라고 잠깐 생각했다. 섹스 뒤에 어울리는 생각이라고, 찰나에 명랑한 코웃음을 뱉었다.

얼마나 지났을까? 욕망의 뒤끝에 찾아온 피로감이 조금도 움직이지 못하게 했다. 기진해 있던 우리는 어느 틈엔가 낮게 숨소리를 내면서 잠에 빠져들었다. 도영이었는지 나였는지 분명하진 않지만 낮은 숨소리 사이에 끼어든 코 고는 소리에 퍼뜩 잠에서 깼다. 고개를 옆으로 돌린 순간 도영의 얼굴이 코앞에 와 있었다.

곤한 잠에 빠진 도영의 얼굴을 처음으로 자세히 들여다보았다. 모든 긴장을 내려놓은 얼굴은 혈육같이 여겨졌다. 오래도록 한 이불을 덮고, 한 솥밥을 먹고 자란 것처럼 그지없이 가깝게 여겨졌다. 내 아들인 듯 내 아버지인 듯 도영의 얼굴을 쓸어내렸다.

자동차 바닥에 아무렇게나 뒹굴고 있는 그의 구두를 가지런히 놓았다. 무

방비 상태로 늘어진 그의 팔을 들어 무릎에 가지런히 올려놓았다. 미처 상의
는 벗다 말고 하의만 벗고 일을 치렀음에도 와이셔츠 단추 몇 개가 풀어져
있었다. 나는 그것들을 다 채우고 넥타이는 고이 접어 그의 양복 안주머니에
넣었다.

차 안에서 할 일은 거기까지였다. 나는 다시 그의 쇄골 근처에 얼굴을 묻
었다. 그러고는 그의 무릎에 올려둔 그의 손을 내 두 손에 가만히 포갰다. 그
순간 그가 불편한 자세를 고쳐 앉느라 내게 등을 보이며 몸을 외로 틀었다.
잠결인지 잠깐 현실로 나왔다 다시 들어간 것인지 그는 나를 자신의 등에 끌
어당기더니 내 손을 가져가 자신의 무릎 위에 올려놓았다. 군더더기 하나 없
이 운동으로 단련된 몸은 다시 몸을 데웠다.

도영이 깨어나길 기다리다가 더는 요의를 참을 수 없어서 차에 시동을 걸
었다. 차를 세워두고 주유소 화장실에 다녀올 때까지 도영은 여전히 잠에 빠
져 있었다.

"좋은 욕실이 있는 호텔에 가자."

어느 결에 깨었는지 도영이 창밖을 보면서 호텔 어딘가를 가리켰다. 차는
이미 강남에 들어와 있었다.

"당신, 씻지 못했잖아. 내가 씻겨주고 싶어. 씻고 집에 가. 가는 길엔 내가
운전해서 내가 데려다줄 거야. 내가 해주고 싶어. 오늘 나머지 시간들은."

나는 대답 대신 차를 호텔 앞에 세웠다.

어느 날인가부터 도영은 편하게 말을 놓았다. 도영이 편하게 말을 놓을수
록 가까워진 기분이 든다.

생이 내게 호의적이지 않다는 것을 알게 되었다. 내가 좋아하는 사람들은 나로부터 등을 돌렸고 내가 별로인 사람은 나를 향해 섰다. 무슨 이런 개떡 같은 경우가 다 있냐고 허공에 발길질을 해댔지만 그럴수록 더 나쁜 쪽으로 틀어질 거 같아서 그만두었다.

예원이가 은범이와 단짝이 되어버렸다. 마침내 나는 버려진 것이다. 버려지는 건 남겨지는 것하고 엄연히 다르다. 나는 버려지지 않기 위해 뭐든지 해야 했다.

예원이가 학원에서 돌아올 시간에 맞춰 집에 무턱대고 찾아갔다. 예원이 엄마는 반갑게 맞아주셨다. 문제는 내가 좋아하는 사람이 예원이 엄마가 아니라 예원이라는 데 있는 것이다. 예원이는 새치름한 표정으로 들어 넘겼다. 건성으로 듣는 게 두 눈에 보였지만 나는 열심히, 최선을 다해서 슬기가 팔짱을 낀 것은 내 의지가 아니었다고 변명했다.

"바보!"

"응?"

"너한테 오해한 거 때문에 은범이를 만났다고 생각하는데 나는 그렇게까지 치사하지 않아. 그냥 은범이가 좋아진 거야."

"하지만 너는 슬기와 내가 팔짱을 낀 다음 날부터 은범이를 만났어. 난 아직 너랑 헤어지고 싶은 마음이 없고 슬기를 좋아할 마음도 없어. 그러니까 은범이랑 손잡고 다니는 건 하지 마. 부탁이야. 나를 다시 만나 줘."

"나 숙제해야 돼."

예원이가 방으로 들어가서 문을 닫아버렸다.

세상을 걷어차는 기분으로 발길질을 하면서 집에 오는 길에 엄마를 만났다. 엄마는 내 얘기를 듣더니 엘리베이터 안에서 나를 꼬옥 껴안으면서 내 귀에 대고 속삭여줬다.

"음식도 편식하면 안 되고 친구도 편식하면 안 되는 거야. 특별히 친한 친구가 있는 건 나쁘지 않지만 한 친구하고만 친하게 지내려고 하는 건 편식하는 거거든."

말을 마치고 내게 윙크한 엄마는 현관문을 열면서 다시 한번 짚어 말했다.

"엄마만 사랑하는 건 편식해도 돼."

5월 3일 수요일

밤 11시를 넘겨 현관 벨이 울렸다. 늦은 시간에 누군가 싶어서 나갔더니 지현이었다. 지현은 볼썽사납게 초췌했다. 이게 웬일인가 싶을 만큼 망가져 있었다. 혼자 힘으로 지현을 감당할 자신이 없어서 현주와 선미에게 전화를 넣었다. 현주는 기어이 일 터트렸냐고 물으면서 신랑을 바꿔주었다. 신랑에게 양해를 구하고 현주의 외출을 허락받았다.

흐리게 커피를 내려서 지현에게 내밀었지만 지현은 받을 생각이 없어 보였다. 그저 울어서 퉁퉁 부은 눈으로 멍하니 주저앉아 있을 뿐이었다.

"신랑하고 싸웠니? 설마 때렸어?"

"이혼할 거야. 이혼하고 그 남자랑 살 거야. 그 남자랑 살고 싶어."

지현은 그 남자에 이르러 울음을 터뜨렸다.

"문제는 그 인간이 이혼은 절대 불가란다. 지현이는 사랑해서 이혼까지 하겠다고 하는데 그 남자는 그냥 사랑만 할 뿐, 이혼은 안 하겠다고 한대. 그냥 만나기만 하잔단다."

언제 어떻게 알았는지 현주가 퉁명스럽게 말했다. 현주의 말 속엔 지현의 사랑이 가당찮다는 듯 못마땅함이 배어났다.

"와…! 너 같은 인간이 이 세상에 한 명 더 있는 거네?"

내가 농담처럼 받아 넘긴 건 지현의 모습이 생각보다 심각하게 느껴졌기 때문이다. 이제야말로 큰일이 벌어진 것 같다. 큰일을 큰일로 다루면 그 일은 정말 심각하게 되어버린다. 가볍게 넘기면서 별것 아니라고 주입을 해야 들고 있기가 힘들지 않다.

우리는 작은 일에 쓸데없이 진지해지곤 한다. 사랑보다 큰일이 어디 있겠냐마는 그건 사랑에 빠진 사람들의 주장일 뿐, 사는 일이 고된 사람들에게는 당장 한 달 사는 일이 큰일이 된다. 감기에 걸린 사람은 밤새 기침을 하는 게 큰일이 되기도 하고 시댁에서 치르는 제사가 큰일이 되기도 한다. 이 밖에도 삶은 도처에 큰일이 기다리고 있고 도착해보면 언제나 큰일이 펼쳐져 있다.

지나고 보면 다 지나가게 되어 있는 그저 그런 일인 것을 그때마다 호들갑스럽게 큰일로 겪어내다 보면 내 심장이 불쌍하고 내 머리가 불쌍해진다.

담담하게, 있어 왔던 일처럼 행동하는 것이 나를 위해 좋다. 나는 풍랑을 만나는 순간마다 이보다 더 큰 풍랑이 있다고 다음을 기다린다. 작든 크든 풍랑을 만날 때마다 이번이 마지막 풍랑이야라고 달려들어 최후의 힘까지 끌어낼 생각이 없다. 진을 빼면서 살고 싶지 않다는 뜻이다.

"내가 봤을 때 얘, 그 남자가 이혼하겠다고 하면서 지현이한테 이혼하고 자기하고 결혼하자고 했으면 지금 이렇게 하고 있지 않다. 지 뜻대로 안 되는 남자가 있다는 게 이상해서 지금 이러는 거야. 그 남자 이혼한다고 해 봐. 기겁하면서 사랑은 자유로운 거야 어쩌고저쩌고 하면서 가차 없이 끝낼 걸? 이거 중증이야."

현주가 그 말을 끝으로 일어섰다.

지현의 사랑을 놀음쯤으로 치부하는 데에는 지현의 과거 경력이 단단히 한몫을 한다. 이번엔 아니라고 해도 그 말은 양치기 소년의 거짓말이 될 게 뻔하다. 지현도 그 의심에서 자유로울 수 없다는 걸 아는지 아무런 대꾸도 하지 않았다. 현주가 아무 일 아니라는 듯이 집으로 돌아갔다. 현주를 배웅하러 나간 사이에 지현은 다시 봇물처럼 울음을 터뜨렸다.

나이 사십에 사랑 때문에 운다. 나는 이 말이 마음에 든다. 나이 오십에 사랑 때문에 운다. 나이 육십에 사랑 때문에 운다. 그 말이 얼마나 아름다운지, 나는 그 말에 설렌다. 지현의 지금 상황과 상관없이.

⚽ 5월 5일 금요일 (어린이날)

어린이날은 어린이가 주인공인 날이다. 그런 만큼 하루쯤은 주인공인 내 뜻대로 집안일을 결정할 수 있었으면 했다. 그러나 어린이날이기 때문에 한 주를 앞당겨서 개포동에서 자고 와야 된다는 결정은 바뀌지 않았다. 게다가 내일은 재량휴일이라서 오늘하고 내일까지 거기서 자고 와야 된다고 개포동 할머니가 방침을 정했다고 한다.

용돈과 선물은 많이 건져올 수 있겠지만 그것만으로는 부족하다.

이틀 밤을 자고 올 짐을 챙기는 엄마의 등이 쓸쓸해 보였다. 묵직한 가방을 들고 아빠 차에 타는 순간 떠돌이 방물장수가 된 기분이 됐다.

사소하긴 하지만 질기게 내 마음속 어딘가에 붙어 있는 슬픔이 스멀스멀 기어 다닌다. 아빠를 바꾸는 방법이 있었으면 좋겠다. 아니면 처음부터 없던 일로 하든가.

5월 6일 토요일

현주와 만나기로 했다. 삼청동의 한스 갤러리로 가는 길을 즐기고 싶어서 일부러 에둘러 가는 길인 성북동 길을 택했다. 굽이굽이 비탈길마다 대저택들이 자리 잡고 있는 성북동 길을 가다 보면 새삼 옛날에는 집들이 이렇게 키가 낮았는데… 하는 생각과 함께 높이 치솟은 내 아파트 생활이 답답하게 느껴진다. 아니, 바뀌었다. 높이 치솟은 내 아파트 생활이 답답할 때마다 일부러 숨통을 열어주려고 찾는 동네가 성북동 길이고 삼청동 길이다.

현주는 어쩐 일인지 고요하게 앉아 있었다.

"들키지 않는 거하고 들킨 거하고 차이점이 뭘까?"

커피는 한 모금도 비우지 않은 채 싸늘하게 식어 있었다.

현주가 별 볼일 없는 박봉의 학원 강사인 신랑을 참고 사는 이유는 성실한 것과 바람은 피우지 않잖니… 하는 두 가지 이유다. 신랑은 강남권에서 강북으로 좌천되더니 이젠 지방의 입시 학원에서 과학을 가르치고 있다. 지방이다 보니 늦는 날엔 학원 숙직실에서 자는 날도 더러 있다고, 남편의 저녁밥을 차리지 않아도 되는 게 이렇게 좋을 수가 있냐고 했던 현주다.

하긴, 신혼 초에는 남편의 저녁을 차리는 재미로 살았지만 신혼이 지나면 끼니때 맞춰서 퇴근하는 남편보다 저녁 먹고 늦게 퇴근하는 남편이 더 마음에 드는 게 사실이다. 어쩌다 출장이라도 가면 며칠간의 자유에 해방감을 만끽하기도 했다. 어떤 때에는 해외 발령이 나서 한 1년쯤 나가서 살다 들어왔으면 좋겠다는 바람을 품기도 했다. 그 말끝에 우리는 또 어쩌나 깔깔거리면서 웃었는지.

"성준 씨 바람 피웠니?"

"들키질 말든가."

"바람이라니 사랑이라니? 바람이라면 괜찮지만 사랑한다면 그거 문젠

데…."

"바람이든 사랑이든 그게 문제가 아니라 다른 여자를 마음에 품고 설레고 열에 들떠서 보낸 밤들이 문젠 거야. 바람이든 사랑이든 일단 눈을 돌렸잖아. 배신 때린 거잖아. 그런데 내가 어떻게 해야 되니?"

"같이 살려면 모른 척 넘어가든가 참든가 그게 억울하면 너도 바람을 피워버리든가 아니면 가차 없이 헤어져버려. 궁상떨지 말고."

선미가 내 옆에 덜퍽스럽게 앉으면서 한마디를 툭 던졌다.

바람이건 사랑이건 지금 현주가 화나 있는 건 결혼이 함의하고 있는 신의와 약속이 깨졌다는 것에 있다. "일평생 한 사람만을 사랑하고 아끼겠습니까? 네. 일평생 한 사람만을 아끼고 신의를 지키겠습니까? 네." 결혼식장에서 망설임 없이 대답했던 그 약속들이 아무 힘도 발휘할 수 없다는 것에 화가 나는 것이다.

"독일의 여성학자 중에 마르티나 랠린이라고 있어. 「나에게는 두 남자가 필요하다」라는 책을 썼는데 그 내용인즉, 독일 여성들의 외도 고백서를 모아놓은 거야. 그 고백들의 주요 쟁점이 뭐고 하면 가정 밖에 남자를 한 명 더 만들어놓은 뒤에야 가정의 행복이 비로소 안정되더라, 뭐 대충 이런 식의 얘기들이야."

"그러니까 애들 아빠도 밖에 여자를 만들어놓아야 가정에서 더 열심히 살 거라는 거야, 뭐야? 거긴 독일이고 여긴 한국이잖아."

"들어봐. 여자들도 자기 울타리의 삶과 울타리 밖의 삶을 분명하게 그어놓고 살아. 하물며 바깥 생활하는 남자인 다음에야 오죽하겠냐고? 남자가 아내한테 최선을 다하기 위해서 다른 여자가 필요하다면 그렇게 하라고 해. 그러면서 너도 울타리 밖에 있는 너의 삶을 찾아. 울타리 밖까지 모두 남편하고 아이로 채우지 말고. 세상 어딜 가든 너의 손이 닿아 있다고 생각해봐

라. 얼마나 숨 막히는 일인가. 남자가 바람피운 거 미안해하는 것도 이상해. 바람피우는 동안 가정에 소홀하기를 했겠니, 말을 거칠게 하긴 했겠니? 미안해서라도 더 잘해줬을 거 아냐. 모르고 있는 동안엔 이 남자가 왜 이렇게 다정해졌나, 속으로는 궁금하면서도 적어도 이게 부부구나 하면서 행복했을 거 아냐. 그럼 계속 그렇게 살아. 속아 산 거 같고 배신당한 거 같고 속으로 부글부글 끓는 데 억지로 아이들 때문에 어쩌고 하거나 가정의 평화 운운하면서 이혼할 거야로 십 년 모시지 말고. 너 아이들하고 아빠하고 찢어놓을 수 있어? 아이들 네가 키우면서 혼자 살 수 있어? 아니면 아이들하고 찢어져서 혼자 살 수 있어? 아무것도 못하지? 그럼 참고 살아. 속상할 때 이혼할 거야로 모시지 말고 술 사줘라, 깨끗하게 그래 버려. 이게 하루 이틀도 아니고 뭐하는 짓이라니?"

"그래! 너 잘났으니까 일단은… 술 사줘. 앞으로 정완이한테 말하지 너한테는 아무 말도 안 할 거야."

"정완이가 봉이니? 너는 남편이라도 있지. 남편도, 애인도 없는 정완이한테 이러고 싶으냐고?"

또 하루가 갔다. 잔뜩 취한 현주를 부축해서 현주의 집에 들어섰을 때 아이들과 남편이 현주를 받아 안았다. 가정밖에 모르던 남자였는데… 하는 마음으로 보니 어쩐지 성준 씨가 원망스럽긴 했다. 현주에게 남자를 소개시켜 줘 볼까? 하는 마음도 들었다. 내가 생각해도 참 고약하다.

⚽ 5월 7일 일요일

아빠의 방문 틈새로 낮게 다투는 소리가 새어나오는 걸 들었다. 다툼의 원인

엄마에겐 남자가 필요해

은 나다.

새엄마는 서른셋의 나이에 열 살의 아들이 생겨버린 게 끔찍하다고 하면서 화를 냈다. 나만 없으면 좋겠다고 했다. 아빠가 목소리를 낮추라고 계속 사정을 했지만 아랑곳하지 않고 좀 전보다 더 목소리를 높여 내가 와서 자고 있는 이 집이 숨이 막힌다고 했다. 나는 새엄마한테 아무 말도 안 했는데, 그리고 새엄마라고는 해도 '새' 자만 빼면 그래도 나한텐 엄만데 왜 그렇게 나를 원수처럼 대하는지 이해할 수가 없다.

새엄마가 말을 그렇게 함부로 해도 아빠는 불평하는 대신 미안하다고 했다. 내가 있어서 미안하다고.

나는 망치로 머리를 한 대 맞은 거 같았다.

"아빠가 왜 미안해? 새엄마는 왜 아빠한테 뭐라고 해요? 내가 새엄마한테 무슨 잘못을 했으면 나한테 말하지 왜 아빠를 못살게 굴어요?"

나는 비분강개해서 소리쳤다. 소리치고 났을 때 보니 어느새 아빠의 방문을 열어젖힌 뒤였고 이미 나는 할 소리를 다 한 상태였다. 그리고 아빠의 손바닥이 내 뺨을 때린 뒤였다.

"이 자식이, 어디서 배워먹은 버릇이야?"

아빠는 나를 돌려 세운 뒤에 문을 소리 나게 닫았다. 아빠 편을 들어준 나는 철저하게 아빠의 적이 되고 말았다. 나는 그 사실을 문 뒤에서 들었다. 문을 통해 새엄마의 새된 소리가 들렸다. 새엄마는 가정교육 운운하면서 엄마를 흉봤다. 아빠는 열심히 동조하면서 새엄마의 목소리를 낮추기 위해 열심이었다. 엄마가 흉을 잡힌 건 순전히 내 탓이다. 하지만 나는 가정교육을 못받았다는 소리를 들을 만큼 잘못한 게 없다.

사람은 상대적이다. 나한테 호의를 가지고 다가오면 나도 그 사람을 좋아한다. 내가 아무 잘못도 한 게 없는데 나를 싫어하면 나도 결코 그 사람을 좋아할 수 없다. 사랑을 받거나 미움을 받는 건 모두 자기 할 탓이다. 하지만 나의 경우엔 자기 할 탓도 아닌 거 같다. 아무것도 한 거 없이 미움을 받는 건 정말 억울한 일이다. 존재 자체가 미움의 원천이라는 데에는 할 말이 없다.

나는 밤새 한 잠도 못 자고 울었다. 소리 죽여 우는 일은 생각보다 쉬웠다. 아무도 내게 관심을 가져주지 않았기 때문에 소리 죽여 울지 않았어도 내가 우는 것을 몰랐을 것이다. 소리 내어 우는 데도 나를 본체만체할까봐, 그러면 더 슬플까봐 나는 소리 죽여 울었다.

나한테 새아빠가 생긴다면 엄마도 나 때문에 새아빠한테 미안하다고 해야 될까? 새아빠도 나만 없었으면 좋겠다고, 그런 식으로 엄마를 밤새 힘들게 할까? 나는 온몸에서 힘이 빠져나가는 것을 느꼈다.

그래서 아침이 오자마자 아무도 몰래 빠져나와서 택시를 탔다. 개포동에서 정릉까지 오는 동안 택시 아저씨의 차에 있는 아저씨의 핸드폰으로 엄마와 통화를 하면서 왔다. 혼자 타고 오는 택시를 불안해한 엄마가 계속 말을 시키면서 집 앞까지 오게 한 것이다.

엄마한테 어떻게 말해야 할까, 머릿속이 복잡해지려는 판에 엄마는 돌아온 나를 꼭 끌어안아 줬을 뿐 왜 이른 아침에 혼자 내가 집을 나서야 했는지에 대해선 묻지 않았다.

묻지 않아도 아는 것, 그게 엄마라는 걸 나는 안다. 욕실에 들어섰을 때 잔뜩 부은 두 눈을 보고 나는 내 몰골이 흉하다고 생각했다. 이런 흉한 얼굴을 본 엄마가 얼마나 속상했을지 묻지 않아도 안다. 선글라스라도 끼고 왔을 걸, 뒤늦게 후회를 했다.

개포동은 내 슬픔의 소굴이다.

5월 9일 화요일

외출하는 나를 붙들고 태극이 안 나가면 안 되냐고 물었다. 일 때문이라고 꼭 나가봐야 한다고 했더니 아이는 데리고 나가달라고, 숙제할 것을 갖고 나갈 테니 같이 나가자고 또 떼를 썼다. 가슴이 퍼렇게 멍들어오는 게 느껴졌다. 어느 한 집단을 향해 치밀어 오르는 화를 억누르고 저녁 시간 전에 돌아오겠다고, 반드시 그러겠다고 약속하고도 모자라 달래고 어르고 해서 겨우 떼어놓고 차에 올랐다.

그래야 했으므로.

남의 남편이 된 태극이 아빠를 아직도 남편이라고 부르는 것은 실례다. 그런데도 나는 남편은, 이라고 시작하려고 한다. 남편에게 전화를 걸어야겠다고, 태극이가 왜 아침에 혼자 집을 나서야 했는지 물어야 하는 용건을 두고 겁이 나서 전화를 걸지 못하고 하루를 넘겼다. 나는 사실을 확인하는 게 두려웠다.

도둑이 제 발 저리다고, 남편에게서 전화가 걸려왔다. 오랜만에 차 한잔 마시자는 가벼운 이야기였지만 목소리가 잔뜩 가라앉은 게 내가 짐작하고 있는 일과 연관이 있어 보였다.

"연애는 잘돼 가?"

"잘되고 자시고가 어디 있어요? 그냥 만나는 거지."

"태극이… 뭐라고 안 해?"

"말 전하라고 시킨 거 있어요?"

불편하게 마주 앉아 차를 마시는 동안에도 남편은 아이의 학교생활과 성적 그리고 내 엄마의 안부를 묻기만 했다.

늘 누군가가 먼저 시작해주길 바라는 건 여전히 고쳐지지 않은 고질병이다. 항상 싸움을 걸어도 먼저 걸어야 하고 화해를 해도 내가 먼저 나서야 했다. 그렇다고 해서 자신의 잘못들이 나에게 전가되어 넘어온 적은 단 한 번도 없다. 금치산자, 한정치산자도 아니면서 왜 늘 저 모양으로 책임감에서 달아나려고 하는지 나는 그게 못마땅하다.

"내가 물어봐야 돼요? 태극이 일요일 아침에 왜 그런 식으로 집에 와야 했는지, 묻기 전에 해명해요. 당신…, 아빠잖아요."

"한 달에 한 번 태극이 보는 거, 그거… 당분간 안 했으면 해. 내가 시간이 날 때 당신 시간이 맞으면 그때 태극이 잠깐씩 봤으면 해."

"이건 또 무슨 비겁한 짓이래요?"

남편은 어떤 일에 있어서도 혼자 결정하는 법이 없다. 이 결정은 가족회의를 통해서 내게 전달됐을 것이다. 어머니의 의사를 수용하기로 했다고, 늙은 엄마를 팔지 않은 게 다행일 정도로 남편은 문제의 본질을 어떻게든 피해 가려고 말을 골랐다. 나는 그게 싫다. 자신의 의견은 없고 가족의 의견만 있는 남편. 자신의 의견을 가족 누군가에게 떠넘기면서 얼버무리는 남편. 또 잊고 있었던 짜증이 올라왔다.

"가족 누구도 갖다 대지 말고, 말도 고르지 말고 있는 그대로 말해요. 그게 제일 빠르고 정직한 방법이에요."

"저기… 아내가 싫어해. 태극이를 보면 자기가 한순간에 늙어버린 거 같다고, 한 달 동안 잘 지내다가도 태극이가 오는 날이면 그 전날부터 히스테릭해져서 다음 날까지 어머니도 눈치를 봐야 될 지경이야. 그래서 조금 다퉜어."

"태극이가… 그래서 혼자 택시 타고 온 거였어요?"

한참 열 받아 있는데 오 감독에게서 전화가 걸려왔다. 나는 배터리를 신경 질적으로 빼버렸다. 하필 이런 때를 골라 전화를 할 게 뭐람.

엄마에겐 남자가 필요해

"…"

"겨우 한 달에 하루… 아이가 아빠를 볼 권리마저 빼앗겠다는 거군요. 대학생이 유치원생을 상대로 권투 시합을 하겠다는 거예요. 그런 여자 만났어요? 그런 여자 만나자고, 그런 여자 때문에 자식을, 한 달에 한 번 보는 자식을 그 새벽에 집을 나서게 했어요? 어머니가 눈치를 봐야 될 정도의 여자라니 오죽하기야 했겠냐만! 당신… 벌 안 받을 자신 있어요? 제발, 행복해요."

나는 남편의 얼굴을 향해 마시던 커피를 부어버리고 일어섰다.

혼자 집을 나섰을 아이의 마음을 생각한 순간 눈물이 앞을 가렸다. 이건 아니다. 이건 정말 아니다. 우리 어른들은 어른이라는 이름으로 왜 이렇게 많은 죄를 아무렇지 않게 자행하고 사는지 나는 내가 어른이라는 사실이 부끄러웠다.

남편과 헤어지고 한동안 어딘지도 모르는 거리를 걸었다. 아이가 아빠의 집에서 어떤 마음으로 자고 왔을지, 어떤 마음이었기에 혼자 택시를 타고 와야 했는지, 생각할수록 억울하고 분해서 눈물이 쏟아졌다. 한 달에 한 번 보던 아빠를, 그 하루만큼은 온전히 자신의 것인 아빠를 어느 낯선 여자에게 뺏긴 아이가 안쓰러워서 자꾸만 허방 짚는 것처럼 무릎이 꺾였다.

아빠의 집에서 느꼈을 그 마음을 한 번도 내게 말한 적 없는 아이, 그 아이의 동굴 같은 마음이 느껴졌다. 깊고 서늘하게 뚫려 있을 그 마음속에 온기를 넣어주고 싶다. 엄마가 아니면 할 수 없는 일들로. 엄마이기 때문에 할 수 있는 사랑으로.

써도 써도 줄어들지 않는 화수분 같은 사랑, 그건 오직 자식을 향한 부모의 사랑뿐이다. 남편은 이제 그 부모 대열에서 제외시키기로 한다.

⚽ 5월 10일 수요일

예원이가 드디어 은범이에게 사랑한다고 말했다고, 은범이는 예원이가 쓴 편지를 나팔거리면서 떠벌리고 돌아갔다. 1교시가 끝난 뒤 쉬는 시간에 벌어진 일이다.

이건 모두 2학년 때 담임선생님 때문이고 교장선생님 때문이고 우리 선생님 때문이다. 예원이랑 나를 같은 반에 넣어줬으면 슬기가 나한테 팔짱을 끼는 일도 없었을 거고 우리는 이별이 뭔지 모른 채 여전히 제일 친한 친구일 수 있었을 것이다. 우리의 사랑이 흔들리는 일 따위는 없었을 거라는 거다.

나는 교장실에 달려가서 모두 교장선생님 때문이라고, 물어내라고 소리치면서 울었다. 그러고는 2학년 때 담임선생님이 있는 1학년 교실에 가서 선생님이 노처녀면 다냐고 소리치면서, 물어내라고 또 울었다.

나는 믿을 수가 없었다. 한참을 울다가 교실에 돌아와 앉았는데 이상하게 온몸에서 열이 올라왔다. 열이 오르는데 몸은 춥고 떨렸다. 양호실에 한 시간 누워 있다가 할머니한테 전화를 해서 외숙모 차를 타고 집에 왔다. 엄마의 잠을 방해하지 말라면서 할머니와 외숙모는 성구 형 방에 있는 2층 침대에 나를 눕히려고 했다. 나는 기어이 집으로 올라가겠다고 울음을 터트렸다. 엄마가 보고 싶었다.

집에 들어서자마자 나는 잠든 엄마의 품을 파고들었다. 엄마가 잠결에 안아주면서 무슨 일이냐고 물었다. 할머니가 따라 들어와 아파서 조퇴시켰다고, 한숨 재워서 데리고 올라오려고 했더니 기어이 제 엄마 찾더라고 하면서 문을 닫고 내려갔다. 엄마는 이마를 짚어보고 등을 쓸어 넘기더니 벌떡 일어났다.

"병원 가자."

"갔다 왔어."

엄마에겐 남자가 필요해

말을 끝내자마자 나는 다시 울음을 터트렸다. 참았던 눈물이 걷잡을 수 없이 터져 나왔다.

눈물은 가슴 밑바닥에 쌓아두었던 슬픔들이 모이고 모여서 한꺼번에 둑처럼 무너지는 것이다. 그렇기에 눈물은 흐르는 게 아니라 터져서 솟구쳐 올라오는 것이다. 그런데도 흐른다고 말하는 건 예원이의 사랑이 흐르는 시간을 따라서 강물처럼 흘러 은범이에게로 흘러갔기 때문이다.

엄마는 나를 꼭 끌어안은 채 등을 다독여주었다. 왜 사람들은 엄마처럼 끝까지 나를 사랑해주지 않는 걸까? 나는 사랑받을 가치가 없는 아이일까?

👠 5월 12일 금요일

괜히 신경질적으로 거실을 오가면서 입술을 물어뜯었다. 그러다가 머리를 마구 헝클어놓기도 했다. 무엇을 해도 진정이 되지 않았다. 불안 증세를 보이는 아이를 보자니 자꾸 화가 치밀어 올랐다. 며칠째 어디에도 나가지 않고 아이와 하루들을 통째로 공유했다. 그러다가 선미에게 전화를 걸었다. 선미는 가만히 듣고만 있다가 마지막에 한마디를 뱉었다.

"나쁜 새끼!"

선미의 그 욕이 속을 조금은 시원하게 해줬다. 좀 더 심한 욕을 해주지, 싶기도 했다.

태극이를 위로한답시고 선미가 표충 씨와 함께 아이들을 데리고 들이닥쳤다. 함께 저녁 외식을 하기로 했는데 길을 정릉으로 놓았다고, 같이 나가자고 했다. 돼지갈비 집에 자리를 잡고 앉은 지 채 5분을 넘기지 않고 나는 선미의 내심을 알아차렸다.

아이들과 선미는 일부러 자주 서로의 호칭에 힘을 주어 불렀다. 나와 동시에 태극이가 알아차렸던 모양이다. 태극이는 아이들이 선미에게 엄마라고 부르는 것을 희한해하며 자꾸 염탐하듯 쳐다보았다. 그러더니 마침내 질문을 던졌다. 선미는 기다린 듯 대답에 응했다.

"아줌마가 왜 엄마예요?"

"아줌마가 이 아저씨하고 결혼을 하게 됐거든. 그래서 자연히 이 아저씨의 아이들이 아줌마의 자식이 된 거야. 이제부터 이 누나하고 형은 아줌마 딸, 아들이야. 태극이가 누나, 형 하고 부르면 돼."

"선미 아줌마는 형하고 누나가 아줌마 아들, 딸 된 게 신경질 안 나요? 누나하고 형은 새엄마가 생기는 게 아무렇지 않아?"

아이들이 무어라 대답하려 하는 것을 선미가 말리더니 선미가 태극이를 붙들고 조금은 긴 이야기를 시작했다. 선의의 거짓말이 얼마간은 태극이에게 위안이 되기를 바라면서 아이들도 나도, 표충 씨도 경청했다.

"아줌마, 처음엔 무지하게 짱 났었지. 내가 낳지도 않았는데 왜 나한테 엄마라고 부르게 하느냐고 이 아저씨하고 접시 집어 던지면서 싸웠어. 코피 터지고 이마 깨지고 그랬어. 그리고 헤어졌는데, 헤어지고 나니까 보고 싶은 거 있지? 아이들은 싫은데 아저씨는 좋은 거야. 그래서 어떡해? 아이들을 엄마한테 데려다줘라, 그리고 우리 둘만 사랑하자, 울고 불고 조르고 다시 아저씨한테 가서 사정하고 매달렸지. 근데 이 아저씨가 나하고 사랑하면서 싸우더라도 아이들은 꼭 데리고 살아야겠다는 거야. 아이들의 엄마가 되기 싫으면 나도 만나지 말자고 배짱 튀기더라. 그래서 어떡해? 더 많이 사랑하는 사람이 싸움에선 지게 되어 있거든."

"더 많이 사랑하는 데 왜 져요?"

"사랑하니까 져주는 거야. 태극이도 엄마 잔소리 그냥 들어줄 때 있잖아. 분명히 엄마가 틀렸는데 에라 모르겠다, 그냥 들어주자 그러지?"

"아저씨가 아줌마 사랑 안 하는 게 아닌 거네요?"

"당연하지. 그런데 아저씨랑 화해하고 나니까 이 형하고 누나가 이번에는 아줌마한테 덤비는 거 있지? 이 형이랑 누나는 아줌마 때문에 아빠하고 사이 안 좋아지고 매일 속상해서 울고 그랬대. 마지막 화해하기 직전엔 형이랑 누나가 아줌마한테 꼴도 보기 싫다고 나가 죽으라고 그랬다."

"정말이야, 형?"

"그랬는데 지금은 원래 엄마보다 지금 엄마가 더 좋아."

아이들은 오기 전에 선미에게 단단히 교육을 받았는지 태극이에게 따뜻했고 친절했다. 선미와 부딪치고 결정 날 때까지 토론하고, 이해하고, 이해받으면서 아이들은 변했으리라. 건강하고 따뜻한 사람으로 자랄 것이 보였다.

"형은 새엄마라고 안 하네?"

"지금 엄마가 더 좋으니까."

"난 절대 그런 일이 없을 거야. 내 엄마보다 좋은 엄마는 있을 수 없거든. 근데… 원래 새엄마들은 일 년 넘게 싸워야 아빠한테 붙어 있는 특별부록들을 사랑하게 되는 거야?"

"내 친구들 중에는 이 년 넘게 싸운 다음에 친해진 경우도 있대."

"그럼 그동안 나도 아빠랑 한편이 되어서 새엄마랑 싸워야 되는 거야?"

"모른 척하면 어른들끼리 알아서 싸움 끝나. 근데 우리는 진짜로 모른 척할 수가 없을 지경이었거든. 엄마가 아빠하고 우리 사이 갈라놓으려고 하는, 세상에서 제일 심술쟁이 마녀인 줄 알았거든."

"그렇구나…. 난 누나보다 괜찮은 거네."

태극은 그제야 후련한 표정이 되어 한숨을 뱉더니 빠르고 왕성하게 먹었다. 며칠 먹지 못하더니 오늘은 그 걱정을 덜어낼 만큼 잘 먹었다. 나는 선미에게 고맙다고 했다. 역시 친구가 최고다. 사는 건 사람과 부딪고 사는 일이다. 사람보다 무서운 게 없지만 사람보다 좋은 것 역시 없다.

"넌 매일 사건이 터지니 연애할 새 진짜 없겠다."

선미의 그 말이 미안했다. 지현이 아직도 내 연애에 대해 발설하지 않았다는 게 신기하기는 했지만 언제까지 지현이 입 다물어주진 않을 터, 언제까지고 비밀일 수 없는 일인지라 말해버렸다. 아주 간단히.

"그럼에도 불구하고 연애해. 나."

선미의 입이 벌어지는 틈에 마저 설명했다. 길어지는 얘기는 취미가 없으므로.

"이제 시작했어. 시작하자마자 일 터져서 진도는 하나도 못 나갔어. 그냥 저냥 통화하고 이따금 영화 보고 그런 정도야. 진도 나가면 그때 보고서 작성할게."

선미는 '하긴, 나도 연애를 했는데 네가 안 한 게 이상하긴 했어.' 하는 투로 일갈했다. 더 궁금해하지 않고, 물어보지 않는 것, 그게 선미의 미덕이다.

⚽ **5월 14일 일요일**

일주일이 넘게 엄마는 집에만 있다. 나 때문인가 걱정이 되면서도 집에 있는 엄마가 좋다. 그래도 예의상 물어봐야만 했다.

"엄마, 그때 그 아저씨… 안 만나? 나 때문에 안 나가는 거야?"

"설마…! 엄마가 얼마나 치사한데 개똥이 때문에 안 나갈까. 개똥이랑 노는 게 좋아서 그러지. 솔직히 다 귀찮아. 연애고 일이고 뭐고 그냥 집에만 있고 싶어."

"연애 안 하면… 결혼도 안 하는 거네?"

"음…, 새아빠 생기고 동생 생기고 누나 생기고 그러는 거 싫어?"

"그냥 나는… 엄마랑 나랑 두 식구, 미니 가족인 게 좋아."

"그럼 엄마, 연애하지 말까?"

"그냥 연애만 하면 안 되는 거야? 왜 연애하면 결혼해야 돼? 그냥 결혼 같은 거 하지 말고 연애만 할 수는 없는 거야? 난 엄마가 그랬으면 좋겠어."

'그래, 엄마라도 꼭 지키고 있자.' 나는 속으로 다짐했다. 새엄마가 생기는 일이 얼마나 고통스러운 일인지 알게 됐는데 엄마의 연애를 그냥 지켜볼 수만은 없지 않은가 말이다.

엄마가 뒤통수를 때리듯이 쓰다듬었다. 엄마와 나의 텔레파시는 이때 통한다. 우리는 서로 지금 속으로 사랑한다고 말하고 있다. 하나, 둘, 셋, 엄마 사랑해 하고 숨을 고르고 말하면 엄마도 태극이 내 거, 사랑해 하고 거의 동시에 말한다. 나는 이때 잠깐, 아주 잠깐 행복해서 울먹울먹한다.

누구누구 때문에 이 행복이 불완전하다는 것이 화가 난다.

5월 15일 월요일

대학로 민·토에서 오 감독을 만났다. 아이 때문에 도저히 시간이 안 된다고 해도 오 감독은 막무가내였다. 영화 때문이라고, 꼭 봐야 한다고 하면서 일방적으로 시간과 장소를 말하고 끊었다.

그렇게 해서 만든 시간인데 정작 영화는 뒷전이었다. 아이가 기다릴 텐데… 나는 앉으면서 일어날 시간을 보았다.

오 감독은 정식으로 만나고 싶다고, 미래에 대해 진지하게 생각해두라고 했다. 영화는 순조롭게 주연배우들을 캐스팅한 단계이고 언론에서도 7년 만에 선보이는 오 감독의 신작에 높은 관심을 보이고 있다. 촬영할 동안 나의 소설을 각색해놓으라고 전문 각색자에게 작품도 의뢰해놓은 상태다. 오 감독의 행보가 빨라진 건 영화사 입장에서는 바람직한 일이지만 나와는 상관없는 일이다.

"아이 때문에 안 된다고 말했잖아요. 그 아이보다 중요할 만큼 영화가 급한 게 있다면서요?"

"우리들의 영화를 찍어야죠. 우리들보다 급한 게 어디 있겠어요? 나, 이제 더 이상 윤 작가님한테 끌려가지 않고 내가 이 연애를 주도하기로 결심했어요. 내가 어설프니까 윤 작가님도 나한테 믿음을 못 느껴서 한 걸음 뒤에 있는 거잖아요."

엄마에게 아이가 어떤 존재인지 도대체 이 사람은 짐작도 못한단 말인가? 아니면 자신밖에 모르는 남편의 새 여자와 똑같은 종류의 인간인 건가?

"영화 찍으세요. 나는 영화 쓸게요. 다른 데 신경 안 쓰고 싶어요. 오늘 이후로 공적으로나 사적으로 일부러 전화 통화해서 만나게 되는 일은 없었으면 좋겠어요."

"우리 이제 시작해야 되는데, 무슨 소리예요?"

"오 감독님, 나쁘지도 좋지도 않아요. 지금 이 시간, 나를 배려해서 만난 게 아니잖아요. 오늘 이 장소, 나와 의논한 장소 아니잖아요. 이 커피, 나한테 물어보고 시킨 거 아니잖아요. 언제나 이게 좋고, 여기에 가야 하고, 이걸 해야 하고… 그런 식이었는데 미래에 대해서까지 진지하게 생각해두라니요? 오 감독님이 결정하면 나는 따르는 사람인가요? 하자고 하면 그대로 하고, 만나자고 하면 만나고?"

"만나는 동안 한 번도 이런 얘기 비추지 않았잖아요. 싫으면 진작 싫다고 했어야죠."

"솔직히 말하면 나는 일하고 싶을 때 일하고, 사람 만나고 싶을 때 만나면

엄마에겐 남자가 필요해

서 살고 싶어요. 나를 구속하는 사람은 오직 태극이뿐이고 싶어요. 그 외에는 누구에게도 어디에도 구속되고 싶지 않아요. 앞으로 다가올 누군가를 놓치고 싶지도 않구요."

"나 왜 만났어요? 왜 내 전화 받았어요? 내가 심심해서 전화하고 만나자고 한 거, 그게 어떤 의민지 알고 있었잖아요. 그러면서 피하지 않은 거, 그거 반쯤 날 마음에 들이고 연애하고 있다는 뜻이었어요. 난 그렇게 해석했는데, 윤 작가는 아닌가 보죠?"

오 감독은 자신의 커피 잔을 들이키다가 비어 있자 내 앞에 있는 커피 잔을 들어 단숨에 들이켰다. 그러고는 도전적으로 나를 바라보았다.

"만남과 연애가 한 짝인가요? 연애와 결혼이 한 짝인가요? 저 일찍 들어가 봐야 돼요."

"그냥 들어가려구요? 다신 만나자고 안 할 테니까 오늘만…, 오늘만 나랑 있어요. 나랑 있어 보고, 그래도 아니다 싶으면 그때 아니라고 해요…. 대신 우리들 얘기 아무한테도 말 안 할게요. 술 먹고 섹스한 얘기, 비밀인 게 좋지 않겠어요?"

"… 치사한 새끼!"

내 입에서 순식간에 튀어나온 말에 나도 놀라고 오 감독도 놀랐다. 그렇다고 해서 말을 멈출 생각은 없었다.

"나이 마흔 넘도록 결혼 안 한 거, 왜 안 했나 싶었는데 다 이유가 있어요. 보면!"

"말이 지나치잖아요."

"먼저 지나쳤어요."

무렴해하는 오 감독을 두고 일어섰다. 오 감독의 굽은 등이 더 굽어 보였다. 그 굽은 등을 쓸어내려 주고 싶다는 생각이 조금도 들지 않았다.

한 인간이 한 인간을 향해 구애를 했다. 그 구애는 보기 좋게 거절당했다. 그러자 거절당한 한 인간이 비통해한다. 그의 비통은 자신의 구애가 거절당한 것에 있는 게 아니라 그 사랑의 단절에 있을 것이다. 그것이 사랑에 대한 온전한 태도이자 자세일 것이다. 그러나 대부분의 우리들은 내 구애가 거절당했다는 것에 비통해하고 절망한다.

나는 오 감독의 비통에 공감한다. 동감하는 게 아니라 공감하는 것이다. 일정한 거리를 두고 오 감독의 마음을 이해한다는 뜻이다. 동감하려면 오 감독에게 한 걸음 다가서야 한다. 동감엔 본질적으로 내 편이라는 인식이 전제된다.

나는 공감한다. 연민의 마음이 아닌 그저 공감한다는 뜻이다. 연민은 나를 남보다 높은 위치에 세울 때 하는 짓이다. 나에게는 없는 슬픔을, 비통을, 비애를, 미련을 갖고 있는 한 사람에게 베푸는 인정이 연민인 것이다. 그러므로 나는 그저 오 감독의 비통함에 공감하면서 일어났다.

영화든 드라마든 일정 호흡의 흐름을 갖고 간다. 우리네 삶도 마찬가지다. 영화가 현실을 패러디하는 것인지 현실이 영화를 패러디하는 것인지 분간이 되지 않을 만큼 모호하게 뒤범벅이 되어 있는 현상을 자주 보게 된다. 공교롭게도 오 감독이 찍고자 하는 〈사랑의 기술〉은 우리의 경우와 비슷하다. 우리가 영화를 패러디했는지 영화가 우리를 패러디했는지 기실은 나도 헷갈린다.

만난 첫날에 원 나잇 스탠드를 하고 여자가 두 남자 사이에서 저울질을 하고, 남잔 남자대로 두 여자 사이에서 저울질을 하다가 끝내는 양다리를 걸치고 있던 두 남녀가 서로여야만 하는 걸 발견하는 순간 안타고니스트가 등장하고… 이런 식의 흐름 사이에서 주인공들은 사랑을 발견하지만 우리는 이별을 발견했을 뿐이다. 영화와 같은 구성에 다른 결말을 도출해낸 것뿐이다.

오늘 사랑한다고

내일도 사랑하리라고는 아무도 단언할 수 없다.

- 루소

예의 없는 나날들

⚽ 5월 16일 화요일

지현 아줌마는 웃기는 데 있어선 세계 챔피언 감이다. 적어도 나한테는 언제나 유쾌한 아줌마다. 그런데 아줌마가 웃기지 않는다. 어제부터 집에도 안가고 계속 울기만 했는데 아직도 울고 있다.

나는 엄마를 보고 싶어 할 세라가 걱정됐다. 아이들은 잘 때 특히 엄마를 보고 싶어 한다. 그것은 엄마 뱃속에 있을 때부터 엄마의 숨소리를 들으면서 잤기 때문이다. 잘 때 엄마의 숨소리를 들어야 하는 건 어리기 때문이 아니라 엄마와 자식은 그렇게 이어져 있기 때문이다. 아줌마도 누군가가 보고 싶어서 우는데 하물며 어린 세라야 오죽 많이 울고 있을까, 나는 걱정이 태산이다.

아줌마는 쉬지 않고 어딘가에 자꾸 전화를 했지만 정작 통화를 하는 건 한 번도 보지 못했다. 아줌마는 드디어 히스테릭하게 변했다. 그런 판에 내 문제까지 끌어들일 수 없어서 나는 두 배로 슬프다.

"아줌마, 아줌마가 우니까 내가 슬퍼요."

"태극아 미안해. 아줌마는 사는 게 너무 힘들어. 아줌마 죽고 싶어."

"세라가 있는데도요? 세라 두고 죽고 싶어요? 제이슨 아저씨도 있고 나도 있고 엄마도 있는데, 죽을 수 있어요?"

"그치? 그러면 안 되는 거지? 그런데도 죽고 싶어. 너무 힘들어서, 그래서 죽고 싶어."

"어른이 되는 건 힘든 일인 건가요?"

"어른이 되는 게 힘든 게 아니라 사랑을 하는 게 힘든 거야."

"어? 나도 사랑이 힘든데. 근데 그건 내 맘이 아니라 상대방 맘이라서 내가 해줄 수 있는 문제가 아니네요. 우린 그냥 서로가 힘들어해야 될 거 같아요. 하지만 난 죽고 싶지는 않아요. 아줌마도 죽고 싶지는 않았으면 좋겠어요."

나는 아줌마의 슬픔을 이해할 수 있다. 나도 아줌마처럼 퍼질러 앉아서 울고 싶다. 왜 나는 남자로 태어났는가? 이 순간엔 절실하게 여자이고 싶다. 하지만 참아야 한다는 것을 알고 있다.

그 순간 오 감독님이 생각났다. 백 피디 아저씨도. 나는 오 감독님한테 전화를 걸었다. 감독님은 내 얘기를 듣더니 그렇게 쉽게 오해하는 여자라면 사랑할 가치가 없다고, 잊어버리라고 했다. 그러면서 정말 실망스럽게도 이렇게 말했다.

"남자는 여자 백 명 이상 만나봐야 남자가 되는 거야."

나는 태어나면서부터 남자였고 죽는 날까지 남자다.

내가 엄마한테 맨 처음 했던 질문은 왜 자고 일어나면 고추가 딱딱하게 서 있느냐는 거였다. 남자는 자존심이 강해야 하고, 그래서 아침마다 오늘도 자존심 강하게 하루를 살자고, 그렇게 다짐하면서 일어나기 때문이라고 했다.

나는 아침에 일어나서 제일 먼저 고추가 딱딱하게 서 있는지 확인한다. 고추가 딱딱하게 서 있을 때마다 내가 자랑스럽다. 두 번째 내가 남자인 사실은 나는 잘 울지 않는다는 거다. 엄마는 어려서부터 '남잔 우는 거 아니야.' 라고 내가 울먹일 때마다 다짐을 받았다. 울먹이다가도 그 말을 들으면 이상하게 울음이 멈춰졌다. 내가 남자라는 사실이다.

그런데 오 감독님은 내가 남자가 아니라고, 여자 백 명을 만나는 순간 남자가 되는 거라고 했다. 그건 정말 말도 안 되는 억지다.

백 피디 아저씨는 내게 질투 작전을 써보라고 했다. 슬기와 더 친한 척하면 예원이가 질투해서 다시 돌아올 거라고 했다.

"이건 좀 야비한 방법인데, 여자를 이용해서 여자를 되찾아오는 방법이 있긴 해. 슬기라는 여자 애한테는 태극이가 천하에 몹쓸 녀석이 되어야 하는 방법이거든. 슬기하고 친한 척 예원이 앞에서 자꾸 얼씬거리는 거야. 그러면 예원이가 질투를 할 게 분명해. 그때 네가 슬기와 안 만날 테니 돌아올래? 하면서 너그러운 척하는 거지. 어때?"

앞에서도 얘기했듯이 나는 남을 아프게 하는 일은 하기 싫지만 그렇다고 해서 내가 아파야 하는 것도 싫다. 그렇지만 나는 내가 아프기 싫어서 야비한 짓까지 할 만큼 이기적이진 않다. 그건 정말 남자답지 못한 행동이기 때문이다. 남이 힘든 걸 배려해주기는 싫지만 그렇다고 해서 야비한 짓까지 서슴지 않고 행동한다면 내가 더 아플 거 같기도 했다. 내가 그 방법을 선택하지 않는 이유다.

모든 고민은 스스로 결론을 내려야 한다. 아무도 대신 아파해주지 않고 아무도 나만큼 내 일에 대해 걱정해주지 않고 아무도 나를 대신해서 결정을 내려주지 않는다. 결국 사는 건 혼자서 숲을 헤쳐나가는 일이다. 내가 숨을 쉬어야 되고 내가 걸어야 되고 내가 먹어야 되는 것이다. 엄마의 말이 또 하나

이해되는 순간에 맞닥뜨리자 나는 삶의 계단에 조금 더 높이 올라선 기분이
든다.

5월 19일 금요일

종일 내리는 비.

　나나 무스쿠리의 노래를 틀어놓고 종일 「자기 앞의 생」을 읽었다. 그러다
문득 한숨을 내리쉬고 있는 나를 보았다. 책을 덮고 보니 어느새 어둑해진
거실. 창밖에 밤이 와 있는 줄도 모르고 그때까지 불도 켜지 않고 있었다.

　볕 좋은 창가에 앉아서 커피를 마시고 싶었다고, 마음을 맑게 헹궈서 볕에
말리고 싶었다고. 책에 빠져 있는 동안 오후를 훌쩍 넘기고, 갈증에 맥주를
들이켰다.

　내 인생이 내 것이라고 해서 함부로 써선 안 되는데…, 나는 너무 함부로
쓰는 것 같다. 내 생에게 미안하다.

5월 22일 월요일

예원이와 은범이가 나란히 글짓기 상을 받았다. 둘은 연단에서 나란히 손을
잡고 내려왔다. 두 사람을 보는 내 심장이 찢어지는 것 같이 아팠다. 어떻게
하루를 보냈는지 모르게 수업을 마치고 교문을 나서자마자 눈물을 터뜨렸다.

　엄마한테 눈물을 보이기 싫어서 계단에서 눈물을 닦고 한참을 앉아 있다
가 현관문을 열었다. 엄마는 외출 준비를 하고 있었다. 나는 그만 남자로서,
아들로서 하지 말아야 할 짓을 저지르고 말았다. 엄마 품에 달려들어 나가지

말라고 떼를 쓴 것이다. 열흘 남짓 집에만 있던 엄마가 외출한다고 하는 순간 나는 엄마를 뺏기는 기분이 들었다. 게다가 나는 이렇게 힘들어 죽겠는데, 지현이 아줌마도 힘들어서 죽겠다고 울면서 왔다가 울면서 갔는데 엄마만 혼자 신나서 연애를 하겠다고 하는 게 마음에 들지 않았다.

결국 엄마는 외출을 하지 않았다.

엄마가 곁에 있다고 해서 내 슬픔이 줄어들지는 않지만 그래도 이 기분에 엄마까지 없으면 너무 무서울 거 같았다. 엄마는 그런 나의 마음을 뒤늦게 이해한 표정이 되었다. 그리고 나가려고 했던 걸 미안해했다.

"엄마, 나는 너무 슬퍼. 가슴이, 여기가 막 아파."

그렇다. 가슴에 구멍이 뚫린 거 같다. 거기 구멍이 뚫려서 누군가 자꾸 그 구멍에 불을 집어넣는 거 같다. 뜨겁고, 쓰리고, 따갑다.

"태극이 크는 거야. 사람은 클 때마다 아파. 태극이 처음에 엄마! 하고 부를 때 그 말 배우려고 아팠어. 걸음마하려고 할 때도, 뛰기 시작할 때도, 처음 글을 읽을 줄 알게 될 때도, 태극이 이름 혼자 쓰게 됐을 때도 태극이 아팠어. 지금, 태극이 크려고 아픈 거야. 그러니까 괜찮아. 마음이 한 뼘 크고 나면 아무 일도 아닐 거니까."

"엄마, 나는 지금 이 슬픔이 아무 일도 아니게 되는 게 싫어. 그럼 내가 너무 창피해지잖아."

"모든 건 지나가, 강아지. 겨울이 지나야 봄이 오고 봄이 지나야 여름이 오잖아. 지나가야 되는 거야. 아홉 살이 지나니까 열 살이 됐잖아. 예원이가 지나가야 다른 더 예쁜 여자 친구가 오는 거야. 그러면서 슬픔도 지나가는 거야. 지금 이게 아무것도 아니게 되는 것처럼 내 강아지 창피한 것도 다 지나가버리면 사람들은 아무도 기억 못해. 그러니까 내 강아지는 아플 땐 아파하면서 열심히 씩씩하게 크면 되는 거야."

"엄마, 나는 사랑 같은 거 다시는 안 할 거야. 어른이 돼도 펑펑 울던 걸. 나 다시는 울기 싫어. 난 아무도 다시는 안 좋아할 거고, 아무도 안 만날 거야. 사랑은 분명히 좋은 건데 왜 다 울게 해?"

"극이 크라고. 엄마 아들이 크면서 사랑을 더 많이 하라고. 더 많이 아프라고. 그래야 아픈 사람들 마음을 이해하게 되고, 아들은 지현이 아줌마가 펑펑 울던 거 이해하지? 그렇게 다른 사람 이해하라고. 내가 많이 아파한 다음에 어른 돼서 진짜 사랑하게 되면 그땐 아들이 사랑하는 사람, 아들을 사랑해주는 사람, 그 사람 아프게 하지 않을 거 아니야. 그렇지? 그렇게 하라고 사랑이 미리부터 힌트를 주는 거야."

엄마가 예원이 엄마랑 친하니까 예원이 엄마한테 전화를 걸어서 예원이 마음을 돌려주기를 바랐다. 예원이 마음을 엄마라면 돌려놓을 수 있을 거 같다. 엄마는 할 수 있는데 안 해주고 있는 거 같다. 엄마가 야속하다. 아들을 위해서 할 수 있는 모든 일을 해주면 얼마나 좋을까, 나는 내 사랑을 구걸해서라도 갖고 싶다.

갖지 못한 것에 대한 애착은 10배로, 100배로 커지게 마련이다. 내가 알고 있는 거보다 나는 훨씬 더 많이 예원이를 좋아한다고, 나는 내 슬픔을 자꾸 뻥튀기했다. 그래도 엄마는 나를 다독여줄 뿐, 예원이를 만날 생각은 조금도 하지 않는다. 거기까지 생각이 미치지 않는 거 같다. 엄마의 눈치는 빵단이다. 엄마는 글만 잘 쓸 뿐, 눈치는 정말 못 말리게 둔하다.

엄마는 정말 일 때문에 나가야 했는지 전화 통화를 하면서 시사회 어쩌고 했다. 시사회에 가야 원고를 쓸 수 있는데, 그건 일주일에 한 번씩 나오는 영화 잡지에 꼭 써야 되는 원곤데… 나는 당황했다.

"우리, 거품 목욕할까?"

엄마는 욕실에 물을 틀어놓고 아로마 가루와 거품기를 풀어놓고는 다시 거실에서 전화를 했다. 누군가에게 영화의 마스터 CD를 구하다가 그게 잘 안 됐는지 시사회에 참석할 누군가에게 원고를 부탁하는 전화를 넣었다. 정말 쥐구멍이라도 있으면 좋겠다. 하지만 오늘은 손이 닿지 않는 어느 곳에도 엄마를 두고 싶지 않다.

엄마와 욕실에 들어가 앉아서 온갖 장난을 걸어오는 엄마 때문에 잠깐 동안 예원이를 잊고 웃을 수 있었다. 하지만 말 그대로 잠깐일 뿐, 목욕을 끝내자 다시 기분은 낙하산을 타고 한꺼번에 툭 떨어졌다.

울면서 잤다. 자면서도 울었다. 아침에 일어났을 때 내 얼굴은 가관이었다. 엄마는 내 얼굴을 물끄러미 보더니 학교에 가지 말라고 했다. 종일 엄마 침대에 누워 시체놀이를 했다. 더는 눈물도 나오지 않았다. 신경질만 났다. 신경질이 났지만 신경질을 낼 기운도 없었다. 아무 생각도 나지 않았다.

앞으로 학교에 어떻게 다녀야 할지, 내가 과연 3학년을 무사히 마칠 수 있을지 고민이 됐다. 공부도 잘할 자신이 없어졌다. 이런 내가 참 시시하게 생각됐다.

아빠 일과 첫사랑이 깨진 일과 지현이 아줌마 일까지, 안 좋은 일이 한꺼번에 터졌다. 왜 나쁜 일은 한꺼번에 몰려다닐까?

5월 23일 화요일

선미가 결혼 날짜를 잡을 겸, 둘의 궁합도 볼 겸 점을 보고 왔다고 했다. 심리학 교수에게서 점이라는 말이 나오자 나는 어이없어서 웃기부터 했다. 미래가 궁금할 때, 현재가 답답할 때 찾는 곳이 점집이다. 결혼 전에는 나도 몇 번쯤 점을 보러 다녔다. 도대체 내 사랑은 왜 이렇게 아프기만 한 건지, 나를 좋다고 할 사람이 있긴 한 건지 궁금했다. 내가 무엇을 해야 좋을지 내가 제일 잘 알면서 일면식도 없는 사람한테 내게 어울리는 직업을 묻고 다니기도 했다.

"점은 진짜 볼 거 못 돼. 내가 미래 물어봤지 과거에 어떻게 살았는지 알아맞춰보라고 했냐고. 지난 일이 어떻고 저떻고 하기에 앞으로 어떻게 될 건지 그것만 말하라고 했더니 파르르 떨면서 성을 내더라. 과거에서부터 거슬러 오는 거라고, 가만있으라고. 그래서 표충 씨하고 내 사주 넣으면서 궁합만 봐달라고 했지. 점쟁이가 말이 왜 그렇게 많은지…."

"그랬더니?"

"애 엄마가 돌아올 상이래. 그 여자 이겨먹을 수 있는데도 내가 물러난다나 어쩐다나 하면서 결혼하지 말래. 괜히 별 달 필요가 뭐 있냐고."

"이혼이 별 다는 거였나?"

"그런데 문제는 그 애 엄마가 들어와서 몇 년 살다가 또 바람이 나서 집을 나간단다. 표충 씨 사주가 여자가 들락날락하게 되어 있대. 무슨 남자 팔자가 그렇게 안됐니?"

"나는 니가 물러나지 않을 거라고 장담한다. 너, 누구보다 좋은 엄마 될 거고, 너랑 살다 보면 아이들도 표충 씨도 너한테 중독될 거야. 돌아와도 표충 씨랑 아이들이 엄마 안 받아줄 거야. 우리들의 엄마는 여기 있다고, 널 끌어 안을 거야."

"그지그지? 네가 봐도 나, 잘할 거 같지?"

"네가 점쟁이한테 듣고 싶은 대답, 내가 맞췄지?"

"그 점집 용하다더니 네가 더 용한 거 같다, 야."

내가 듣고자 하는 말을 해주면 용한 점쟁이고 내가 듣고자 하는 말을 하지 않으면 점쟁이는 사이비가 된다. 점이란 예지하는 것이지만 예지가 삶에 있어서 얼마나 들어맞는지는 잘 모르겠다. 예지한 삶을 그대로 말해줘도 틀리는 게 되고 듣고 싶은 대답을 들려줘도 틀리는 게 된다. 점이라는 것이 갖고 있는 딜레마다.

운명론자의 말에 의하면 운명은 무조건 수용해야 되는 것이지만 숙명론자의 말에 의하면 운명은 언제든지 피해갈 수 있는, 별것 아닌 게 된다. 운명은 앞에서 날아오는 돌이라고 한다. 내가 주의해서 살면 언제든 피할 수 있는 것, 그게 운명이다. 숙명은 뒤에서 날아오는 돌이라고 한다. 맞을 수밖에 없는 돌이다. 다행인 건 숙명은 태어나는 것과 죽는 것, 그 두 가지뿐이라고 한다. 나머지, 우리가 살아가는 동안에 겪는 모든 일은 운명이라고 하니 사람들은 얼마든지 자신의 삶을 주관하여 살 수 있는 게 된다.

점집에 다니는 사람들은 하나같이 자신들의 운명을 물어보러 점집에 가는 것이지 숙명을 물어보기 위해 점집에 가지 않는다. 다시 말해 얼마든지 내 의지로 바꿀 수 있는 팔자를 물어보러 점집에 간다는 뜻이다. 내 안에 있는 해답을 모른 채 말이다.

"학생들한테 점집에 다녀왔다고 말하지 마라."

"왜? 점집에 다니는 걸 심리학적으로 접근해서 답해보라고 했더니 잘들 대답하던데. 모범답안처럼 정신분석학으로 풀이하는 애도 있고, 서커스 흥행주의로 결론 내리는 애도 있고, 칸트와 융의 이론에 근거해서 답하는 애도 있고, 프로이트는 주 모티프이고 재미있는 건 구조주의 이론에 대위시켜서 그걸 심리학으로 풀어서 설명하는 애도 있더라니까. 말 끝내고 나서는 자기는 크리스테바하고 롤랑바르트의 애독자라서 어떻게든 대위시키고 싶었는데 만족스럽지는 않다고 자수하더라. 아무튼 애들하고 오랜만에 수업 재미있게 했어. 내가 점집에 다녀왔다니까 되게 재미있어 하더라."

"집에선 표충 씨 합격 받았니? 조심스럽지 않아?"

"할아버지라도 사랑하고 있으면 데리고 오란다. 사랑하는 사람 만났으면 하루빨리 결혼하래. 제발 한 번만이라도 무조건 결혼 좀 해보래. 결혼만 하면 뭐가 해결돼도 될 거라고 믿는지 그 믿음이 어처구니없긴 하지만 순풍에 돛 달긴 했어. 엄마는 아이 둘 딸렸다니까 애 안 낳아줘도 되겠네 하면서 오히려 홀가분해하더라. 이 나이에 결혼해서 애 낳긴 글렀고, 자식 없으면 부부 생활 유지하기 힘들다면서 잘 물었다고 하던데?"

아이 둘 딸린 이혼남. 내가 아이가 딸린 이혼녀인 것과 상관없이 보통의 부모라면 총각이 좋을 텐데… 하고 말꼬리를 흐리거나 반대할 게 분명하다. 그런데 선미의 부모님은 초등학교 5학년 때부터 지켜봤지만 언제나 선미의 의견을 존중하고 보호했다. 자식에게 예의를 다하는 부모. 선미의 부모님은 내가 태극이를 키우는 데 있어 좋은 멘토다.

교과서대로, 정통 이론대로 자식을 키우기는 힘들다. 이론보다 앞서는 것이 감정이고 감성이다. 나 역시 감정이나 감성에 우선해서 아이를 대할 때가 많다. 그건 내가 못나서가 아니다. 엄마가 되어 자식을 바라보는 시선에는 어쩔 수 없이 마음이 실리기 때문이다. 이론에 마음을 실어 전폭적인 신뢰와 존중을 실어줄 수 있다면 좋겠지만 그건 어떤 일보다 어려운 일이다. 키워보니 그렇다. 그런 면에서 늘 선미가 부럽다.

⚽ **5월 24일 수요일**

어른이 되면 슬픔을 조절하는 능력이 생기고 또 지금보다는 힘든 일이 훨씬 더 작아질 거라고 알았다. 하지만 어른도 운다. 나는 어른이 되어서까지 우는 일이 생긴다는 사실이 믿어지지 않는다.

늘어진 엿가락처럼 끊어지지 않는 미련이 나를 괴롭힌다. 미련은 좋았던 시절의 추억들이 데리고 다니는 친구다. 가슴의 통증이나 거미줄보다 복잡한 머릿속을 염두에 두지 않는 추억은 내게 있어선 무례한 방문자다. 찾아온 뒤 도무지 나가지 않는다. 마치 살갗처럼 내 온몸에 들러붙어 있다. 쓰리고 따갑게.

이별, 슬픔, 눈물은 내 생에 예의 없이 찾아든다. 한 사람을 잊는 일이 극기 훈련 같을 때, 그때 나는 내 앞의 생이 궁금하다. 어디까지 늘어져 있을 것인지. 언제쯤 미래라는 가위가 과거의 추억을 잘라내줄 것인지.

마음이 부르트도록 한 사람을 찾아다니는 일, 그 부르튼 마음을 끌어안고 사랑이 이어지길 바라는 건 그만두는 게 좋다. 서두를수록 좋다. 나의 이 깨달음을 지현이 아줌마에게 전수해주고 싶다.

5월 26일 금요일

오랜만에 외출했다. 일이 있기도 했지만 외출의 목적은 다른 곳에 있다. 엄마 노릇 열흘에 하루쯤은 여자로 돌아가고 싶었다. 그래도 된다고.

광화문에서 만난 도영은 현장에서 막 빠져나온 사람 같았다. 도영은 다짜고짜 헬스클럽에 차를 댔다. 저녁도 굶고 운동을 한 후 샤워를 마치고 나온 도영은 어느새 평상복 차림으로 바뀌어 있었다. 그런 편한 움직임을 보면서 불현듯 도영이 내 혈육 같고 남편 같다는 생각이 들었다.

도영과 며칠 만에 만났는데도 어제 만난 것처럼 익숙하고 편하다. 대신 처음 시작하던 때의 신선한 설렘은 없다. 그렇다고 해서 그와의 사랑에 어떤 변화가 있는 건 아니다. 다만 더 이상 그를 보면서 설레지 않는 내 마음과 그의 마음이 닮아 있다면 그건 서운한 일이라고 생각될 뿐.

⚽ **5월 29일 월요일**

지현이 아줌마를 보면 정말 가슴이 아프다. 지현이 아줌마는 나를 붙들고 "사랑이 이렇게 힘들어도 되는 거니?" 물으면서 울었다. 나라도 사랑해주고 싶을 정도로 지현이 아줌마는 서럽게 울었다.

돌이켜 보면 여섯 살 땐 여섯 가지 힘든 일이 있었다. 열 살인 지금은 열 가지의 힘든 일이 있다. 이 말은 스무 살이 되면 스무 가지나 힘든 일이 생길 거라는 뜻이다. 나이를 먹는다는 것은 정말 무시무시한 일인 거 같다. 그렇다고 하루가 다르게 자라고 있는 나를 막을 수는 없는 일이다. 호의적이지 않은 생을 이끌고 나는 어쩔 수 없이 어른이 되어야만 한다.

예원이 일 하나만으로도 나는 지금 견딜 수 없을 만큼 힘들다. 엄마의 연애도, 아빠와의 연락도, 새엄마와 부딪치는 한 달에 한 번의 고역도 힘든 일이긴 하지만 그건 내 슬픔의 직접적인 이유가 아니다. 따지고 보면 힘든 일은 열 가지도 넘는다. 문제는 예원이 문제만 해결되면 다른 것들이 다 해결될 거 같다는 것이다. 다른 것들이 해결되지 않아도 예원이 문제만 해결되면 다른 것들이 덩달아 쉬워질 거 같다는 뜻이기도 하다. 그만큼 나는 생에 대해서 너그럽기로 했다.

어떻해야 너그러워졌다는 것을 증명해야 하는지 내게 가르쳐줄 사람이 없다. 의논할 사람도 없다. 나는 그 사실이 외롭다. 그래서 슬픔에 조금의 무게가 얹어졌다.

엄마는 현재 마흔 가지의 힘든 일이 있을 것이다.

나보다 몇 배로 힘든 엄마를 붙들고 내 일을 의논할 수는 없는 일이다. 적어도 엄마는 여자이기에 내가 엄마의 힘든 일 몇 개쯤은 덜어줘야 한다. 그래서 엄마에겐 아무 말도 하지 않기로 했다.

우리는 모두 혼자다. 서글프지만 인정할 건 인정해야 한다.

5월 30일 화요일

집 앞에 도착하고 보니 다행히 12시 전이었다. 도영은 잠시만 이대로 있고 싶다고 시트를 뒤로 젖히더니 눈을 감았다. 내리지도 못하고 안절부절못하고 있는데 12시 정각이 되자 도영은 자동차에서 내리더니 트렁크에서 장미 100송이를 꺼냈다.

"뭐…예요?"

"생일날 혼자 저녁 먹게 해주지 않은 상!"

"아…, 말해주지 그랬어요?"

"지금 말하잖아. 안 풀어봐?"

도영이 따로 건넨 선물 꾸러미를 풀었더니 향수와 립스틱이었다.

"여자 향수들은 남자들이 좋아하는 냄새들이고 남자 향수들은 여자들이 좋아하는 거 알지? 내가 맡고 싶어서 샀어. 립스틱은 당신이 바르는 거지만 내가 먹으려고 산 거고."

"난 뭐 해줘요? 뭐 해줬으면 좋겠어요?"

"머리 잘라줘. 당신이 내 머리 잘라주는 모습, 다시 보고 싶어."

"아…! 솔비랑 저녁 먹었어야 되는 날 아니에요? 아이를 데리고 나오지 그랬어요?"

"우리 둘이 만나는 데 솔비가 왜 껴?"

"당신 생일이니까…. 아, 솔비 생일은 언제예요? 당신 생일 선물 못해준 대신 솔비 생일 선물 사줄게요."

"당신은 나를 사랑하면 돼. 내 아이까지 사랑할 필요는 없어."

도영은 이마에 입을 맞춘 뒤에 차의 앞머리를 돌아 자동차의 문을 열어주었다. 손까지 내밀어 에스코트하는 도영의 장난스러운 표정 때문에 뭔가 항변하려던 말을 삼키고 말았다.

향수와 립스틱과 장미 100송이가 왠지 가볍게 느껴졌다.

⚽ 5월 31일 수요일

할머니네 발코니에서 성구 형이랑 놀다가 무심코 창밖을 내려다보았다. 엄마가 주차장에 서 있는 웬 아저씨한테 가면서 손을 흔들고 있었다. 나는 조금 더 자세히 보려고 코를 유리창에 붙였다. 엄마는 누구보다 환하게 웃으면서 차에 올라탔다.

상상 속에서 그렸던 엄마의 연애는 달콤한 거였다. 내가 뿌듯할 만큼 엄마의 연애는 보고만 있어도 신나는 일이었다. 실제로 엿본 엄마의 연애는 이상하게 가슴 아래께가 아렸다. 괜히 심통이 났고 이건 아닌데 하는 생각이 들었다. 엄마가 나 아닌 다른 남자한테 웃어주는 게 싫다.

엄마의 모습을 본 뒤에 나는 괜히 심통이 나서 숙제도 하지 않고 유리창에 코를 박고 주차장만 내려다보았다. 12시가 조금 못 돼서 건물 앞에 자동차가 서더니 엄마가 내리는 게 보였다. 나는 얼른 엄마 침대에 누워 잠든 척, 눈을 감았다. 내가 잠든 줄 아는지 조심스럽게 들어온 엄마는 곧장 욕실에 들어가 샤워기에 물을 틀었다. 물 내리는 소리가 그치더니 비누 냄새를 풍기면서 나온 엄마는 이불을 고쳐 덮어주었다. 그리고는 내 볼에 입을 맞추고 서재로 건너갔다. 나는 엄마가 일하는 서재의 문을 열었다. 나는 선잠에서 깨어난 것처럼 눈을 비비면서 물었다.

"또 일해야 돼?"

"아들! 안 잤어?"

"어디 갔다 왔어?"

"내일 아침에 태극이 깨우려면 엄마 힘들어. 어서 자."

"엄마, 그 아저씨랑 연애만 하는 거지? 결혼은 안 하는 거지? 그러니까 내 말은 엄마까지 나한테 새아빠 만들어주지 않았으면 좋겠다는 뜻이야. 나 그 거 싫어. 진짜 싫어!"

나는 말을 던져놓고는 후닥닥 나와서 내 방, 내 침대에 누워버렸다. 좀처럼 잠이 오지 않았다. 엄마가 낯선 아저씨에게 웃어주던 환한 웃음이 자꾸 생각났다.

새엄마. 새아빠. 새형제. 새식구. 새, 새, 새… 새것의 뜻인 새가 앞에 붙은 말이 이렇게 나를 시험에 빠뜨릴 줄이야!

6월 2일 금요일

"세라 아빠한테 내 핑계대고 미안하다고 하고 집에 돌아가. 내가 전화해줄 게. 상처 없이 사랑하는 방법을 배우라고, 사랑은 관계를 만드는 일일 뿐 절 대 구속하는 일이 아니라고 했던 건 너야. 자유롭게 만나고 헤어지고 또 만 나고 해도 그 중심에 세라 아빠는 반드시 있어야 돼. 세라 아빠를 더 사랑하 기 위해서 만나는 거라면서 세라 아빠보다 그 사람을 더 사랑하면 그건 안 되지. 지금까지처럼 들키지 말고, 너 살고 싶은 대로 살아. 너답게."

"정완아…, 정완아…."

"응. 말해."

"정완아…, 나 죽고 싶어. 죽었으면 좋겠어. 다시 사랑하지 않으면 죽는 길밖에 없다고… 그 말, 기억나? 그땐 멋지게 보이려고 그런 말 했는데, 지 금 보니까 그 말이 맞는 거 같아. 그러면 이렇게 가슴이 아프진 않을 거도 같 고…, 죽으면, 죽으면 그 사람이 내 사랑을 알아줄까?"

"미쳤다. 사랑 때문에 죽게."

"너도 죽고 싶다고 한 적 있잖아."

"그거야 스물 몇 살에 철모르고 한 소리지. 왜 죽어, 죽길? 바보 같은 소리 하지 마. 죽으면 그 순간에 사랑도 끝나는 거야. 죽은 사람만 억울하다는 말, 그 말 딱 맞아."

"너, 어떻게 살았어? 그 사랑 보내고 어떻게 견뎠어? 난 일분일초도 견딜 수가 없는데 넌 어떻게 숨 쉬고 살았어?"

"넌 어떻게 견뎠는데?"

"난 한 번도 안 아팠어. 언제나 떠나왔으니까…. 남겨지는 게 이렇게 아픈 건 줄 난 몰랐어. 나… 남편이 있는 게, 아이가 있는 게, 그게 나란 게 너무 싫어."

"그 남자는? 그 남자도 와이프 있고 자식 있고 다 있다면서?"

"같이 살고 싶다고 해서 이혼하겠다고 했더니 하지 말래. 됐대. 남의 남자 마음 아프게 하고 자식 가슴에 못 박으면서까지 함께 살 이유는 없지 않느냐 고, 헤어지지 말래. 남편하고 아이만 없으면 나…."

"됐어. 더 말하지 마. 죄받을 소리는 하지 마. 그 남자, 자기 와이프하고 자기 자식 마음 아프게 하기 싫어서라도 이혼은 절대 안 할 사람이네."

"그럼 말만 그렇게 하는 거고 사실은 나 사랑하지 않는 거야?"

"그게 아니라는 거 네가 더 잘 알잖아. 남자들… 보면 보편적으로 귀찮은 걸 싫어하잖아. 너를 사랑하지 않아서 이혼을 하지 않겠다는 게 아니라 이혼 하고 결혼하고 하는 그 절차를 또 치르는 게 귀찮아서 이혼을 하지 않겠다는 걸 거야. 또 주변 사람들 마음 아프게 하는 것도 싫은 거고. 따뜻한 사람이긴 한 모양이네."

"그치, 그치?"

지현은 핸드백에서 주섬주섬 무언가를 뒤적이더니 핸드폰을 꺼내들고 단

축 다이얼을 눌렀다. 미처 뺏기도 전이었다.

"그런데 왜 며칠 전부터 전화를 안 받는 거냐고? 이혼 안 하고 만나면 되잖아. 왜 전화를 안 받는 거냐고? 봐, 지금도 전화기가 꺼져 있잖아."

누구보다 사랑의 감정에 휘둘리지 않고 살아왔던 지현이다. 적어도 열 몇 살 사춘기 시절에 사랑에 눈 뜬 이후 오늘까지 사랑의 감정에 있어서만큼은 이성적이다 못해 강건했다. 그런 지현이가 사랑에 한정 없이 휘둘리면서 무너지다니, 아직도 세상을 더 살아야 하나 보다, 세상을 알기엔 아직도 한참 남았구나 하는 생각이 들었다.

세상을 다 안다고 생각할 때마다 이런 일들이 발목을 잡아챘다.

그러다 퍼뜩 혹시 지현이에겐 이게 첫사랑이 아닐까 하는 생각이 스쳤다. 몇 번의 만남을 거친 뒤에야 비로소 사랑이 어떤 건지 아는 사람이 있다. 그 사람의 첫사랑은 처음 만난 사람이 아니라 처음 사랑에 눈 뜨게 해준 사람일 것이다. 그런 의미에서 지현은 아직 사랑이 뭔지 모른 채 사람들을 사랑이라는 울타리 안에서 만나온 게 아닐까 하는 의구심이 들었다. "그 사랑 보내고 어떻게 견뎠어?" 하는 지현이의 그 말이 뒤늦게 열다섯 살, 소녀의 질문처럼 다가왔다. 지현이는 그 사람이 아니면 안 된다고 하면서 울고불고했던 우리들을 이해하지 못했다. 사랑이 어떤 건지 몰랐기 때문에 할 수 있던 말이 아니었을까?

울다 지쳐 잠든 지현이를 보면서 세라 아빠한테 전화를 해야 하나 말아야 하나 고민하다가 도영에게 전화를 넣었다. 전화를 하고 보니 새벽 2시가 훌쩍 넘어가 있었다. 도영은 잠이 잔뜩 묻은 목소리에 따뜻함을 더해 전화를 받았다.

⚽ 6월 4일 일요일

앞으로 어떻게 살아야 할 것인가.

나는 본격적으로 나의 미래에 대해 고민하기로 했다. 그냥 아무 생각 없이 살다가 어느 날 어른이 되어 있기는 싫다. 그건 정말 바보짓 같다.

아직 오지도 않은 미래의 일들로 엄마가 고민하고 있을 때 나는 엄마를 이해하지 못했다. 우린 미래에도 똑같이 아침에 일어날 것이고 학교에 갈 것이고 저녁이면 돌아와 잠을 잘 것이다. 그동안 나는 키가 조금 더 자랄 것이고 몸무게가 늘어날 것이고 나이도 점점 많아질 것이다. 머리가 커지고 생각이 커지는 동안 나는 고등학생이 되고 대학생이 될 것이다. 그건 자고 일어난 하룻밤들이 쌓여서 자연적으로 되는 것이지만 어떤 고등학생이 되고 어떤 대학생이 될지는 각자 다른 모습일 것이다. 그건 반드시 고민해야 할 문제다.

엄마가 원하는 최승희 감독이든 재민이든 기주든 수혁이든 인욱이든 삼식이든 그 모든 아저씨들은 멋있다. 우선 외모가 멋있고 사랑도 멋있고 일도 멋있다. 영어도 잘하고 운전도 잘한다. 악기 연주도 잘하고 사랑받아 마땅한 여자를 골라서 사랑도 잘한다. 엄마가 되라고 하는 그 사람들이 되려면 우선 나는 주는 대로 골고루 먹어야 한다. 우유도 많이 먹어야 한다.

작은 영웅이라는 말이 있다. 역사적으로 위대했던 사람들은 모두 키가 작았다는 것에서 유래한 말이다. 하지만 역사적 위인들은 결코 작지 않았다. 2000년대의 기준으로 1700년대를 살았던 사람의 키를 말하자면 작은 거지만 그건 이기적인 발상이다. 그 시대의 평균키를 갖고 논의를 해야 옳다.

나폴레옹의 키는 167.7센티미터, 그 당시 프랑스 남성의 평균 키가 164센티미터였다고 하니까 나폴레옹은 평균 키를 웃돌았다. 마오쩌둥의 키는 190센티미터가 넘었다고 하고, 현대그룹의 역사인 정주영 명예회장은 172센티미터, 그 나이 대의 남성 평균 키가 155센티미터라고 하니 이 또한 큰 키다.

클린턴 대통령이 약 189센티미터, 부시 대통령이 약 188센티미터라고 하니 이 또한 무지하게 큰 키다.

엄마는 그런 숨겨진 사실을 알려주면서 역사적으로 키 큰 인물들이 큰일을 했다고, 우선 나도 키가 커야 한다고 말했다. 엄마가 읽어주었던 외국 신문에 난 연구 사례를 보면 키 큰 사람이 키 작은 사람보다 돈을 더 많이 벌고, 결혼도 더 잘한다고 한다. 게다가 미국 대통령 선거에서는 두 후보 중에 키 큰 후보가 키 작은 후보를 누르고 대통령에 당선된 게 71퍼센트라고 한다.

키가 큰 사람들이 큰일을 해도 한다는 뜻이라면 나는 작은 고추가 맵다는 한국 속담을 뒤로하고 열심히 키를 키울 것이다. 그래서 엄마가 원하는 청년으로 자라서 일도 사랑도 텔레비전에서 보았던 수많은 사례들처럼 멋있게 할 것이다. 내 삶이 조금 더 멋있어질 수 있다면 나는 무엇이든 할 것이다.

아빠처럼 아들에게 무책임하지도 않을 것이고, 여자에게 책임을 전가하여 마음을 아프게 하지도 않을 것이다. 물론 아빠처럼 새엄마를 만들지도 않을 것이다. 아빠처럼 공부를 많이 해서 대학교수가 되는 것보다 아빠처럼 가족만 감싸는 따분한 사람이 되는 것보다, 모두 다 사랑할 수 있는 사람이 될 것이다. 공부도 중요하지만 친구도 많이 사귈 것이고 운동도 열심히 할 것이고 열심히 다른 사람의 말에 귀를 기울이기도 할 것이다. 아빠처럼 되진 않을 것이다.

그러기 위해 나는 이제부터 뭔가를 시작해야만 한다. 하지만 뭘? 아, 삶은 정말 어렵다.

엄마에겐 남자가 필요해

6월 5일 월요일

사랑해요.

순간의 감정에 취해서 나도 모르게 고백한 말이지만 그 말은 오래도록 망설여왔던 말이기도 하다. 누가 주인인지 몰라서 할 수 없었던 말이기도 하다. 말하고 보니 도영이 주인인 게 맞다. 그런데 그 말에 대고 도영은 쑥스럽게… 하면서 말을 흐렸다.

도영이 거기에 대고 '나도 사랑해.' 라고 했으면 우리의 사랑은 평형을 이루었을 것이다. 하지만 도영은 그렇게 하지 않았다. 더 많이 사랑하는 쪽으로 잔이 기우는 것이라면 오늘, 우리의 힘의 균형은 내 쪽으로 기울었다. 잔뜩 쏟아질 태세를 갖춘 잔의 모양을 하고. 하지만 나는 안다. 그리고 믿는다. '쑥스럽게…' 하는 말 속에 담긴 진정성을.

"내일은 현충일인데, 우리 국립묘지에 가서 이름 없는 묘비에 헌화라도 할까요?"

"내일은 현충일인데, 집에 있어야 하지 않겠어? 휴일엔 아이와 놀아주는 게 원칙이야. 원칙을 깨지 않아야 내 자유가 보장되고 그래야 당신과 하는 연애도 자유로울 수 있어."

"농담이었어요. 나도 주말하고 휴일엔 무조건 아이랑 있어주기로 약속했거든요. 그리고 당신, 만나면서 주말과 휴일엔 단 한 번도 만난 적이 없더군요. 내일이라고 예외일 리 없다고 생각했어요."

"아파. 말에 가시 박지 마."

"아프라고 한 건데 아파야죠. 당신 정체성이 뭔가, 나를 보는 마음이 어떤 건가, 궁금해하지 않기로 했어요. 그냥 이렇게 만나다 말죠, 뭐."

도영은 집 앞에 다 와서 내리는 내 팔을 붙들었다. 자동차 문을 열다 말고 나는 도영을 보았다. 도영은 처음으로 무거운 표정으로 입을 열었다.

"당신한테 말했던 자유롭게 살라는 말, 그 말은 진심이야. 난 당신이 좀 더 자유로워지길 원해. 당신이 자유로워야 우리 연애도 좀 더 자유로울 수 있어."

"자유라는 게 뭐죠?"

"말 그대로 자유야. 다른 어떤 거도 덧붙이지 마. 자유엔 책임과 의무가 있다고. 그러니 이 사랑에 책임과 의무를 다하라고 하면 난 그렇게 할 거야. 그렇게 하고 있으니까. 그런데 당신이 생각하는 책임과 의무가 내 생각과 다른 거라면, 그러면 난 당신을 설득할 거야. 사랑의 자유에 따른 책임과 의무는 열심히 사랑하는 거, 그게 전부라고. 그리고 이 사랑을 열심히 하기 위해서 나는 내 집과 내 일을 사랑할 거야. 이 사랑이 미안해지지 않게, 이 사랑이 어디에도 불편을 끼치지 않게. 그래야 이 사랑이 완전해지니까."

잠을 이루지 못한 채 뒤척이다가 뒤숭숭한 머릿속을 가라앉힐 필요가 있어서 와인을 땄다. "사랑은 반드시 고해사(告解師)를 필요로 한다."(「레테의 연가」 중)는 이문열의 그 말이 절실하게 마음에 와 닿는다. 이제 내 연애를 테이블 위에 꺼내놓아야 할 때다.

지현의 고해사는 나인 모양이다. 지현이 늦은 새벽에 전화를 걸어왔다.

"나는 부모님 일찍 보내고 오빠하고 언니 손에서 크면서 겉으론 부족함이 없었어, 정완아. 그런데… 부족했어. 부모님이 나 두고 떠난 게 충격이라서, 다시는… 아무도 나 두고 떠나지 못하게 하겠다고… 그렇게 하겠다고 결심했거든. 그래서 늘 사랑이 떠날 기미를 보이기 전에 내가 먼저 떠나왔어. 이번에도 나… 먼저 떠날 거야. 내가 버릴 거야."

지현의 말이 숙연했다. 이별은 숙연한 법이다.

슬기를 보는 게 창피하다. 슬기는 나의 이별이 전적으로 자기 탓인 줄 알고 미안해서 어쩔 줄 몰라 한다. 오늘 아침엔 내 책상 서랍에 '먹으면 기분이 좋아지는 약이래.' 라는 쪽지와 함께 초콜릿을 넣어놓았다. 내가 슬기의 사과를 받아들이지 않는 게 아니라 슬기한테 책임을 전가한 게 창피해서, 오히려 미안하다고 해야 될 사람이 사과를 받고 있는 게 창피해서 슬기를 피한다는 사실을 슬기는 짐작도 하지 못한다. 하지만 더 창피해지기 전에 이실직고해야 한다.

나는 쉬는 시간에 화장실에 가는 슬기를 따라갔다. 화장실에서 나오는 슬기에게 잠깐 보자고 했다. 우리는 아무도 없는 체험학습장에 갔다.

"넌 자존심도 없니? 왜 자꾸 미안하다고 하니? 한번 사과했는데 받아주지 않으면 그 남자는 진짜 멋없는 남자고 치사한 남잔 거야."

"난 너를 좋아하기 때문에 중요한 사실을 말해주고 싶었어. 너는 예원이하고만 친하고 다른 여자 애들하고는 말도 안 하려고 하는데 그건 정말 잘못된 거야. 그런데 네가 예원이 때문에 너무 힘들어하고 의기소침해 있는 거보니까 불쌍한 마음이 들었어. 미안하지 않은데도 미안하다고 한 건 힘내라고 한 뜻이었어. 우리 반에는 너랑 친하고 싶은 여자 친구가 열여덟 명이나 있는데 넌 예원이 때문에 열여덟 명하고 친할 수 있는 기회를 잃어버렸잖아. 그러니까, 내가 대신 슬퍼해줄 테니까 넌 열여덟 명하고 친하게 지내. 친구는 골고루 사귀어야 된다고 선생님께서도 말씀하셨잖아."

"나 좋아한다면서 왜 열여덟 명하고 다 친하게 지내래?"

"네가 얼마나 멋진 앤지 다른 애들도 다 알았으면 좋겠어."

슬기의 말을 들으면서 나는 더 창피해졌다.

"의기소침해 있는 너보다 밝게 웃는 네가 좋아. 네가 다시 웃을 수 있다면 나는 더 미안하고 더 아파해도 돼. 지우개, 공책처럼 슬픔도 빌려줄 수 있는 거였으면 좋겠다고 생각했어. 그만큼 웃는 너를 보고 싶어. 우리 교실은 웃음바다, 행복바다였으면 좋겠어."

"왜…, 너는 나한테 화를 안 내?"

"널 좋아하니까."

졌다. 슬기가 무슨 엄마도 아니고, 어떻게 이렇게 나를 완벽하게 이해해줄 수 있는가 말이다. 나는 슬기가 갑자기 엄마 다음으로 믿어야 될 사람인 것처럼 보였다.

남을 위하는 희생은 내가 아프고 힘든 일이다. 그런데도 그 희생은 별로 좋은 결과를 가져다주지 않는다. 그 사람의 희생에 보답하기보다 끝까지 희생을 요구하기 때문이다. 백 번을 희생하던 사람이 처음으로 희생하지 않겠다고 하면 그 사람은 순식간에 나쁜 사람으로 둔갑해버린다. 우리가 살아온 대개의 경우가 그렇다. 희생은 그러므로 베풀 사람한테 베풀어야 한다. 그래야 인정이라도 받는다.

나는 희생의 수혜자가 되기에 적당한 사람이 되어야 한다. 그래서 슬기에게 화해의 악수를 청했다. 슬기의 웃는 얼굴이 예원이보다 예뻐 보였다. 한 순간의 일이다.

👞 6월 8일 목요일

아이는 이제 드러내놓고 나를 갈구한다. 새엄마와 아빠로부터 받은 충격이 미처 아물기도 전에 여자 친구가 빠져나간 하루들이 못 견디게 힘든 탓이다. 보다 자주 스킨십을 하면서 아이와 뒹굴었다.

내가 아이에게 매일 밤 입술에 입을 맞추는 것은 적어도 순결한 하루를 보냈다는 표시였다. 순결한 아이에게 입을 맞출 때 나 역시도 순결해야 한다.

그게 아들에 대해 지켜야 할 엄마의 태도라고 믿는다.

새삼 순결이라는 말에 생각이 묶였다. 남녀가 만나 육체적으로 결합하는 것이 그렇게 욕되고 속된 것일까. 황홀한 상상의 뒤끝이었든, 열렬히 한 남자의 나체를 상상하면서 고통에 불과한 욕망을 풀어놓았든 그것이 사랑의 다른 이름이라면, 사랑은 더 이상 순결하지 않은 걸까. 여자와 남자가 만나 육체적 결합 없이 정서적으로만 교감하면서 그것을 사랑이라 이름 한 채 만남을 지속할 수 있을까. 서로 뜨겁게 사랑하여 육체적으로 결합한 것이 과거형이 되어버렸을 때 그 누구도, 사랑해본 경험이 있는 남녀를 가리켜 순결하다고 하지 않는다. 사랑은 혹시 '사랑'이라는 관념 속에서만 순결한 것일까.

아이가 깊은 잠에 빠진 것을 확인하고 서재로 몸을 뺐다. 시나리오 쓰는 일은 아무도 내게 데드라인을 정해주지 않았다. 내가 스스로 정해놓고 써야만 한다. 써질 때 쓰는 것이 아니라 쓰자고 마음먹고 써야만 하는 것이다.

컴퓨터를 켜는 동안 다시 생각이 이어졌다. 희귀 동물처럼 순결을 지키면서 연애를 하는 커플도 물론 있을 것이다.

여기서 드는 의문점.

스무 살 넘어 하는 연애에 과연 몸의 욕구를 거절할 만큼 자제할 수 있는 청춘이 있을 것인가 하는 것이다. 혹은 성욕의 씨를 잘라낸 채 영혼으로 교감하며 우리는 서로 뜨겁게 사랑해!라고 말할 수 있는 커플이 과연 있을 것인가 하는 그것이다.

'잡된 것이 섞이지 아니하고 깨끗함. 마음에 사욕, 사념 따위와 같은 더러움이 없이 깨끗함. 이성과의 육체관계가 없음.' 국어사전은 순결에 대해 이렇게 정의를 해놓고 있다.

마음으로는 온갖 음탕한 짓을 다 해도 몸만 아무 이상 없으면 그게 순결한 것인가. 스리섬이나 사디스트, 마조히스트적인 과도한 성행위를 상상하면서 자위를 해도 접촉한 것이 아니라면 그 역시 순결한 것인가.

　마음과 몸의 두 가지 조건이 충족되어야 비로소 순결한 것인가. 아이를 낳은 나는 더 이상 순결할 수 없는 것일까. 내 몸을 본다. 아랫배를 만져보고 입술을 만져본다. 손등을 쓰다듬어보기도 한다. 그러다 다시 생각을 잇는다.

　과연 섹스는 잡된 것인가.

　나는 아닐 거라고 결론을 낸다. 사전적 의미로서의 순결은 별 의미가 없는 것이다. 이제 세상이 바뀐 만큼 순결에 대한 사전적 의미도 바뀌어야 한다.

　"그런데 대체 머리는 언제 잘라줄 거야? 나 다시 머리 길러?"

　도영의 머리를 잘라주고 싶다고, 마당 한가운데 의자를 내놓고 그를 앉혀보고 싶다고, 결혼에 대한 환상이 꿈틀거렸다. 결혼이란 환상이 제거된 적나라한 생활이 아니던가. 현실이라는 강퍅한 날들에 시달리는 일이 아니던가. 그런데도 다시 한번 그 길로 삶을 놓고 싶다.

⚽ 6월 9일 금요일

엄마가 머리를 잘라주는 날이면 나는 생각하지 않아도 아빠가 떠오른다. 서로 먼저 앉겠다고 가위바위보로 순서를 정해 머리를 맡겼던 날은 이제 다시 오지 않을 것이다. 그때, 마당에 나가서 아빠가 머리를 다 자를 때까지 기다리면서 고무호스로 물장난을 하던 날에 나는 분명 행복했다. 우리 가족은 행복했다. 그 행복은 왜 지속되지 않은 걸까?

　한동안 내 머리 잘라주는 일을 하지 않던 엄마가 오늘 다시 머리를 잘라주었다. 엄마 실력은 녹슬지 않았다. 나는 귀 주변을 동그랗게 파서 모양을

낸 엄마의 솜씨에 엄지를 치켜세웠다. 그런데 그만 그 순간에 눈물이 나고
말았다.

6월 10일 토요일

집으로 돌아간 지현이로부터 연락이 없기에 잘 지내나 보다 했다. 무소식이
희소식이겠거니 했다. 도영을 만나고 돌아와 늦게까지 컴퓨터 앞에 앉았다.
비교적 작업에 막힘이 없는 터라 시간 가는 줄 모르고 자판을 눌렀다.

지현의 남편으로부터 새벽을 깨우는 전화가 왔다. 제이슨의 목소리는 울
음소리에 묻혀 무슨 소리인지 알아듣기 힘들었다. 병원이라는 소리만 간신
히 알아듣고 엄마 집에 내려가 엄마를 깨워 태극의 옆에 눕혀놓고 병원으로
향했다. 병원으로 가는 동안에도 나는 남자들의 호들갑이란… 하고 말았다.
최악의 상태가 기다리고 있을 줄은 꿈에도 몰랐다.

농약을 먹은 지현은 사경을 헤매고 있었다. 이미 내장은 녹아내린 뒤라고,
손을 쓸 단계를 지났다고 했다. 지현은 마지막 의식을 회복했을 때 말했다.

"살…려줘. 살고 싶어. 내…가 잘…못했어…. 세라…! 세라… 어떻…게
해…."

"바보야 토해! 토하라고! 너 안 죽어. 살 거야. 그러니까 우선 토해!"

"정와…안아…."

죽고 싶다고 했던 애가, 죽기 위해서 약을 먹은 애가 죽음의 문을 열고 들
어서서 살려달라고 말했다. 살리고 싶었다. 살려야 했다. 아이를 위해서 엄
마는 죽으면 안 된다. 엄마는 어떠한 일이 있더라도 아이를 혼자 남겨놓아선
안 된다. 아이는 세상에 나올 때 엄마 하나 믿고 나오는 것이다. 아이는 자신
이 어른이 될 때까지 엄마가 자신을 뱃속에서처럼 지켜줄 거라고 믿는다. 그

믿음을 배신해선 안 된다. 적어도 엄마는 자식을 배신해선 안 된다. 그것이 엄마의 역할이다. 그러니 엄마는 죽을 고비에서도 살아남아야 한다. 어떤 일이 있더라도 살아남아서 자식을 지켜야 한다.

나는 살려놓으라고 울부짖었다. 이건 있어선 안 되는 일이라고, 암도 살리면서 농약 따위 왜 못 씻어 내리냐고, 빨리 살려놓으라고 매달렸다.

죽고 싶다고 말했던 지현의 그 푸념들을 단순히 푸념으로만 들어 넘긴 게 실수였다. 제이슨은 지현을 영국에 데리고 가려던 제 탓이라고 가슴을 쳤다. 이건 우리 모두의 실수다. 그리고 스스로 목숨을 버린 지현의 실수다. 생은 자주, 한 번의 실수를 용납해주지 않을 만큼 단호하다.

지현은 잡은 손을 놓으면서 세라를 부탁한다고 했다. 세라가 스무 살에 할 말을 미리 하겠다고, 세라 잘 키워줘서 고맙다고 했다. 그때 현주와 선미가 뛰어들어 왔다. 현주와 선미가 뛰어들어 오는 것을 본 지현은 희미하게 웃어주었다. 그러고는 눈도 감지 못한 채 세상과의 모든 인연들을 내려놓았다. 눈도 감지 못할 거면서 약은 왜 먹었느냐고, 나는 지현을 붙들고 울었다. 일어나라고, 먹은 농약 토해 내라고 발악을 했다. 현주는 남편의 품에 안겨서 울었고 선미는 그 자리에서 주저앉았다.

초등학교 6학년 때부터 우리는 함께했다. 같은 동네에서 같이 자라 같은 중학교, 같은 고등학교에 다녔고 서로의 대학교에 도강을 다니면서 몰려다녔다. 함께 연애했고 함께 실연했고 함께 아이를 키웠다. 늘 싸웠고 늘 화해했고 늘 으르렁거렸고 늘 보고 싶어 했다. 그러면서 함께 마흔을 살아내고 쉰을 살아내고 예순을 살아낼 거라고 믿었다. 일흔 살이 된 우리들은 네 명이어야 한다.

유학 중인 선미가 보고 싶어서 함께 아르바이트를 하고 1년을 고스란히 모아 선미가 공부하고 있는 프랑스로 배낭여행을 떠났던 우리다. 우리의 청춘은 아직도 더 남아 있고 지현은 그 시간들 속에 함께여야 한다. 그런데….

지현이 죽었다. 제이슨은 현실로 받아들이지 못했다. 현실이 아니라고 하면서 울었다. 아내를 잃은 남편의 뒷모습을 보았다. 세계 전체가 무너진 남자의 고통이 고스란히 전해졌다. 제이슨은 시트를 몇 번이고 벗겨 내리고 지현의 어깨를 부여잡고 흔들었다. 살아나라고 눈을 뜨라고 했다. 그러다가 다시 아이를 끌어안았다.

그때 나는 보았다. 웬 사내가 응급실 근처에서 주춤거리며 서 있는 것을. 그 사내가 눈물을 훔치면서 뒤돌아서는 것을.

내가 뛰어나가는 것을 눈치 챈 선미가 뒤따라 나왔다.

"이봐요!"

사내는 체념한 몸짓으로 뒤돌아섰다. 사내는 얼핏 보기에도 스물 후반의 총각으로 보였다. 작은 체구에 창백한 얼굴은 밀랍인형같이 보였다. 유약해 보이는 어깨와 작은 손은 사춘기 소년의 그것처럼 연하게만 보였다.

사내는 빠르게 말을 마치고 돌아섰다. 선미도, 나도 사내를 붙잡지 못했다. 질문도 하지 못했다. 다만 사내가 한 말을 되도록이면 빨리 잊고 병원으로 돌아가야 했다.

"결혼식 전날에 미용실에 갔다가 알게 됐어요. 아내의 머리를 해준 사람이 누님이에요. 누님은 우리의 결혼식도 지켜보셨어요. 결혼한 지 열흘 만에 직장을 잃어버리자 나는 미용실을 하면 어떨까, 미용사가 되면, 기술자가 되면 적어도 실업자 신세는 면할 수 있겠다는 생각이 들어서 누님한테 의논을 하러 갔어요. 그랬는데…, 그냥 단순히 토이보이였어요. 사랑은 가당치도 않은 말이에요. 내 몸을 팔아 아내와 아이를 벌어 먹인다고 생각했을 뿐이었는데, 이렇게 일이 커질 줄 몰랐어요. 죄송합니다. 친구 분들 이야기는 너무 많이 들어서 누가 누군지 알겠네요. 교수님, 작가 선생님, 그리고 제일 공부 잘

했던 똑똑한 엄마…, 좋은 곳으로 갈 수 있게 누님 마지막 가는 길 지켜주십시오. 저는 아내와 아이 곁으로 가겠습니다."

한 사람은 사랑이고 한 사람은 사랑이 아닌 관계를 너무 많이 봐왔다. 한 사람이 사랑이라고 믿게 만든 것은 전적으로 다른 한 사람의 책임이다. 아니다. 다른 한 사람이 아무 짓도 하지 않았는데 혼자 사랑했으니 사랑은 사랑이라고 믿은 한 사람의 책임이다. 이것도 아니다. 사랑은 두 사람 사이에서 일어나는 화학반응이다. 화학반응도 없이 사랑을 했다면 그것은 사랑이 아니다. 착각일 뿐이다. 그러나 둘 사이에 오가는 몸짓의 신호가 있다면, 눈짓의 신호가 있다면, 그리하여 사랑이라고 믿고 맺은 육체의 결합이 있다면 그것은 사랑이다. 사랑은 상호 작용하는 것이다. 그러니 사랑은 두 사람 공동의 책임이다. 아니다. 이것 역시 아니다. 사랑엔 언제나 더 많이 사랑하는 사람이 있다. 조금 덜 사랑하는 사람이 있다. 조금 더 많이 사랑하는 게 힘들어서 결단을 내렸다면 그것은 온전히 더 많이 사랑한 사람의 책임인 것이다. 아니다. 이것 역시 아니다. 사랑을 정의하려 들면 늘 이렇게 어지럽다. 도무지 결론이 나지 않는다. 그게 사랑이다.

먼저 떠나겠다고 했던 그 말이 명치끝에서 울렸다. 왜 몰랐을까…. 왜 몰랐을까….

⚽ 6월 11일 일요일

지현이 아줌마가 6월 11일 새벽 3시 53분에 돌아가셨다. 지현이 아줌마는 이제 영원히 나이를 먹지 않는다. 아줌마의 나이는 38년 9개월에서 멈췄다. 죽은 사람은 나이를 먹지 않는다는 말이 아직은 무슨 말인지 잘 모르겠다. 엄마의 설명이 그랬다. 내가 조금 더 크면 알게 될 거라고, 그 말부터 나는 슬프기 시작했다.

지현이 아줌마가 사랑 때문에 죽었다. 사랑 때문에 죽을 수 있다는 것이 나는 믿어지지 않는다. 하지만 믿을 수밖에 없다는 것을 안다. 갑자기 사랑이 무섭다. 엄마가 죽을 만큼 사랑에 빠질까봐 무섭다. 엄마를 관리하고 단속해서 나는 엄마가 절대 사랑 때문에 죽는 일이 없도록 할 것이다.

나는 끝까지 엄마를 지켜내야 한다.

처음에 엄마에게 연애를 하게 만든 건 정말 실수다. 돌이킬 수 없는.

이럴 줄 몰랐다. 예감이라니 당치도 않은 일이야. 어른들은 지현이 아줌마의 죽음에 대해 이구동성으로 이럴 줄 몰랐다고 했다. 지현이 아줌마가 죽고 싶다고 했고, 나를 비롯한 어른들은 모두 이럴 줄 알고 있었다. 그런데 몰랐다니, 그건 아마도 오늘일 줄 혹은 내일일 줄 몰랐다는 뜻일 거다.

어른들의 무책임한 슬픔이 딱하다.

👠 6월 12일 월요일

"아줌마가 태극이 예뻐했잖아. 아줌마한테 마지막으로 인사해. 그러라고 데리고 온 거야."

태극은 절하라는 말이 떨어지자 바로 절을 했다. 절을 하고 일어서던 태극은 지현의 영정 사진을 보더니 넋을 놓았다. 순간 나는 잘못 본 줄 알았다. 아이한테서 그런 표정이 나온다는 것에 나는 놀랐다. 이별이 뭔지 아는 표정…. 아이는 사랑하는 사람을 떠나보내야 하는 슬픔을 고스란히 눈에 담아냈다. 나는 그제야 아이가 실연을 한 직후임을 떠올렸다. 괜히 데리고 왔다고 후회했을 때 이미 아이는 힘겹게 또 한 번의 이별을 받아들이고 있었다.

상복으로 갈아입고 아이 역시 검은 양복을 찾아 입혀서 장례식장에 데리고 간다고 했을 때 엄마와 오빠가 기겁을 하면서 말렸다. 기어이 데리고 온 것은 아이에게 보여주고 싶었기 때문이다. 아이가 죽음을 온전히 이해하지 못하더라도 사람과 이별하는 일을 어렴풋하게나마 깨닫길 바랐다.

우리는 살면서 어떤 식으로든 매일 이별을 한다. 한 시간 만에 이별하기도 하고 열흘 만에 이별하기도 한다. 우리는 수많은 이별을 치러내면서 그 이별이 다음 이별을 생산할 수 있도록 다음 사람을 데려다놓는 것을 보아왔다. 다음 사람은 그다음 사람을 두고 떠났다. 언제나 다음이 있는 것, 이별은 만남의 다른 말일 터다.

태극이 이별을 받아들일 때, 기다리고 있던 다음 순번의 사람이 태극의 앞에 서게 될 것이다. 그 사람은 다시 다른 사람을 뒤에 세워놓고 이별이라는 이름으로 태극을 떠날 것이다. 그 과정을 태극이 어른스럽게 겪어나가길 나는 바란다. 그것이 곧 어른이 되는 것이고, 마음의 키가 자라는 일이 될 것이기 때문이다.

살아 있는 동안 치러내야 할 수많은 일들 가운데 이별이 있다. 반드시 치러야 하는 통과의례처럼 이별은 곳곳에서 무작위로 삶에 틈입해올 것이다. 이별이야말로 살아 있다는 증거일 것이다. 이별이 끝나는 날 우리의 삶도 끝나는 게 아니겠는가.

아이가 고요하게 눈물을 흘렸다. 세라를 보고 난 후다. 아직 엄마의 죽음을 인식하지 못한 채 풀이 죽어 있는 세라를 보더니 태극은 세라의 손을 잡아끌었다. 책임감은 어른이 심어주는 것보다 자신이 느낄 때 그 효과를 더한다. 울면서 태극은 세라에게 "앞으론 오빠가 놀아줄게." 했다. 세라는 여전히 시무룩한 채였다.

지현은 이제 아프지 않을 것이다. 마음의 고통도, 육신의 고통도 이제 더는 없을 것이다. 지현이 아프지 않은 대신 살아남은 사람들이 아플 차례다. 세라가, 제이슨이, 선미가, 현주가, 내가… 지현의 오빠와 언니와 친척들이… 조금씩 덜어서 가질 것이다. 그 아픔들은 오래도록 머물지 않고 흘러갈 것이다. 어느 날엔가는 있지도 않았던 것처럼 느껴질 것이다.

누군가 태극이를 보고 있는 걸 느꼈을 때 도영이 조문을 마치고 나오는 것을 보았다. 도영은 태극을 유심히 보더니 내 어깨를 툭툭 치고는 몸을 돌렸다. 검은 상복에 검은 넥타이 차림의 도영을 보면서 밑도 끝도 없이 결혼 예복 같다는 생각을 했다. 공교롭게 붉은색 주단이 깔린 복도를 나란히 걸었다. 주차장까지 따라 나갔더니 도영은 울어서 엉망이 된 얼굴을 쓸어내려주곤 고요히 입을 맞추고 돌아섰다.

말이 거북할 때가 있다. 말없이 돌아서주는 도영이 고마웠다. 언제 보자는 말도, 너무 힘들어하지 말라는 말도, 연락한다는 말도 없이 도영은 그저 깊은 눈을 내려놓고 갔다.

이 세상을 함께 살던 한 사람이 죽었는데도 세상은 고요하다. 아무 일도 일어나지 않는다. 세상은 그렇게 믿고 있는 듯 어떤 움직임도 없다. 지구 반대편에서 전쟁이 일어났을 때도 우리는 우리의 하루를 살았다. 적어도 내겐 아무 일이 일어나지 않았다고.

아침에 일어나 출근 전쟁을 치렀고 점심으론 어떤 종목이 좋을까, 음식을 고르는 데 골몰했다. 저녁에는 포장마차에서 거하게 한잔하기도 했다. 전쟁은 내 얘기가 아니었다. 그러니 지금 지현의 죽음이 세상이라는 거대 도시에서는 아무 일이 아닐 터다. 아는데, 그 사실을 아는데도 죽은 듯 고요하게 아침 해를 끌어올리는 세상을 보고 있자니 화가 치밀어 올랐다.

지현은 남편과 세라를 두고 떠났다. 지현이 살다 간 흔적은 남편과 세라에게 남아 있다. 지현의 눈매를 닮은 세라를 보면서 우리는 지현이 살다간 흔적을 본다. 지현이 살다간 흔적은 우리들 가슴 속에도 남아 있다.

사람이 죽어서 남기는 건 이름이 아니라 사람이 아닐까 하는 생각이 든다. 사람의 가슴에 고스란히 남긴 추억과 그 추억을 추억하는 사람이야말로 그 사람이 살다간 흔적이 아닐까.

6월은 잔인하게 우리들 가슴을 베어버렸다.

⚽ 6월 13일 화요일

지현이 아줌마의 장례식을 치르고 돌아온 엄마는 어제부터 멍하니 창밖만 내다보고 앉아 있다. 하루 종일 전화도 꺼놓고 창가에 앉아서 눈물만 닦아내고 있다.

나는 말없이 검도장과 피아노 학원에 다녀와서 혼자 숙제를 했다. 엄마는 로봇같이 일어나서 저녁을 차렸다. 엄마는 밥을 뜨다 말고 다시 울었다.

"엄마, 많이 슬퍼?"

"아니야…, 태극이 밥 먹어."

"엄마는?"

"친구가 떠났는데, 친구라는 사람은 슬퍼서 울면서도 배가 고프고 하품을 하는 게 너무 미안해서 밥을 못 먹겠어."

"죽은 사람은 배가 고픈 걸 모르지만 우리는 배가 고픈 거 아니까 먹어야지. 죽은 사람은 계속 자는 거지만 나는 일어나서 또 학교에 가야 되고 엄마는 글을 써야 되니까 그러려면 자야 되니까 자는 거라고 할머니가 그러셨어.

그러니까 엄마, 밥 먹어. 밥을 먹고 힘이 나야 또 울 힘도 생기는 거래."

엄마는 한 술 더 뜨는 거 같더니 기어이 숟가락을 내려놓고 밥 대신 커피를 마셨다. 나는 오늘까지만 잔소리를 하지 않기로 했다. 엄마가 혼자 술을 마시는 거보다는 커피를 마시는 게 나을 거 같아서 봐주기로 했다. 엄마는 지금 많이 슬프기 때문에 봐주는 거다.

지현이 아줌마가 보고 싶다. 아줌마가 세라를 데리고 와서 뒹굴면서 자는 날은 정말 하루 종일 웃었는데…. 혼자 이를 닦고 샤워를 하고 잠옷으로 갈아입고 침대에 누워서 나도 잠깐, 아주 잠깐 울었다. 아줌마는 사랑 때문에 죽어야만 했을까?

슬픔을 가누기 위해 축구를 봤다. 4년마다 뜨거워지는 지구. 월드컵은 지구촌을 뜨겁게 달군다. 안 그래도 지구는 날이 갈수록 뜨거워지고 있는데.

이기는 건 정말 기분 좋은 일이다. 축구는 이겼는데 왜 하나도 기쁘지 않은 걸까?

난 그저 사랑해달라며

한 남자 앞에 서 있는 여자일 뿐이에요.

- 영화 〈노팅힐〉 중에서

결국
거기에서 거기인

6월 15일 목요일

지현이를 보내고 억지로라도 정신을 추스르기 위해 영화사에 나갔다. 산 사람은 살아남은 대로 살아야 하므로. 언제까지 슬픔 속에 나를 가둔 채 머물러 있을 수는 없으므로.

해마다 호흡하는 6월의 바람이지만 오늘 유난히 찰랑였다. 이 6월의 바람을 놓고 떠난 사람 생각에 잠시 또 왈칵 눈물을 쏟았지만 그렇다고 처음처럼 통곡을 할 정도는 아니었다. 파도도 어느 지점까지 몰려왔다가는 다시 밀려가는 법. 슬픔도 어느 지점까지 쏟아내면 밀려가는 법이다. 퍼낼수록 바닥이 보이는 것, 슬픔도 예외는 아니다.

영화사를 나서다가 막 들어오는 오 감독과 마주쳤다. 오 감독과 마주친 순간 일상의 둔탁한 소음들이 마음 둥치에서 들려왔다. 오 감독은 거칠고 투박한 말투로 할 말이 있다면서 인근 커피숍으로 나를 이끌었다. 크랭크인 들어갈 영화 얘기라는 데 따라가지 않을 수가 없었다. 그럼에도 나는 앉기 바쁘게 대놓고 물었다.

"커피 값은 누가 내요?"

"에이…, 잘 지냈냐고, 준비는 잘되고 있냐고 묻는 게 예의죠."

"오 감독님이 내시는 거 맞죠?"

"매달 들어오는 돈 있겠다, 원고료 있겠다, 게다가 판권료까지 받을 사람이… 자꾸 그러면 윤 작가님 작품 리메이크 안 해요. 그냥 기분 좋게 사주면 맛있게 마셔줄 텐데."

나는 그냥 웃었다.

내가 알던 오 감독은 이런 사람이 아니었다. 무엇이 이 사람을 변하게 했을까, 나는 변하게 한 무엇에 휘둘린 오 감독의 삶이 안타까울 뿐이다.

"할 말이 뭐예요?"

"사귀는 사람 없죠? 우리 완전히 끝났다고 난 생각 안 해요."

"사귀는 사람 있어요? 하고 묻는 게 예의예요. 예의 따지는 분이 왜 이러세요?"

"그래서 있어요?"

"없어요. 있어도 없어요. 없어도 없구요. 오 감독님한테 내 얘기 안 하고 싶어요."

"나… 완전히 끝났다고 믿지 않았기 때문에 버텼는데, 정말 힘들게 하지 마요. 우리들 얘기 알 만한 사람은 다 아는데…, 이렇게 끝내면 윤 작가님 소문 어떻게 나겠어요? 다시 보죠."

오 감독은 내 대답을 듣지 않겠다는 투로 일어섰다. 일어서면서 커피 값은 역시 계산하지 않고 그대로 출입문으로 직행했다. 나는 오 감독을 불러세웠다.

"커피 값이요. 사람이 만나는 일은 서로가 나누고 보태는 일이에요. 한 사람이 일방적으로 마음을 퍼내면 힘들죠. 오 감독님 힘들잖아요. 내가 원망스럽고…. 마찬가지로 돈도 한 사람이 일방적으로 퍼내면 힘들어요. 오 감독님이 원망스럽구요."

"내가 돈 안 내서 마음 안 낸 거예요?"

그러더니 오 감독은 어딘가에 전화를 걸었다. 조감독에게 커피 값을 가지고 오라는 전화였다. 나는 오 감독을 밀치고 계산을 했다.

영화사에 들어오자마자 오 감독에게 지불된 연출료를 확인했다. 나의 2년 6개월의 연봉에 해당하는 금액이었다. 그럴 줄 알았으면서도 망치로 한 대 맞은 기분이었다.

도영과의 약속을 취소했다. 누군가의 흔적을 묻힌 채 도영을 만나기 싫었다. 농도 짙게 화를 풀어낼까봐 두렵기도 했다. 요즘의 나는 자주 감정의 심한 굴곡을 겪는다. 평온을 되찾기엔 아직 너무 이르다.

⚽ 6월 16일 금요일

수업이 끝난 뒤 복도에 우리를 줄 세운 선생님은 사랑의 막대기를 해서 연결된 친구들끼리 짝을 할 수 있게 해주었다. 남자끼리, 여자끼리 사랑의 막대기를 하자 선생님은 그 남자끼리 여자끼리 막대기를 댄 아이들을 바꿔서 짝으로 만들어버렸다.

한번 짝은 영원한 짝이라고 했던 선생님의 말은 거짓말이다. 나는 아무튼 두 달 동안 내 짝이었던 남자 녀석과 헤어지게 돼서 좋다. 학기 초에 남자끼리 여자끼리 앉혀놓고 두 달 동안이나 그냥 지내왔다는 건 좀 너무했다.

슬기와 짝을 하기엔 아직 이르다고 생각했는데 슬기와 짝이 됐다. 내가 막대기를 갖다 댄 은수는 다른 녀석에게 막대기를 하고 그 녀석은 슬기에게 막대기를 하고 슬기는 내게 막대기를 갖다 댔다. 은수와 슬기가 가위바위보를 하고 은수에게 찜을 당한 녀석과 내가 가위바위보를 해서 진 사람끼리, 이긴 사람끼리 앉기로 했는데 슬기와 내가 지는 바람에 짝이 된 것이다.

선생님은 우리가 모두 자기의 새로운 짝과 자리를 찾아 앉는 것을 기다렸다가 말을 이었다.

"맨 처음 짝은 너희들에게 영원한 짝이지만 오늘 바뀐 짝도 너희들에겐 영원한 짝이어야 한다. 한 번 짝은 영원한 짝이야."

"선생님 짝은 한 명하고만 할 수 있는 거잖아요?"

어떤 녀석이 질문을 하자 선생님은 빙그레 웃으면서 대답하셨다.

"너희들은 자라면서 많은 짝을 만들어봐야 돼. 돌아가면서 짝을 하면 모두하고 짝이 되는 거야. 이 교실에 있는 친구들은 모두 내 짝이라고 생각해야 되는 거야. 알겠지?"

내 짝. 슬기.

인생의 1막 2장이 시작됐다. 이번 사랑은 조금 더 드라마틱하길, 부디!

학교가 끝나고 나오는 길에 교문에서 예원이와 마주쳤다. 신기하게 아무렇지 않았다. 그냥 편하게 웃으면서 인사를 건네고 지나쳤다. 예원이가 오히려 어색해서 내 눈을 피하려고 했던 참이다.

지나간다.

나는 엄마의 그 말이 떠올랐다. 예원이의 새로운 만남이 잘되기를 바라는 마음이 내 안에 있음을 본 순간 나는 예원이가 있는 슬픔이 지나갔음을 알았다. 미안하게도 너무 빨리 지나갔다. 예원이 때문에 울었던 날들이 아주 먼 옛날일인 듯이 느껴질 만큼 예원이를 잊었다. 마음에서 완전히 보낸 것이다.

이렇게 사람은 잊고 잊히고, 보내고 맞이하는 건가 보다.

나는 예원이를 잊어버리고 전속력으로 뛰어서 집에 왔다. 세라가 있는 집이 좋아서 나는 요즘 학교에서 집까지 매일 뛰어서 온다.

제이슨 아저씨가 영국으로 세라를 데리고 간단다. 그래서 미용실 건물을 팔려고 내놓고 짐들을 영국에 부치는 중이란다. 세라가 영국에 가버리면 나는 세라를 다시 보기 힘들 것이다. 그래서 세라를 실컷 봐놓으려고 나는 피아노 학원에도 안 가고 검도장에도 안 가고 세라와 놀기만 하고 있다. 예쁜 세라. 하지만 마음 아픈 세라.

6월 17일 토요일

선미가 결혼하는 날이다. 저녁에 가까운 친지 어른들만 모시고 호텔 뷔페의 방 하나를 빌려 식사를 하는 게 결혼식의 전부지만 선미는 어떻게든 결혼식을 연기해보려 했다.

죽은 사람은 죽은 사람이고 산 사람은 산 사람의 스케줄대로 살아야 하는 거 아니겠냐고, 처음으로 선미의 부모님이 선미의 의견에 이견을 달았다. 해서 선미는 우울한 모습으로 신부 화장을 했다. 신부 화장은 몇 번이고 다시 고쳐야 했다. 흐르는 눈물 때문이었다. 우리도 화장을 다시 고치길 몇 번, 하도 눈물을 교환하다 보니 결국은 표충 씨가 우리를 떨어뜨려 놓았다.

"자꾸 울면 아이한테 좋지 않은데…"

"선미, 너…!"

"말할 기회가 없었어."

"너 임신한 몸으로 장례 치른 거였어? 미쳤어! 아이 뱃속에 넣어놓고 장례 치르는 사람이 어디 있어? 말하고 오지 말았어야지."

"임신 아니라 더한 몸이라도 나는 가. 내 친구랑 헤어지는 일이야. 만나는 일보다 헤어지는 일을 더 잘해야 돼."

현주가 선미의 말을 받아 뭐라고 한마디를 더 하려다가 입을 다물었다. 축하한다는 말도 없이 지나간 선미의 임신 소식이 다시 눈물짓게 했다. 나는 조용히 자리를 빠져나와 화장실로 향했다. 혼자서 마음껏, 눈치 보는 일 없이 울었다. 실컷 울고 아예 화장을 지워버렸다.

순백의 한복을 입고 치르는 결혼식은 고요하게 흘러갔다. 식사를 마치고 샴페인 타임을 가지면서 그 사이에 결혼반지를 교환하는 의식을 치렀다. 케이크 커팅을 하고 가족사진을 찍고, 친구들 사진을 찍고, 할 것은 다 하는 미니 결혼식은 정갈했고 법도가 살아 있어 보였다. 사진을 찍고 돌아서는 순간 누가 먼저랄 것도 없이 울음을 터뜨렸다.

"나쁜 년!"

우리가 할 수 있는 말은 그것뿐이었다.

네 커플이 모여서 밤새 술을 푸기로 했던 약속은 이제 없었던 일이 되어버렸다. 영원히 그 약속은 지킬 수 없게 되었다. 결혼식 전전날이 우리들의 디데이였는데, 도영을 친구들에게 소개하고 싶었는데….

사람은 떠나도 약속은 남아 있다. 지킬 수 없다 해도 그 약속은 영원히 남아 있는 것이다. 남아 있는 우리들의 약속이 슬퍼서 나는 또 울었다.

⚽ 6월 18일 일요일

엄마랑 외숙모랑 삼촌이랑 할머니랑 넷이서 어젯밤에 족발과 통닭을 시켜놓고 밤새 술을 마셨다. 두런거리는 얘기 소리가 방에까지 들어왔다. 나는 놀다 지쳐서 성구 형과 같이 잤다.

아침에 일어났을 때 나는 성구 형이 팬티를 쳐다보면서 어이없어하는 표정을 보았다.

"형, 왜 그래?"

성구 형은 재빨리 이불을 덮어 쓰더니 다시 누워버렸다. 이불 속에 머리를 묻고 성구 형은 몸을 동그랗게 말았다. 이불을 들췄더니 형은 형의 팬티를 만지고 있었다.

"야, 이 새끼야 건들지 마!"

성구 형의 소리가 어지간히 크긴 했나 보다. 할머니와 외숙모가 뛰어들어왔다. 나는 잘못한 것도 없는데 화를 내는 형이 못마땅했다. 그래서 다시 이불을 들췄다. 그랬더니 이번에는 형의 발길질이 날아왔다.

"이게 무슨 짓이야?"

외숙모의 외침과 함께 나는 울음을 터뜨렸다. 이어 삼촌과 엄마가 방에 들어왔다.

"왜 울어? 남잔 우는 거 아니랬어. 암 하고 말해. 무슨 일이야?"

엄마를 보자 억울한 게 치밀어 올라서 나는 울음소리를 더 거세게 냈다. 아무리 그치려고 해도 울음이 그쳐지지 않았다. 이번에는 삼촌이 성구 형에게 물었다.

"성구가 말해. 무슨 일이야?"

"이 새끼가 이불을 자꾸 벗기잖아요. 덮고 있는데."

"일어나라고 그런 거잖아. 일어나. 그리고 둘이 화해해."

입을 앙다물고 고집스럽게 손을 이불 속에 넣고 있는 성구 형을 보던 삼촌이 엄마를 내보냈다. 엄마가 나가자 삼촌이 성구 형의 바지를 내려서 상태를 확인했다. 팬티가 젖어 있었다. 그 순간 나는 성구 형에게 미안해졌다. 나는 오줌을 싼 성구 형을 들키게 한 사람이다.

아무도 모르게 팬티를 갈아입게 했어야 하는데… 하는 순간 삼촌에게서 모를 말이 나왔다.

"성구야 이건 몽정이라고, 남자들은 다 하는 거야. 태극이 너도 알아둬. 너도 언젠가 자고 일어나면 이렇게 팬티가 젖어 있을 거야. 그러면 와, 나도 이젠 진짜 남자 대열에 합류했구나, 사나이가 됐구나 생각하고 자랑스럽게 팬티를 갈아입으면 돼."

"남자들이 다 하면, 삼촌도 해요?"

나는 얼른 물었다. 성구 형의 눈치를 조금 보기도 했다.

"당연하지. 성구가 조금 빠른 거 같은데 중학생이 돼서도 안 하면 그건 이상한 거야. 이걸 하면 어른이 됐다는 뜻이거든. 성구가 건강하다는 뜻이야."

성구 형은 그 말을 듣더니 자못 뻐기는 표정이 되었다. 남자 어른이 되면 다 하는 몽정을 시작했다는 것에 대해 자부심과 긍지를 느끼는 표정이다. 나는 성구 형이 들은 사나이라는 말에 매력을 느꼈다. 사나이. 정말 멋있는 말이다. 사나이라는 말을 들은 성구 형이 갑자기 위대해 보인다. 나도 빨리 사나이가 되고 싶다.

어떻게 하면 하루빨리 몽정을 할 수 있을까?

👠 6월 21일 수요일

장례식장에서 본 이후 처음 만난 도영이었다. 꽤 오랜만에 보는 건데도 어제 본 사람 같았다. 매일 보지 않고서는 견딜 수 없었던 날들도 있었는데….

도영은 포크 하나, 물 컵 하나까지 세심하게 챙겨주었다. 내가 하겠다는 것도 굳이 도영은 챙겨주겠다고, 그냥 받아먹으라고 했다. 사랑이 이렇게 넘칠 때 어린 시절의 나라면 행복해하는 데 미쳐 있었을 것이다. 하지만 지금은 그렇지 않다. 넘치면 비울 일이 그다음이라는 것을 익히 알고 있다. 슬픔 뒤엔 기쁨이 오듯이 기쁨 뒤엔 슬픔이 오는 게 삶의 순서다. 살아보니 늘 그랬다. 사랑 뒤엔 이별이 왔고 이별 뒤엔 다시 사랑이 왔다. 그래서 나는 도영이 내게 잘해줄수록 불안하다.

"지현 씨… 정말 자유로운 여자였는데…."

"글쎄요… 예전엔 그렇게 믿었는데 이젠 뭐가 뭔지 모르겠어요."

"이론으로, 실재로 단단히 무장된 삶이었어. 적어도 나한테 말할 땐 그랬어. 이성과 감성을 절묘하게 컨트롤하면서 자유를 구가하는 거… 왜 놓쳤을까 싶어."

"사랑의 감정이 이성으로 통제되는 거, 그건 사랑이 아니라고 생각해요. 적어도 사랑에 있어서만큼은 머리가 가슴을 절대 못 이겨요."

"몇 번의 사랑과 이별을 거치다 보면 스스로 통제되지 않나? 통제될 때 그때 하는 사랑이 난 진짜라고 생각해. 감정만 앞세우던 이십 대, 머리로 계산하면서 만나던 삼십 대를 지나면 그때 진짜 사람이 보이고 사랑이 보인다고 하던데."

"당신은 이제 겨우 서른여섯이에요."

"당신은 마흔이고 난 당신을 통해 마흔 살을 살고 있다고 생각해. 어떤 걸 계획하고 실천하면서 살기보다 현재 내 앞에 놓인 삶을 열심히 바라보는 게 마흔 살이라는 거, 나는 보이더라. 아직 살아보지 않은 십 년 뒤를 내다보는 건 스물에 해야 할 일이고 살아온 과거를 추억하면서 사는 건 또 이십 년쯤 뒤의 일이고. 우린 그냥 오늘, 내 앞에 있는 걸 보면서 살아야 하는 게 아닌가…, 당신을 보고 알았어. 그러니까 당신은 미래에, 과거에 구속당하지 말고 자유롭게 살아. 사랑에도, 삶에도."

"기꺼이 구속당하는 것, 그것 역시 자유의지로 결정하는 거예요. 자유보다 사랑이 우위에 있으니까."

그러자 도영은 화제를 돌렸다. 도영은 묶이지 않을 사람이다. 스스로에게조차 묶이지 않을 뿐더러 누구도 묶으려고 하지 않았다. 도영이 말하는 자유가 보였다.

"결혼 생활… 불행했어요?"

"…."

"그새 해쓱해졌어. 친구들도 그날 보니까 다들 얼굴이 말이 아니더라."

"부부 사이가 좋았던 사람들이 더 일찍 재혼하고, 부부 사이가 좋지 않던 사람들이 오히려 혼자 살거나 재혼하는 속도가 더딘 거 알아요? 그건 그들 사이에 모종의 믿음이 있기 때문이죠. 불행하게 살 게 뻔한 결혼, 왜 또 해? 하거나 난 계속 행복하게 살 거야 하면서 재혼을 서두른다는 거죠. 나 그 말에 공감해요."

"… 드라이브 갈까?"

만나면 몸을 섞고 마음을 섞고 말을 섞는 관계. 내 아이를 보자는 말도, 자신의 아이를 보여주겠다는 말도, 자신의 이혼에 대해서도 도영은 여전히 함구하고 있다. 오로지 나를 보고 싶어 하고 나를 사랑한다. 나를 사랑한다면서 내 주변의 것들까지 사랑하려고 하지는 않는다.

딸 하나 둔 이혼남과 아들 하나 둔 이혼녀가 만나서 연애를 한다. 연애의 목적은 연애를 하는 것에 있다. 단지 그뿐, 진도가 나가지 않는 관계란 어떤 걸까.

사랑하였으므로 행복하였노라. 구호로 삼기엔 미진하다.

⚽ 6월 22일 목요일

이건 정말 쇼킹한 일인데, 슬기가 검도장에 나타났다. 우와!

검도장에 있는 형들이 검도복을 입은 슬기를 보고 예쁘다고 탄성을 질렀다. 그러자 예원이는 입술을 삐죽 내밀었고 슬기는 부끄럽다는 듯이 내 뒤에 숨었다. 슬기가 내 뒤에 숨자 형들은 나를 부러워했다.

웁하하하하! 나는 위대하다.

영웅만이 미녀를 얻는다고 했다. 나는 슬기로 인해서 영웅이 되어버렸다. 그래서 더는 망설이지 않고 슬기만을 사랑하기로 했다. 내 인생의 1막 2장이 클라이맥스에 오른 게 분명했다. 하지만 이젠 누구에게도 내 사랑이 슬기라느니, 슬기와 결혼할 거라느니 하는 따위의 공언을 하지 않을 것이다. 예원이와의 일로 나는 조금 신중해졌다.

사랑은 아무리 꺼내 써도 줄어들지 않는 마술 통장 같은 건가 보다. 예원이를 너무 사랑했기 때문에 나에겐 다시 누구를 사랑하는 마음이 남아 있지 않을 줄 알았다. 그런데 내 마음속에 있는 사랑이 하나도 줄어들지 않았다는 것을 알았다.

나는 연애를 한다고 해서 엄마 곁을 떠날 생각이 없다. 누군가를 내 집으로 데려올 생각도 없다. 나는 그저 슬기와 조금 더 친하게 지낼 뿐이다. 아이들은 단순하다. 좋으면 좋은 대로 친하게 지낼 뿐, 그 이상을 원하지 않는다. 그렇지만 어른들이 조금 더 친하게 지내는 건 복잡한 문제가 생긴다.

복잡한 문제는 곧바로 내게 와서 나를 힘들게 하고 슬프게 하는 일로 탈바꿈한다. 내가 엄마의 연애에 계속해서 태클을 걸어야 하는 이유다. 엄마의 연애가 결혼에 이르지 않도록 나는 최선을 다해 엄마를 사수할 것이다. 엄마는 결혼이 필요한 게 아니다. 다만 조금 친하게 지낼 수 있는 아저씨가 필요한 것이다.

그 간단한 사실을 엄마가 알았으면 좋겠다. 그래서 나는 나의 연애를 비밀에 부치기로 했다. 아무도 모르게 비밀을 사랑하기로 했다. 치사한 일을 대놓고 할 수 없는 까닭이다.

더운 여름. 우리는 손바닥에 땀이 고일 때마다 서로의 옷에 땀을 닦으면서 손을 잡고 다닌다. 손을 잡는 건 언제나 그렇듯이 숨이 막히는 일이다. 그런데도 손을 잡지 않고는 견딜 수가 없다.

👠 6월 23일 금요일

러브호텔에서 나와 차의 시동을 걸자 시계는 정확하게 11시를 가리켰다.

"늦었다. 시간이 이렇게 된 줄 몰랐네."

"그러게… 오늘은 나 데려다주지 말고 곧장 가요."

"왜? 정완 씬 어떻게 하고?"

"오랜만에 버스 타고 들어가면서 도심 풍경을 좀 볼래요. 글 쓰다 막혔는데, 그럴 때 버스 타고 한 바퀴 돌면 생각이 열릴 때가 있거든요."

"작가들은 버스 타는 거도 일이네…."

도영의 좋은 점은 저녁 늦게 헤어질 때 두드러졌다. 밤늦은 시간에 여자혼자 보내는 건 도저히 못하겠다면서 반드시 집 앞에 내려주고 돌아갔다. 도영은 회식이 있는 날에는 일일이 콜택시를 불러 여직원들에게 남자 직원들을 한 명씩 붙여서 집에 들어가는 걸 확인하게 한다고 했다. 딸을 키우면서생긴 습관이라고 했다. 딸 가진 아버지가 되고 나니 밤길이 보이더라고. 도영이 유일하게 자신에 대해 한 말이다.

그런 도영이가 나를 혼자 보냈다. 내가 원한 일이긴 했지만 쓸쓸했다. 차라리 말이나 하지 말 것을. 항상 남을 배려한답시고 말을 꺼냈다가 그대로 이루어지면 나는 늘 허탈해했다. 이게 무슨 바보 같은 꼴인지.

⚽ 6월 24일 토요일

세라가 떠났다. 이렇게 빨리 떠날 줄 몰랐다. 세라를 보내느라 공항에 갔다. 제이슨 아저씨도 그렇지, 왜 하필 내 생일에 이별을 선물하는지 모르겠다. 덕택에 세라와 이별한 날은 평생 동안 잊지 못할 것이다.

공항에서 집까지 오는 길은 너무 막혔다. 도로가 아니라 주차장이었다. 집에 거의 도착했을 때 예원이 엄마한테서 전화가 걸려왔다. 모두들 도착했는데 왜 여태 안 오냐는 전화였다. 엄마가 내 생일이라고 친구들과 친구 엄마들을 불렀다고 했다.

아웃백에는 예원이 말고도 슬기와 슬기 엄마가, 정우 녀석과 엄마가, 성구 형과 외숙모가, 또 별로 친하지는 않지만 엄마끼리 친한 다혜와 은수가 엄마와 함께 앉아 있었다.

아빠들은 삼촌을 주축으로 해서 횟집에 모여서 술을 먹고 있다고 했다. 은수는 아빠와 살고 있지만 오늘은 특별히 엄마가 은수를 만나러 왔다고 했다. 내 아빠는? 하는 생각과 함께 새엄마가 세트로 떠오르는 바람에 나는 기분을 잡쳐버렸다. 그래서 아빠는 생각하지 않기로 했다. 하지만 어딘가 허전했던 건 사실이다. 지금은 그렇지 않다.

엄마들은 엄마들끼리 한 테이블을 차지하고 앉아서 수다를 떨면서 칵테일 잔을 부딪쳤고 우리는 우리끼리 수다를 떨면서 쉴라즈 드림과 생과일 에이드 잔을 부딪쳤다. 나의 메뉴는 역시 스파게티 종류인 퀸즈랜드 치킨 앤 쉬림프였다. 너무 맛있어서 정신을 차릴 수 없을 지경이었다. 그런데 보니 정우와 예원이가 빅토리아 휠렛과 골드코스트 코코넛 쉬림프를 시켜서 나눠먹고 있었다. 다들 자기 앞에 하나씩 놓고 먹으면서 샐러드를 집어먹고 있는데 두 사람의 분위기가 나는 수상했다.

"너네 수상해."

"은범이랑 헤어졌어. 정우가 요즘은 내 짝이야."

"그럼 유진이는?"

"유진이는 나랑 같은 반 아닌데 어떻게 친해?"

정우가 예원이를 대신해서 대답했다.

예원이는 바람둥이다. 도대체 벌써 몇 명이나 사귄 건지 모르겠다.

갑자기 나라는 존재가 예원이와 사귄 수많은 남자 녀석들 가운데 한 명에 불과하다는 사실을 깨달았다. 중요한 하나가 아니라 수많은 것들 중에 하나인 나. 다른 녀석들도 한 명에 불과한 녀석들이 되는 거다. 나만 그런 게 아니라. 그러므로 우리는 거기에서 거기인 존재들인 것이다. 남자 친구로서 말이다.

예원이는 많은 친구를 사귀면서 크고 있는 걸 거다. 나도 지금은 슬기와 친하게 지내고 있고 또 예원이와도 아무렇지 않게 밥을 먹고 이야기를 나누고 있지 않은가. 우리는 모두 다시 헤어질 것이고 그리고 다시 만날 것이다. 또 다른 누군가를. 그렇지만 예원이는 바람둥이다.

6월 26일 월요일

수소문 끝에 지현이 사랑했던 그 사내를 찾아갔다. 사내는 신촌의 어느 미용실에서 디자이너 보조로 일하고 있다. 손님의 샴푸를 막 끝내고 거울 앞으로 돌아오던 사내는 나를 알아보고는 고개를 숙였다. 미리 원장한테 말을 넣어났던 터라 나는 사내와 미용실 옆의 커피숍에 자리를 잡았다.

사내는 편하다고 했다.

아내는 집에서 부업을 하면서 아이를 키우고 자신에겐 정기적인 수입이 생겼음은 물론, 디자이너가 될 꿈을 꾸고 있다고 했다. 디자이너가 되면 그땐 아내와 같이 미용실을 낼 거라고, 그날을 위해서 아껴 살고 있다고 했다.

도시 외곽의 삶은 조금도 변한 게 없다고 했다. 지현을 그렇게 떠나게 해놓고도 사내의 일상이 조금도 흔들리지 않는 것에 화가 났다. 사내에게 펼쳐질 미래가 희망 일색인 것 같아 나는 거기에 고춧가루를 뿌리고 싶은 심정이 됐다. 하지만 어떻게? 사내의 아내에게 사내 때문에 죽은 여자가 있으니 헤어지라고 말한다 한들 그들의 삶이 흔들릴까? 흔들린다 해서 내게 어떤 의미가 생길 거라고….

사내는 미안하다는 말을 생략했다. 하긴 내게 미안할 것이 없다. 그런데도 나는 화가 났다. 미안하다는 말을 꼭 들어야 하는 지상 명제를 떠안은 기분이 들었다. 사내는 그런 나의 태도를 오히려 이해하지 못했다. 외려 사내에게 화를 낸 내가 미안한 지경에 이르렀다. 사내의 심약한 표정이 나를 그렇게 만들었다.

우리들은 모두 이기적이다. 이토록 쉽게 분노를 삭이면서 나 역시 미움의 칼을 쉽게 꺾어버리지 않는가. 남을 대신해 분노하는 것에, 미워하는 것에 게으른 것은 이기적인 탓이다. 내 삶을 먼저 챙기는.

"사십구재에는 찾아가서 뭐라고 한마디라도 해주고 와달라고 부탁하려고 왔는데…."

"가지 않겠어요."

저토록 매정하게 굴었으니 지현이 목숨까지 내놓았나 싶다. 한마디도 더는 못하고 일어섰다. 사내의 삶에 부디 체온이 담겨 있기를 바라는 건 지나

친 조소일까?

🥿 6월 27일 화요일

사람은 살면서 몇 명의 사람을 만나고 그 가운데 몇 명과 사랑을 나누게 될까? 내 머리는 몇 명이나 기억할 수 있을까?

사람을 기억하려면 몇 가지 외워야 할 것이 있다. 습관, 버릇, 식성, 성품 등등이다. 얼굴과 이름을 외우고 전화번호를 외우고 학교에서 배우는 지식들을 외우고 놀이방법, 버스와 지하철 노선을 외우고 가족들의 생일과 지현이 아줌마의 기일과 할머니 남자 친구의 이름을 외우는 거까지 모두 외울 거천지다. 나는 이 밖에도 많은 것을 기억하거나 외우고 있다.

얼마나 더 자잘한 것에서부터 큰 것까지 외울 게 남아 있을까?

내 머리는 얼마나 더 외울 수 있을까?

외우는 것과 기억하는 것은 능동태와 수동태의 차이점이 있긴 하지만 모두 머릿속에 입력되어 있다는 점에서 같다. 이제 나는 슬기에 대한 것들을 하나하나 기억에 넣고 있다. 눈으로 본 것을 기억하는 일은 어렵지 않다. 마음을 써서 그 사람을 지켜보면 자동적으로 기억하게 마련이다.

⚽ 6월 29일 목요일

현주네 집에 갔다. 현주의 남편은 지방의 학원에서 다시 노량진의 학원가로 돌아온 상태다. 고가의 연봉을 받는 강사 생활로 화려하게 컴백한 배경을 알게 되자 나는 분노했다.

현주의 남편은 좌천된 게 아니라 자신의 이중생활을 위해서 일부러 지방의 학원으로 내려갔던 것이다. 현주는 그러려니 넘기는 걸 내가 오히려 난리를 부렸다.

"난 진짜 남편 안 가질 거야. 어쩜 그렇게 남편이라는 존재들은 하나같이 엉망이니?"

내 말엔 다분히 개인적인 감정이 섞여 있었다.

"그 남자가 결혼은 안 하고 연애만 해준다니? 누가 그런 연애를 해주니? 더군다나 나이 사십 넘어서."

"결혼 한 번 해봤으면 됐지 두 번은 싫다."

거짓말. 나는 언제부턴가 입만 열면 거짓말을 하고 있다.

"그래도 늙으면 등 긁어줄 사람 필요해. 그 사람이 결혼할 상대가 아닌 거 같으면 빨리 즐기고 끝내. 재혼 상대 찾아서 연애를 해야지, 무슨 스무 살 애들도 아니고…."

"재혼하자고 남자 만나? 어, 나 그건 싫어."

이쯤에선 커밍아웃을 했어도 좋았을 것을.

"하긴…, 재혼을 하건 말건 연애를 한다는 게 중요하긴 하지. 몸 아끼지 말고, 마음 아끼지 말고 열심히 만나. 대신에 줄다리기는 마지막까지 포기하지 마라."

"지현이가 해야 될 말을…."

하다가 말을 끊었다. 현주와 나는 삽시간에 침울해졌다. 지현이. 우리들 청춘의 알리바이였던 민지현. 영원히 떠나지 않고 머무를 지현의 기억을 아무렇지 않게 꺼내드는 날이 오긴 할까? 우리는 안다. 그날이 멀지 않은 곳에 있음을. 그래서 더 침울했을 것이다.

나는 얼른 화제를 다른 곳으로 돌렸다. 돌리느라고 돌렸는데 다시 지현이었다.

"그 남자 만났어. 사십구재도 나 몰라라야."

"사십구재 아직 멀었구만…, 거길 왜 갔어? 왜 만나고 왔어?"

"남편도 없이 아이도 없이 우리끼리 가면 지현이가 쓸쓸할 거 같아서. 생전에 마지막으로 사랑했던 남자니까 데리고 가려고."

"왜 네 남자 안 만나고 엄한 남자 만났어?"

"바쁘대."

"바쁘대? 언제부터 바쁘대? 만나자는 말 대신 바쁘다고 한 게 오늘만인 거야 아님 꽤 자주 하는 말이야?"

그러고 보니 도영이 다시 바빠졌다. 하긴 매일 만나던 시기가 한풀 꺾일 때가 되긴 했다. 처음의 열정이 식었다고 해서 사랑이 식은 건 아닐 것이다.

"그거 이별의 징조 아니야? 헤어지려고 할 때 바쁘다고 하잖아. 상투적이다."

"어이구, 소설을 쓰셔. 우리 시작할 때도 너무 바빠서 열흘에 한 번도 못보고 그랬어. 공사 들어갈 때하고 끝날 때하고 제일 바쁘더라구. 나도 바쁘고."

"바빠서 잘도 우리 집에 왔다. 사랑한다는 말, 자주 해?"

말로 해야 그 말이 실제 한 게 되는 거라면 도영은 사랑한다는 말을 하지 않는 편이다. 대신 말로 하지 않아도 사랑하고 있다고, 도영은 매일 몸으로 말한다. 말보다 정직한 게 눈이고, 몸이라면 도영은 거의 매일, 매순간 사랑한다고 말한다. 그것으로 충분하다면 충분할 수 있다.

도영이 바쁘다는 말에, 매일 만나기 힘들 것 같다는 말에 나는 안도했다. 일이 밀렸는데 보자고 하면 그것만큼 난감한 일이 없다. 머리는 컴퓨터 앞에 두고 도영을 만날 때면 내내 조바심을 쳤다. 그럼에도 속이 뜨끔했다.

결국 거기에서 거기인

바빠. 일방적으로 전화를 끊었던 남자들은 이별의 전초전으로 바쁘다는 말을 써먹었었다. 예감이 불길하기보다 쓸쓸했다.

⚽ 6월 30일 금요일

아빠 집에도 가지 않고 어린이날, 어버이날, 내 생일날에도 아빠를 못 보다가 오늘에야 아빠를 봤다. 우리는 예전처럼 아빠와 셋이서 외식을 했다. 엄마와 아빠와 셋이서 식사를 하는 게 1년도 훨씬 더 된 일처럼 느껴졌다.

아빠는 한꺼번에 늙어버린 거 같다. 웃는 얼굴이던 아빠의 얼굴이 단단한 석고상처럼 차갑게 느껴졌다. 볼우물도 좀 패인 게 얼굴이 반쪽으로 보였다. 교수님이 된 아빠는 별로 행복해 보이지 않았다. 그런데 나는 그런 아빠의 얼굴이 보고 싶었던 거 같다.

내가 이혼을 반대했다면, 그랬다면 우리는 여전히 한 가족으로 살고 있을까?

친구들 말에 의하면 엄마랑 아빠랑 싸우는 거 때문에 지겨워죽겠다고 하는데, 그렇다면 나의 엄마, 아빠도 싸우면서 사는 다른 부부들처럼 같이 살고 있을까? 내가 말렸다면, 울고불고 매달리면서 이혼을 반대했다면, 그랬다면 삶은 지금과는 훨씬 다른 방향으로 흘러갔을지도 모른다.

나는 전학을 하지 않았을 것이고 예원이를 만나서 첫사랑을 하지도 않았을 것이다. 바람둥이인 줄 모르고 예원이를 그토록 지고지순하게 사랑하지도 않았을 것이고, 엄마도 연애 같은 건 하지 않았을 것이다. 아빠도 재혼 같은 건 하지 않았을 거고, 나의 집은 여전히 개포동인 채 새엄마에게 천덕꾸러기가 되는 일도 없었을 것이다.

내가 여전히 엄마와 개포동에서 살았다면 집에 많은 사람들이 놀러오지도 않았을 거고, 엄마와 단둘이 영화를 보러 다니고, 영화를 보다 자는 일도 없었을 것이다. 엄마와 단둘이 백화점에 쇼핑하러 가는 일도 없었을 것이고, 아빠와 엄마와 셋이서 저녁 외식을 하는 일도 없었을 것이다. 세라와 뒹군 그 좋을 날들을 나는 절대 가질 수 없었을 것이다.

이렇게 보면 모든 일에는 좋은 일과 나쁜 일이 반반씩 섞여 있는 게 분명하다.

나는 좋은 것과 나쁜 것들을 비교하다가 역시 엄마, 아빠의 이혼은 번복할 수 없는 결정이라는 것을 알았을 뿐이다.

무르고 싶을 때 무를 수 있는, 그런 건 삶에서 별로 없다. 그렇기 때문에 우리는 언제나 최선을 다해야 하는 거다. 나는 이렇게 멋진 말을 알게 해준 엄마를 사랑한다.

👠 7월 2일 일요일

아무런 약속도 없이 전화도 걸려오지 않는 휴일. 식탁 위에 덩그러니 놓인 그릇처럼 외톨이가 된 기분이다. 그때마다 끌어안을 사람은 태극이뿐이다. 오늘도 예외는 아니다.

도영은 전날에도 말했다. 자유롭게 살아…. 자유…. 도영이 주창하는 자유…. 그 자유가 나를 구속한다. 아이러니하게도.

⚽ 7월 3일 월요일

요즘 나의 지상 명제는 외출한 엄마를 한시라도 빨리 귀가하게 하는 거다.

연애가 짙어지면 결혼이 하고 싶어지는 게 사람들의 일반적인 심리라는 걸 알게 됐다. 지현이 아줌마도 사랑을 하다가 결혼이 하고 싶어졌는데 그 결혼을 못하게 돼서 죽은 거다. 아빠도 연애가 짙어져서 결혼을 하게 된 거다.

엄마의 연애가 더 짙어지는 게 나는 싫다. 그래서 나는 엄마가 외출했을 때면 갖은 이유를 찾아내서 엄마한테 전화를 건다. 엄마는 내게 화를 내기도 했고, 일하고 있을 때는 전화를 하지 말라고 단호하게 끊기도 했다. 그렇지만 혼나면서도 꾸준히 전화를 할 수밖에 없는 나는 엄마보다 고집이 세다. 그래서 요즘 엄마의 귀가 시간은 앞당겨졌다.

집에 오자마자 엄마에게 안겼더니 엄마는 내 볼을 꼬집었다.

"미워!"

"난 엄마가 더 미워!"

"엄마가 뭘 잘못했는데?"

"엄마가 제일 사랑하는 사람은 나라면서? 근데 왜 매일 나만 두고 나가?"

"엄만 일해야 되는 사람이잖아."

"거짓말! 엄만 거짓말쟁이! 일은 집에서 하잖아. 매일 밤새서 글 쓰는 게 엄마 일이잖아. 오늘은 영화 시사회도 없었잖아. 그런데 왜 늦게 들어와? 난 엄마가 해주는 밥이 세상에서 제일 맛있단 말이야. 왜 나랑 밥도 같이 안 먹고, 영화도 보러 안 가고, 백화점에도 안 가고! 엄만 요즘 나를 귀찮아하잖아. 미워하고!"

"언젠 엄마한테 연애하라면서? 남자가 부를 때마다 강아지처럼 쪼르르 달려나가지 말고 줄다리기해야 여자의 값이 올라간다면서?"

"그땐 그랬지만 지금은 아니야. 취소야!"

"그럼 엄마 연애하지 마? 엄마 심심한데?"

"나랑 놀면 되잖아. 엄마가 연애해서 나보다 더 사랑하는 사람이 생기는

엄마에겐 남자가 필요해

게 싫어. 그 아저씨 때문에 엄마가 죽으면 어떻게 해?"

"엄만 안 죽어! 왜 죽어? 엄만 오래오래 행복하게 살 거야."

"그 아저씨가 엄마한테 결혼하자고 그랬어? 그 아저씨가 엄마랑 결혼 안하고 연애만 하겠다고 하면 엄마도 죽을 거잖아. 만약에 잘돼서 아빠처럼 결혼하면 새아빠도 새엄마처럼 나 싫어할 텐데…! 그럼 난 세상에서 나 좋다고 하는 사람 한 명도 없고… 그럼 난 어떻게 살아? 엄마 미워! 아빠도 밉고 다 미워!"

"너도 연애하잖아! 예원이랑 헤어지고 벌써 슬기랑 만나잖아. 너도 연애하면서 왜 엄마는 연애하지 못하게 하는 건데? 태극이 심술꾸러기, 밥통, 똥개! 엄마는 남자가 필요하단 말이야."

아, 세상에 비밀은 없다. 나는 딴청을 부릴 수밖에 없다.

"내가 남자잖아!"

"아들 말고 남자. 어른 남자!"

"지현이 아줌마가 그랬어. 사랑은 힘든 거라고! 힘들어서 죽고 싶다고. 처음엔 너무 행복했는데 자꾸 힘들어졌대. 안 죽는다고 하면서 죽으면 어떻게 해? 엄마 죽으면 나 아빠한테 가야 되는데 나 아빠 집엔 죽어도 안 가. 나도 죽어버릴 거야."

"너 죽으면! 그럼 엄마는 어떻게 하라고?"

"애하고 싸우는 꼴이라니! 엄마나 아들이나 어쩜 저리 똑같누? 저 꼴 보기 싫어서라도 내려가야지, 원."

"할머니도 연애하지 마요. 그 할아버지 만나지 마요. 할머니까지 연애를 하니까 엄마도 연애하고 싶어지는 거란 말이에요."

나는 괜히 할머니한테까지 심통을 부렸다.

알고 있다. 모든 연애는 시한부다. 내 주변에서 벌어진 모든 연애는 시한

부다. 그토록 사랑해서, 그토록 행복한 얼굴로 결혼한 아빠도 더는 새엄마를 처음처럼 사랑하지 않는다. 그때, 그 연애가 끝났을 때 각자 나눠 가진 추억이 가볍기를 바란다. 엄마가 들고 있기 무겁지 않기를, 그리하여 조금만 아파하다가 일어서기를 바라는 것이다. 지현이 아줌마는 나한테 참 많은 걸 가르쳐주고 떠났다.

👠 7월 6일 목요일

때 이른 더위에 몸도 마음도 지쳤다. 일도 손에 잡히지 않고 자꾸 공상의 공간으로 현실 도피를 한다. 돌아올 수밖에 없는 현실은 도무지 신선한 게 없다.

⚽ 7월 7일 금요일

훌라후프 1000번을 하는 게 체육 숙제다. 슬기는 얼마나 많이 연습을 했는지 한 번에 2000번도 넘게 돌린다. 그런데 나는 3번째 돌려야 겨우 100번을 넘긴다. 오늘은 훌라후프를 한 번에 1000번을 돌리는 게 숙제였지만 다음 체육 시간엔 한 번에 1000번을 돌리는 게 시험이란다. 연습해도 안 되는 게 있을까? 안 되면 어떡하지? 정말 큰일 났다.

큰일 났다고 생각한 순간 웃음이 났다. 어느새 시시한 일을 두고 큰일이라고 호들갑을 떨 만큼 나의 생은 편안해졌다는 사실을 발견해서다. 언제 다시 정말 큰일이 벌어질지 알 수 없지만 그땐 그때고, 오늘은 이만큼 편해진 내가 마음에 든다.

슬기가 내게 붙어서 어떻게 하면 훌라후프를 잘 돌릴 수 있는지 설명을 해줬다. 슬기는 정말 훌륭한 체육선생님이다.

7월 10일 월요일

미래를 단정 짓는 건 섣부른 생각이다. 미래는 아직 살아보지 않았으므로 단정 지을 수 없는 무엇이다. 그럼에도 불구하고 자꾸 단정 짓는 것은 여자의 직감이다.

도영의 미래와 나의 미래를 이따금 상상해본다. 그곳에서 우리는 각자의 삶을 살아가고 있다. 우리는 서로의 시간 속에서 따로 흘러가고 있는 것이다. 아무리 떠올려도 우리가 같이 있는 모습이 그려지지 않는다. 온갖 가능성을 다 열어봐도 도영과 나는 각자의 삶을 살고 있다. 그게 도영이 내게 심어놓은 미래의 모습이다.

내가 도영에게 한갓 연애 대상에 지나지 않음은 이제 분명하다.

연애 대상엔 두 가지 의미가 있다. 인생을 즐기기 위한 연애 대상과 인생을 나누기 위한 결혼 대상. 그 어느 것이 옳고 그르다고 할 수 없으나 연애 대상에서 출발하여 결혼 대상으로 옮겨가는 게 남녀의 만남에 있어 올바른 단계라고 믿고 있는 내게 도영의 가치관은 선긋기로 여겨졌다. 그다음 단계는 없다는.

내가 원하는 미래와 도영이 원하는 미래가 다르다면, 그리하여 어느 지점에선가 우리가 결별해야 한다면 이쯤에서 미리 접어야 한다. 그게 나의 결론이다. 잊어야 할 추억을 더 만들기 전에 접어야 하는 게, 조금이라도 가볍게 돌아서는 게 현명하다. 사랑이 완전히 소멸하여 미움밖에 남지 않았을 때 돌아서는 건 어리석은 짓이다. 그래도 아쉬울 때, 조금 더 가고 싶다고 마음이 요동칠 때 돌아서는 게 그의 기억에 조금은 오래 머물 수 있지 않을까?

아주 잠깐 마음이 흔들렸다.

어떤 미래가 오든 모른 척, 아직 오지 않은 미래를 먼저 살 필요가 뭐가 있느냐고, 오늘 내 감정에 충실하자 싶기도 했다. 하지만 아무리 모른 척하려고 해도 사랑이 식어가는 게 보인다. 너무나 자연스럽게 이별을 받아들이고 있는 게 보인다. 그게 끔찍하다.

이별의 어떤 징후도 없다. 아니 있다. 만남을 시작하던 그때, 기다림을 놓고 줄다리기하던 그때, 사랑은 이별과 함께 왔다. 늘 남겨지는 쪽이던 나는 떠나는 쪽을 선택하기로 했다. 어차피 결과는 나와 있다. 질질 끈다고, 혹시나 하는 마음을 품는다고 해도 바람은 시시한 농담처럼 버려지기 일쑤였다. 이번이라고 다르겠는가.

몸을 섞고, 마음을 섞고, 눈을 섞고, 말을 섞으면서 보낸 숱한 사랑의 날들이 아무렇지 않게 스러져가는 걸 어디 한두 번 겪었으랴. 자식까지 낳고 살다가도 헤어진 마당에 하물며 도영이야… 싶다. 결론에 이르러 눈물이 작게 일렁였다.

⚽ 7월 12일 수요일

엄마의 표정이 자주 어두워진다. 웃음을 잃은 채 골똘히 생각에 잠긴 엄마의 표정과 마주칠 때마다 심장이 덜컥 하고 내려앉는다. 어딘가 떠날 사람 같아 불안하다. 그래서 나는 자존심을 다 버리고 아빠한테 전화를 걸었다. 이럴 때 그래도 아빠가 있다는 게 마음이 놓인다.

아빠는 지나치게 반갑게 전화를 받았다. 그게 우리 사이를 더 멀게 한다는 걸 모르는 모양이다. 그렇게 눈치 없는 아빠한테 엄마 얘기를 의논해도 될까? 하는 생각이 잠깐 들었지만 그래도 아빠는 교수님이고 나보다 어른이니까 의외의 해답을 줄 수도 있을 거다.

아빠는 내 얘기를 듣더니 걱정하지 말라고, 엄마를 만나 보겠다고 했다. 그제야 나는 안심이 됐다. 아주 조금이지만.

내가 행복할 때 엄마도 행복하고 내가 기쁠 때 엄마도 기쁘고 내가 슬플 때 엄마도 슬퍼서 서로 눈치 보지 않고 마음껏 행복해하고 기뻐하고 슬퍼하는 방법은 뭘까? 고민하는 와중에 엄마의 핸드폰에서 처량 맞은 연주곡이 흘러나왔다. 아빠다. 행동 빠른 아빠. 내가 유일하게 좋아하는 점이다.

엄마는 통화를 하면서 불시에 나와 눈이 마주쳤다. 나는 슬그머니 일어나 방으로 들어왔다. 아빠와 무슨 얘기를 하는지 엄마의 통화는 길고 길었다. 엄마의 목소리가 잦아드는 것 같더니 엄마는 내 방으로 들어와 어리광을 부리기 시작했다.

심장 소리를 들려달라고 하질 않나, 뽀뽀만 열 번도 넘게 해달라고 하질 않나, 그러더니 외식과 거품 목욕이라는 카드까지 꺼냈다. 효과가 이렇게 빨리 나타나는 게 좋으면서도 왜 난 자꾸 더 불안하게 느껴지는 걸까? 내 마음을 나도 모르겠다. 아무튼 아빠한테 전화를 한 번 더 해야겠다.

👠 7월 13일 목요일

"태극이가 나오는데 묻더군요. 결혼할 거냐고."

"정완 씨가 쓴 영화, 찾아봤는데…."

"당신이 결혼하자는 소리, 결국엔 안 할 거라는 걸 알아요."

"윤정완이라는 작가는 어떤 사람인가 궁금했어. 당신은 도전적이고 도시

적인데 어떻게 그런 작품을 썼는지 모르겠어. 여주인공은 투박하고 욕도 잘하고 아주 못됐어. 남자 주인공은 더 못됐고. 못된 사람 둘 데려다가 어떻게 그렇게 독하게 착한 영화를 만들어냈는지, 당신이라는 사람이 헷갈리더라고."

"의무적으로 만나는 관계가 되기 전에 정리했으면 해요."

내 얘기에 딴소리를 하던 도영이 반응을 보였다.

"무슨 소리야, 갑자기?"

"재혼정보회사에 갔었어요. 회원으로 받아주지 않더군요. 아들이 있다는 게 이유였어요. 한국 남자들, 나중에 죽을 때 유산상속 문제 때문에 아들 있는 여자하고는 재혼 안 한다더군요. 당신, 한국 남자잖아요. 그리고 자유롭게 살라는 말, 그 말뜻을 이제야 해석했어요."

"왜 당신은 연애하면 결혼해야 된다고 생각하지? 왜 스스로 자유를 박탈하려고 해? 난 당신이 정말 자유로운 사람이길 바란다고."

"자유라는 미명하에 내 몸을 함부로 굴리고 싶지 않아요. 내 마음도."

"연애하다가 결혼하지 않으면 그게 몸을 함부로 굴리는 게 되는 건가? 그런 엉뚱한 발상은 대체 누가 하게 한 거야?"

"당신, 나랑 왜 만나요?"

"사랑해서. 좋아해서. 보고 싶고, 안고 싶으니까."

"그리고요?"

"그리고? 그리고가 왜 필요해? 사랑하고 좋아하는 거로 너무 충분하다고 생각되는데, 나는? 이러지 말고, 우리 이럴 시간에 좋은 얘기하자. 나는 연애 기간이 긴 게 좋다고 생각해. 우리 만난 지 겨우 육 개월이야. 적어도 오년은 연애를 할 거라고 믿었고 그 후에 그다음을 생각해도 생각해야 되는 거지 지금 뭔가를 하기엔 너무 일러. 정리를 해도 그때 하자. 지금은 너무 빠르다."

이별은 절대 안 된다고, 결혼하자고까지는 아니더라도 이별이긴 하되 유
예하자는 말을 듣게 될 줄은 몰랐다. 그렇기에 마음이 더 확고해졌다.

자유롭게 살라는 말의 의미가 도영을 만나면서 차츰 분명하게 들어왔다.
나는 도영에게 연애 파트너일 뿐, 인생의 파트너는 될 수 없다는 사실을 도
영은 처음부터 내게 일러두었던 것이다. 그 깨달음이 맞을 거라는 것에 힘이
실리자 맥이 빠졌다. 도영에게 옮겨놓았던 마음을 어느 정도는 거두어온 것
도 같다.

"당분간 못 볼 거 같아요. 아이가 내 외출을 싫어해요. 여러 가지 일들이
한꺼번에 터지면서 감당하기 힘들어해요. 내 아이를 망치면서까지 이 자리
에 나올 수 없어요."

"여름휴가, 같이 보내고 싶었는데…. 난 결혼은 두 번 다시 하고 싶지 않
아. 그래, 사실은 한 번도 너무 많았다는 생각이 들 만큼 지긋지긋했어. 당신
은 자유로운 사람인 줄 알았는데…. 나한텐 사랑할 여자가 필요하지 결혼할
여자가 필요한 게 아니야. 이건 많이 사랑하고 덜 사랑하고의 문제가 아니라
그저 나란 사람이 그렇다는 뜻이야. 그렇지만 난 여전히 정완 씨를 사랑하고
좋아해."

여자의 직감은 어떤 물증보다 확실한 물증이다. 특히 안 좋은 예감은 늘
맞아떨어졌다. 바라는 희망의 예감은 늘 비켜갔다. 바라는 희망의 예감이 모
두 맞아떨어진다면 세상 모든 사람은 로또 당첨자가 되어 있거나 삼성그룹
의 총수가 되어 있어야 하지만 희망은 보기 좋게 비켜가면서 다른 희망을 품
어보라고 요구했다. 그렇게 살아왔다. 도영이 내 이별을 걷어차지 않을 거라
는 그 불안한 예감은 적중했다. 도영은 사랑한다는 말로 이별을 끌어안고 있
었다. 그래서 일어섰다.

장롱 깊숙이 넣어두었던 바리캉과 가위를 들고 나선 참이었다. 머리를 잘라주려고, 도영에게 했던 약속을 지키려고 들고 나갔다. 그런데…, 꺼내지도 못했다. 오히려 바리캉과 가위가 보일까봐 핸드백도 열지 못하고 일어섰다.

마지막 작별의식쯤으로 그의 머리를 잘라주고 싶었는데….

조금 더 미루고 싶었다. 짧은 사랑에 긴 이별의 날이 내 앞에 우르르 줄을 섰다. 슬프지 않다. 담담하지도 않다. 의연하지도 않다. 이제 더 이상 사랑의 날들은 내게 없으리라. 내 인생에서 사랑이 완전히 떠났다는 게 끔찍하다. 나이 마흔의 숫자가 끔찍하다. 그래서 운다. 사랑 때문에 우는 게 아니라 이별이 슬퍼서 운다.

잠든 줄 알았던 아이가 주방에 나왔을 때 나는 세 잔째의 위스키를 넘기던 참이었다. 눈물과 함께.

우는 내 모습을 본 아이가 무슨 영문인지도 모른 채 울먹이면서 품에 파고들었다. 엄마가 울면 아이도 운다. 자신의 세상의 전부인 엄마가 울면 아이의 세상도 덩달아 흔들리기 때문에 아이는 따라 운다.

"엄마, 울지 마."

"극아, 미안해. 널 두고 다른 사람 사랑해서 미안해."

"그래서… 나 버리는 거야? 다른 사람 사랑해서… 그래서 나, 아빠한테 가야 되는 거야?"

"아니, 아니야. 엄마, 그 아저씨랑 헤어졌어."

"나 때문에? 내가 아빠한테 전화해서? 내가 엄마 못 나가게 해서?"

"아니. 한 사람만 사랑하는 게 맞아서. 두 사람을 사랑하면 그건 반칙이라서, 그래서 헤어졌어."

"그건 나 때문이라는 뜻이잖아."

"아니야. 그 아저씨가 엄마랑 연애만 하고 결혼은 안 하겠대. 엄마는 되게 비싼 사람인데 엄마를 가볍게 생각하겠대. 그래서 기분 나빠서 헤어졌어."

"엄마… 많이 슬퍼?"

"안 슬퍼. 태극이 있는데 엄마가 왜 슬퍼? 엄마가 사랑하는 사람은 죽어도 너야. 이렇게 널 사랑하면서 다른 사랑 때문에 가슴 아파서 미안해. 엄마, 오늘만 울게. 오늘만 울고 내일은 아무렇지 않을게. 오늘만 엄마 봐줘."

취했다. 그다음부터는 기억이 없으니까.

⚽ **7월 14일 금요일**

학교가 끝나자마자 속눈썹까지 휘날리면서 달렸다. 엄마가 없어졌을까봐 무서웠다. 다행히도 엄마는 새근새근 잠들어 있었다. 잠든 엄마의 얼굴이 너무 예뻐서 나는 그만 엄마를 와락 끌어안고 말았다.

"음, 극아 왜…?"

"엄마가 집에 있을 줄 알았어."

엄마는 내 말에 한동안 몸이 굳는 것 같더니 갑자기 숨도 못 쉬게 나를 끌어안았다. 엄마의 이별은 순전히 내 탓이다. 엄마의 이별은 내가 만든 거다. 하지만 엄마는 내 탓을 할 생각이 없어 보였다. 나는 엄마의 품에서 생에 대해 품은 불만을 조금, 아주 조금 내려놓았다.

적어도 엄마가 나를 실망시키지 않을 거라는 믿음은 여름이 준 선물이다.

아빠는 엄마한테 말했다.

"당신은 재혼 같은 거 하지 마. 해서 좋은 건 결혼이지만 해서 안 좋은 건 재혼이야. 이혼까지는 어쩔 수 없이 했다고 쳐. 바보 같은 짓은 거기서 끝내는 게 좋아. 똑같은 결혼인데 너무 달라. 생각 같아선 때려치우고 싶은데, 그런데 처음 이혼은 상대방에게 문제가 있는 게 되지만 두 번 이혼하게 되면 내가 문제가 있는 사람이 되더라구. 나한테 문제가 있다는 걸 세상에 공표하고 싶지도 않고 내 주위 사람들에게 문제 있는 사람으로 규정되고 싶지도 않아. 그래서 나는 어떻게든 잘못된 걸 바로 잡고 살 거야. 웃기지? 그리고 내가 밉지? 당신이랑 살 때 이런 노력을 했더라면 우리… 헤어지는 일 없이 지금보다 몇 배는 행복하게 살 수 있었을 텐데."

"후회는 과거 완료형이에요. 돌이킬 수 없어요."

"그래, 완료형이야. 그러니까 후회하지 않게 본격 연애도 하지 마. 그냥 사람들 가볍게 만나고 가볍게 스치면서 살아. 연애하게 되면 너무 아프고, 아픈 거 태극이한테 영향 미쳐야 죄짓는 거밖에 안 되고. 나는 이미 죄를 저질렀는데 당신까지 저지르고 나면 우리 너무 무책임한 부모 되는 거잖아. 당신이 정말 사랑하는 사람 만나서 이 사람 아니면 죽겠다 싶을 때 그땐 말해. 내가 태극이 책임질 테니까."

엄마는 대답 대신 침묵을 선택했다.

겪고 보니 이별은 그리 나쁘지 않았다. 이별은 다른 사랑으로 올라서는 계단이었을 뿐이다. 고이면 썩는다. 사랑도 너무 오래 하면 지겨워진다. 사랑이 지겨워지는 게 아니라 사람이 지겨워지는 것이다. 그래서 우리는 끊임없이 다른 사람을 찾아다니는 것이다.

내가 새로운 사랑을 맞이했듯이 엄마도 새로운 사랑을 맞이할 것이다. 하지만 그 새로운 사랑은 나와 같은 무게의 사랑이었으면 좋겠다. 슬기도 나도, 우리는 서로에게 어떤 것도 바라지 않는다. 그냥 함께 있으면 좋을 뿐이다. 돌아서면 또 보고 싶은 게 아니라 다시 만날 다음 날까지 편하게 각자의 하루를 산다. 나는 그런 요즘의 내가 마음에 든다.

엄마도 누군가 때문에 하루가 흔들리는 게 아니라, 누구 한 사람 때문에 세상이 달라지는 게 아니라 그저 같이 있으면 편한 정도의 사람이 엄마 곁에 있으면 좋겠다. 내가 봤을 때 엄마에겐 남편도, 애인도 아닌 그저 사내가 필요한 것이다.

7월 15일 토요일

아이와 단둘이 보내는 주말을 당연하게 받아들이려고 한다. 전화도 기다리지 않고, 창밖을 하염없이 바라보는 일도 하지 않을 것이다. 아침에 눈뜨면서 내게 한 다짐들이다.

주말마다, 휴일마다 약속 없음에 애달파하던 날들 동안 나의 마음은 무거웠다. 사랑하는 사람을 두고 주말을 혼자 보내야 하는 게 어처구니가 없어서였다. 주말엔 반드시 데이트를 해야 한다는 법칙은 오로지 내 기준이었다. 바라고 원하는 것들로 마음을 그득하게 채웠던 날 동안 나는 더 채워지지 않는 사랑으로 불행했다. 생각해보면 도영의 사랑이 모자라서가 아니라 내 욕심이 그가 주는 사랑보다 컸기 때문이다.

마음이 가난한 사람은 행복하다는 말이 이제야 전적으로 이해된다. 지금 아는 것을 그때는 알지 못했다. 그렇다고 다음 사랑이 온다면 다음 사랑에 지금의 앎을 대위시킬 수 있을까? 아마도 나는 지금 아는 것을 완벽하게 잊은 채 다시 나의 마음을 그득하게 채울 것이다. 온갖 바라는 것들로. 그리곤 또 많은 밤들을 몸살 앓을 것이다.

사랑은 환상도 외도도 아니다. 그저 사랑이다. 사랑에 옷을 입힌 건 나의 의지였을 뿐이다. 사랑에 어떠한 목적도 개입하지 말고 있는 그대로 사람을 사랑하는 일을 왜 나는 하지 못했을까? 어쩌면 도영의 사랑이야말로 가장 완벽한 형태의 사랑이 아니었을까? 숱한 그리움과 후회의 날들 동안 나는 나를 가르칠 것이다. 다음의 사랑이 오게 되면 온전히, 그대로 사랑만을 하라고. 어떤 목적도 개입시키지 말라고. 오직 사랑이 필요해서, 그 누군가를 너무나 사랑해서 그를 만나는 거라고. 그토록 중요한 사실을 간과해선 안 된다고.

"때론 우리 앞에 너무 긴 도로가 있어. 너무 길어. 도저히 해낼 수 없을 것 같아. 그러면 서두르게 되지. 점점 더 빨리 서두르는 거야. 허리를 펴고 앞을 보면 조금도 줄어들지 않은 것 같지. 그러면 더욱 긴장되고 불안한 거야. 나중에는 숨이 탁탁 막혀서 더 이상 비질을 할 수가 없어. 앞에는 여전히 길이 아득하고 말이다. 하지만 그렇게 해서는 안 되는 거야. 한꺼번에 도로 전체를 생각해서는 안 돼. 알겠니? 다음에 딛게 될 걸음, 다음에 쉬게 될 호흡, 다음에 하게 될 비질만 생각해야 하는 거야. 계속해서 다음 일만 생각해야 하는 거야. 그러면 일을 하는 게 즐겁지. 그게 중요한 거야. 그러면 일을 잘 해낼 수 있어. 그래야 하는 거야. 한 걸음, 한 걸음 나가다 보면 어느새 그 긴 길을 다 쓸었다는 것을 깨닫게 되지. 어떻게 그렇게 했는지도 모르겠고 숨이 차지도 않아. 그게 중요한 거야."

베포 할아버지가 모모에게 들려준 이 교훈이 느닷없이 가슴에 들어앉았다. 한꺼번에 도로 전체를 생각해서는 안 돼. 그렇다. 나는 한꺼번에 삶 전체를 생각했다. 사랑에도 호흡이 있다. 그다음 한 걸음만 생각할걸…. 너무 긴 날 동안 연애를 해야 한다면 그 여정 동안 나는 미리 지칠 것을 염려했다. 내 사랑이 지쳐 떨어지기 전에 그 길에서 벗어나기로 결정한 것은 어리석은 선택이다. 이제야 나를 알겠다.

다시 눈물이 흘렀다. 도영을 잃었다는 상실감이 슬픈 게 아니라 누군가를 사랑했던 그 시간이 지속되지 않는다는 단절이 슬프다. 사랑이 끝난 게 아니다. 도영과의 사랑이 끝났을 뿐이다. 길은 끝나지 않는다. 그럼에도 사랑이 다 끝난 것 같은 기분을 완전히 털어내지 못한다. 나는 지금 이별이 아닌 나와 싸우고 있는 중이다.

⚽ 7월 18일 화요일

날씨가 너무 덥다. 엄마의 옷이 얇아졌다. 물론 내 옷도. 가벼워진 옷차림만큼이나 슬픔도 가벼워졌다. 우리는 아무 일도 없었던 것처럼 웃으면서 뒹구는 날들이 많아졌다. 하지만 웃고 있어도 눈은 웃고 있지 않은 엄마다. 그토록 서늘한 미소의 엄마를 보는 게 고통스럽다. 내 고통을 줄이기 위해서라도 나는 엄마의 슬픔이 하루빨리 잦아들기를 바란다. 그렇다고 해서 엄마에게 가다 멈춘 사랑의 길을 다시 가라고 할 생각은 없다. 고통은 퍼서 쓰면 줄어들게 되어 있고 마침내 바닥나게 되어 있다. 그날이 빨리 오길 바랄 뿐이다. 나는 이렇게나 이기적이다.

어느 때보다 서늘한 마음으로 맞은 엄마의 여름이 더위로 무르익기를 바라면서 나는 이제 일기를 더 이상 쓰지 않기로 한다. 너무 많은 일이 한꺼번에 터졌다. 그 많은 일들을 기록하면서 나는 한꺼번에 어른이 되어가는 나를 보았다. 이제 당분간은 자라고 싶지 않다.

나는 벌써 어른이 되기엔 몸이 너무 작다. 몸과 마음의 키가 비례해서 자라는 것, 그것이 바람직한 일이다. 엄마의 그 말에 따라 나는 당분간 일기를 쓰는 시간에 책을 읽고 독서일기를 쓰기로 한다. 책은 살아가는 데 필요한 해답을 보여줄 것이다.

나는 얼마큼이나 더 커야 어른이 되는 걸까?

7월 19일 수요일

넘긴 시나리오가 통과되었다. 이렇게 쉽게 끝날 리가 없는데 끝났다.

하나가 어려우면 하나는 반드시 쉽게 마련이다. 시나리오 쓰기가 쉬웠으니 캐스팅이 안 될 수도 있을 것이고 촬영이 좌초될 수도 있을 것이고 그 모든 과정마저 쉽게 끝나면 관객이 안 들 수도 있을 것이다.

인생에 있어서 행복과 불행의 분량은 똑같이 분배되어 있다. 그게 인생의 법칙이다. 다만 불행을 먼저 꺼내 쓰느냐 행복을 먼저 꺼내 쓰느냐에 따라 인생의 무게가 다르게 느껴질 뿐이다. 한동안 불행의 주머니를 비웠으니 이젠 행복의 주머니를 비울 차례다. 그 차례가 왔을 뿐인 것을 어떤 의미를 실어 섣불리 부풀어 오르긴 싫다. 그러기엔 인생을 너무 많이 알아버렸다.

7월 24일 월요일

열흘 만이었다. 다음 날 바로 전화가 걸려올 줄 알았는데 도영의 침묵은 꽤 길었다. 그리고 열흘 만에 걸려온 전화. 할 말이 별로 없었다. 침묵을 먼저 깬 건 나였다.

"나이 마흔에도 사랑이 온다는 걸 알게 해줘서 고마워요."

엄마에겐 남자가 필요해

"여지가 없는 건가?"

"난… 미안해요. 끝이 보이는 만남에 시간을 흘리고 싶지 않아요. 마음 역시도."

"당신은 자유로운 사람인 줄 알았는데…."

"글 쓰는 사람에 대한 편견 가운데 하나가 자유로울 거라는 건데, 그건 자유가 아니라 방종 같아요. 당신, 자유라는 이름으로 사랑이 갖고 있는 책임이나 의무에서 한 발짝 뒤로 물러나 있는 사람처럼 보여요."

"그것 역시 사랑에 대한 편견일 수 있겠군."

그 말을 끝으로 침묵이 이어졌다. 우리에게 남아 있는 말은 없었던 모양이다. 십 초의 침묵이 길고 지루했다. 그래서 그럼…, 이라고 말하면서 수화기를 내려놓았다. 이대로 우리는 이별의 강을 건너는가 보다.

감싸쥐고 있던 불안의 주머니가 툭! 터지는 소리를 들었다. 은근히 기다리던 날들에 비해 목소리는 침울하고 또 소중했지만 특징이 없어서 잊기에 좋다.

저녁을 준비하는 중에 퀵 서비스가 봉투 하나를 놓고 갔다. 음악회 티켓이 담긴 봉투다.

👠 7월 28일 금요일

며칠 내내 음악회 티켓을 들고 다니면서 틈만 나면 꺼내들었다. 마치 외워야 할 단어라도 적혀 있는 양 보고 또 봤다. 처음엔 봉투째 쓰레기통에 버렸다. 버리고 돌아서는 마음이 쓸쓸했다. 줍고 다시 버리길 몇 번, 결국 티켓을 지갑 안쪽에 넣었다. 지갑을 열 때마다 티켓을 만지작거렸다. 하루아침에 생긴 습관이다.

아직 끝나지 않은 사랑이 미련스럽게 꿈틀거린 탓이다. 도영이 아직 진행형의 사랑이라면 조금 더 진행을 시켜도 괜찮지 않을까? 조금 더 만나는 동안에 도영의 마음이 변해주지 않을까? 이런저런 희망의 가능성을 열었다. 전적으로 혼자만의 생각 속에서. 그러다 고개를 젓기를 또 몇 번, 마음이 빈대떡 뒤집듯이 뒤집혔다. 그러면서 가슴만 탔다.

준비하고 나가기에도 빠듯한 시간에 이르러 서두르기 시작했다. 순전히 티켓 값이 너무 아까워서 나가는 거라고 나를 합리화했음도 물론이다. 예술의 전당에 이르러 심호흡을 했다. 그를 보는 마음이 새삼 설레기도 했고, 주책없이 쪼르르 달려 나온 나를 보이기에 멋쩍기도 했다.

도영은 이번에도 역시 옆 자리를 비워둔 채 나타나지 않았다.

나는 공연 내내 뒤통수에 신경을 쓰면서 앉아 있었다. 그러나…, 공연이 끝나도 도영은 모습을 보이지 않았다. 공연장을 빠져나오면서 나는 알았다. 이것이 도영의 이별 예식이라는 걸. 지난날의 통화가 도영에겐 오늘의 공연이 시작일 수도, 끝일 수도 있는 마지막 확인 작업 같은 것이었다는 걸. 도영은 이제 나로부터 이별의 강을 완전히 건넌 채 등을 돌리고 선 것이다. 우리에게 다시는 없을 것이다. 그러나 슬프지 않다.

사랑이 끝났을 뿐, 삶이 끝난 게 아니다. 도영과의 사랑이 끝났을 뿐, 사랑이 끝난 것도 아니다. 그러므로 나는 슬퍼하지 않을 것이다. 벅차게 견디며 다음을 기다릴 것이다.

나의 마흔 살은 이제 겨우 7개월 28일을 살았을 뿐이다. 나는 아직 마흔 살이다. 마흔 살이 끝나려면 5개월의 시간이 더 남아 있다. 사십 대를 온전히 살아내려면 9년 5개월이라는 어마어마한 시간이 남아 있다. 그 시간 동안 나는 몇 번의 사랑을 더 하게 될 것이다. 그 사랑은 아마도 이별을 생산

해낼 것이다. 몇 번의 이별을 치르는 동안 나는 나이 오십에 당도하게 될 것이다.

거기서가 끝이 아니다. 오십엔 오십의 사랑이 있을 것이다. 그때 나는 옷자란 아들에게 말할 것이다. 엄마에겐 사내가 필요하다고. 사랑하는 동안 삶은 날 것으로 펄떡이지 않더냐고.

냉장고 돌아가는 소리만 요란한 밤.

살아 있는 동안 나는 여자다_
엄마로서의 나보다_
　　여자로서의 내가 우월하다_

사전적 낱말 풀이에 의하면 기억은 '(마음이나 생각 속에) 어떤 모습, 사실, 지식, 경험 따위가 잊히지 않고 남아 있는 것'이라고 되어 있다. 남아 있는 어떤 것들은 시간의 선험적 관계를 고려하지 않고 무작위적으로 조각된다. 열 살 때의 일과 열다섯 살 때의 일 사이에 스무살 때의 일이 끼어드는 그것이다.

　알랭 드 보통은 기억이란 누군가의 질문에 의해 억지로 꺼내는 게 아니라 어느 기차역 카페에서 풍겨오는 샌드위치 냄새를 맡고 비슷한 냄새를 맡았던 오래전으로 돌아가는 우연한 조우 같은 것이라고 했다. 그때 그 조우는 철저히 주관적인 것이다.

　기억은 기록된 사실이 아니다. 머릿속에 남아 있는 선험적 기억이 현재의 시간과 충돌할 때 꺼내지는 진실이다. 그러므로 사실과 진실 사이에는 괴리감이 있게 마련이다. 어떤 때에는 간극이 너무 벌어져서 동일한 사건인지 의심스럽기조차 할 때가 있다.

　우연히 예전에 살던 동네에 가게 되었다. 어릴 적에 뛰어놀던 그 골목길 초입에

서서 나는 한참을 두리번거려야 했다. 내 기억 속에 있는 골목길은 넓었고 길었다. 현실 속에서 맞닥뜨린 골목길은 좁았고 짧았다. 10년의 세월을 두고 골목길에 대한 인식이 차이를 보인 것이다. 동시간대를 살고 있는 동년배에게도 길은 각기 다른 모습으로 기억된다. 어떤 이에겐 넓고 긴 길이 어떤 이에겐 좁고 짧은 길로 인식되는 것, 그것은 주관적 가치관에 의해 결정된다. 어떤 결정이든 그것은 진실이다. 이런 때에 사실은 불투명하다.

나는 냉면을 좋아한다. 평소 먹는 양은 많지 않지만 냉면이라면 3인분을 거뜬하게 먹어 치운다. 예닐곱 살, 내 기억 속에 담겨 있는 그날은 먹던 중에 냉면을 제일 많이 먹었다. 대접이 아닌 사발에 가득 담아 두 그릇을 거뜬히 비웠다고 나는 기억한다. 시중에 파는 냉면의 양으로 보자면 적어도 5인분은 너끈할 것이다. 어린 내가 5인분을 먹었다고 기억하는 것, 그것은 진실이다. 하지만 엄마의 말에 의하면 두 대접을 비운 적은 있어도 두 사발을 비운 적은 없다는 것이다. 단 한 번도 냉면을 사발에 담아낸 적이 없다는 것이다. 그것은 엄연한 사실이다. 내 기억이 무지하게 많이 먹었다고 확대, 변형시켜 놓은 것이다.

이렇듯 기억은 의도적이든 의도적이지 않건 간에 어떤 식으로든 조작된다. 기억하고 있는 현재의 사건과 마찰을 빚으면서 조금씩 변형되는 것이다. 동일한 사건이되 여러 가지 변형된 모습으로 남아 있는 것, 그것이 기억이다. 그것은 사실이기도 하고 진실이기도 하다.

일기는 하루 동안 겪은 일이나 감상을 매일 적은 글이다. 감상이란 어떤 일에 대하여 마음속에 일어나는 느낌이나 생각을 뜻한다. 일기는 훗날 자신의 전기를 기록하는 데 있어서 기억보다 사실적인 자료로 쓰임새를 가진다. 기록된 사실이므로.

때로 일기는 날조된 사실을 기록하기도 하고 과장된 감상을 기록하기도 한다. 감정적이 되어 왜곡된 시선을 기록하기도 하고 한쪽에 치우쳐 객관성을 잃고 기록하기도 한다. 각자의 메커니즘으로 실재의 본질을 은유하기도 하고 세상을 빗대어 묘사하기도 하면서 자신만의 이야기를 기록하는 것, 그것이 일기다.

일기는 하루 동안 일을 겪은 당사자가 쓰는 것이므로 기억과 마찬가지로 철저하게 주관적이고 개인적이다. 타인이 개입할 여지가 없음도 물론이다. 그럼에도 불구하고 훗날 일기를 읽으면 모든 날들의 기록이 사실로 받아들여진다. 불확실한 기억보다 명징하게 기록되어 남아 있는 것이 자료로서 우월하기 때문이다.

기억과 기록 사이에서 우리는 자주 마찰을 빚는다. 기록의 왜곡과 기억의 사실성이 투명하게 증언될 때 특히 그러하다. 그것은 머지않은 과거의 날에 벌어진 사건일 때 더욱 빛을 발한다. 대립이라는 화학적 반응을 최소화하는 것은 기록하는 사람의 객관성에 기인한다.

객관적으로 일기를 쓸 수 있는 사람이 있을까? 객관적이란 나와 사건의 거리를 일정하게 유지하는 것이다. 나는 그렇게 해보고 싶었다. 거리를 유지하며 글을 쓸 수 있기를, 그리하여 내가 보다 더 냉철해지기를 바랐다. 그러나 일기를 써나갈수록 나는 감상적이 되어갔다. 글을 쓰는 동안 내 자신이 만든 감정에 함몰되기 십상이었다. 그게 나였고 앞으로의 나일 것이다.

사랑에 빠진 사람들은 말한다. 그 사람이 완전하게 내 것이 되지 않은 것 같다고. 그래서 사랑에 빠지기 전보다 불행해졌다고. 그러면 나는 그들에게 묻는다. 너는 완전하게 그의 것이 되었느냐고. 이 질문은 고스란히 내게 되돌아왔다.

한 사람을 온전히 소유하는 것이 사랑이라는 것을 의심하지 않는다. 한 사람을 향한 열정과 그 사람의 자유의지로 서로를 향해 달려드는 마음이야말로 진정한 소유다. 그러나 소유하고자 하는 욕심이 사랑이라고 믿는 사람들이 있다. 바로 나 같은 사람.

나는 그것을 열정이라고 이름 붙였다. 욕심과 열정은 다른 의미라는 것을, 사랑하고 있는 동안에는 깨닫지 못했다. 그저 그 사람의 하루와 나의 하루가 같기를 바랐다. 그 사람의 꿈속에도 내가 있길 바랐다. 내가 보는 것을 그 사람이 보고, 내가 옳다고 믿는 세계관을 그 사람도 옳다고 믿어주기를 바랐다. 옳다고 믿는 것과 옳은 것에는 차이가 있다. 그것을 깨닫는 순간 나는 사랑에 있어 다시는 실패하지 않을 자신이 생겼다. 그의 관점에서 옳은 것을 옳게 봐주리라 결심했다. 그러나 사람이 없었다.

사랑이 빠져나간 삶이 얼마나 시시한지 알게 되는 것은 어려운 일이 아니다. 지금 당장 삶에서 사랑을 제거해보라. 어떤가. 과연 시시하지 않은가. 시시한 날들은 기억하기 싫어도 잊히지 않는다. 잊히지 않을 기억을 굳이 기록할 필요가 뭐가 있을까, 반문하는 날들이 생겼다.

기억도 기록도 하기 싫었다. 다만 살아내고 싶었다. 그래서 일기장을 덮었다. 더는 열지 않았다. 한 줄의 글도 쓰지 않았다. 마른 날들이 이어졌다. 기억으로 기록된 날들은 희미해져갔다. 날짜는 빠르게 뒤로 넘어갔고 계절은 계절을 훌쩍 뛰어넘었다.

나는 나날이 오래되어 가고 있다. 그럼에도 여전히 삶에 대해 익숙해지지 않는다. 사람에 대해, 사랑에 대해 익숙해지지 않는다. 노련해지지도 않는다. 아직도 치기 어린 감상에 젖어 있다. 살아 있는 동안 나는 여자다. 엄마로서의 나보다 여자로서의 내가 우월하다. 그러므로 여자로서 누릴 수 있는 모든 감상을 누릴 것이다. 살아 있는 동안.

내 삶의 모퉁이를 돌 때_

함께 있어줄_

　　'사람'이 필요하다_

이혼 후에 몇 명의 남자가 대시해왔다. 그들은 나의 빈틈을 너무나 잘 알고 있었다. 나는 깊이 절망해 있는 상태였고 매일 우울했다. 계절은 여름이었으나 추웠다. 처음부터 결혼 같은 건 하지 말았어야 했다고, 내 선택의 미숙함을 후회했다. 그 날들 사이에 균열이 생겼다. 균열된 틈을 비집고 그들은 인생엔 여러 개의 얼굴이 있다고 위로하면서 한 뼘씩 내 삶에 발을 담갔다. 그들로 인해 삶이 새로운 국면에 접어들었다고 느꼈다. 나는 빠르게 마음을 덜어주면서 끌어안고 있던 상실감을 내려놓았다. 새로 시작한 연애로 인해 삶의 어떤 부분에도 아프지 않게 됐다. 이 연애를 하기 위해 이혼을 했나보다. 내 이혼에 대해 고마워하기까지 했다.

　나는 늘 연애를 하면 그 연애가 결혼에까지 이르러야 한다고 믿는다. 그러한 속내가 손짓, 눈짓, 몸짓, 말짓에서 드러났을 것이다. 그들은 내 마음의 소리를 알아채기 무섭게 달아났다. 돌아서는 그들에게선 이혼녀를 책임지기 싫다는 몸짓이 강하게 느껴졌다. 한번 진탕 즐기려다 된통당할 뻔했다는 투의 표정이었다.

그들이 내게 일관되게 한 말은 삶을 즐기라는 말이었다. 즐기다. 삶을 즐기는 것엔 자유가 개입되어 있다. 자유란 책임과 의무가 동반되어야 한다. 나는 연애의 책임과 의무가 결혼이라고 믿는다. 그것이 잘못된 생각이라고 한들, 나는 원체 이렇게 생겨 먹었기 때문에 바꿀 마음이 없다. 그런 나에 비해 그들은 즐긴다는 말을 단발성 연애라는 말과 동일시했다. 그들은 그 사실을 깨우쳐주면서 연애를 지속하려고 하기보다 손쉽게 달아나는 길을 선택했다.

즐기다 결혼을 하여 생활을 즐길 수는 없었던 걸까? 책임과 의무를 즐길 수는 없었던 걸까? 나는 이러한 질문을 그들에게 한 번도 하지 못한 채 남겨졌다. 그들은 나의 빈틈을 사랑했을 뿐, 나를 사랑하지 않았던 것이다. 그 사실을 깨달은 순간 나는 다시 깊이 절망했고 노리개가 된 것 같은 불쾌감에 분노했다. 그리하여 나는 연애에 대한 가능성을 내 삶에서 단호히 지워냈다. 그리고 아주 오래도록 혼자 지냈다.

흔히들 애인 없이 지낸 삶을 혼자 살았다고 말한다. 나 역시도 그렇게 말한다. 오랫동안 혼자 살았다고. 가족과 지낸 삶도 애인이 없었으면 혼자 산 게 된다. 혼자라는 말 속에는 애인의 등장을 기다리는 마음이 함의되어 있다. 대상 없는 기다림은 구차하다. 그래서 나는 혼자라는 말을 좋아하지 않는다. 그런데도 누군가가 물을 때면 혼자라고 답한다. 혼자니까. 아들이 있는데도 나는 혼자다.

혼자만의 삶에 익숙해지다 못해 편해졌다. 혼자만의 삶을 어떻게 꾸려가야 하는지 도가 트기에 이르렀다. 내 시간을 누군가가 방해하는 것이 싫다. 내 생활의 리듬이 깨지게 될까 두렵기도 하다. 그만큼 연애라는 것이 두려워졌다.

어느 날 술자리에 함께한 후배가 내게 말했다.

"누나, 이젠 연애해서 재혼해야지."

내가 대답했다.

"연애하면 몸 섞어줘야 돼, 마음 섞어줘야 돼, 말 섞어줘야 돼… 그 짓을 또 하라고? 또 재혼을 하면 밥 해줘, 빨래 해줘, 밤일 해줘, 돈 벌어줘…, 오…, 생각만 해도 끔찍하다. 난 지금 이대로 살 거야. 어떤 놈 만나 속 썩으려고!"

나의 대답은 진심이다.

남자들에 대한 환상이 더는 없기에, 사랑에 대한 환상은 더더욱 없기에 나는 지금까지처럼 혼자만의 삶을 꿈꾼다. 그리고 바란다. 꿈이 이루어지지 않기를. 언제까지나 꿈으로만 유효한 채 살아갈 수 있기를.

누군가와 같은 길을 가는 것이 아닌 내 삶의 모퉁이를 돌 때마다 누군가가 있어주기를 나는 바라는 것이다. 반어적으로.

엄마에겐 남자가 필요해